安娜与我

Anna and I

[以色列] 丹·夏维特 著

韩雨苇 译

Dan Shavit

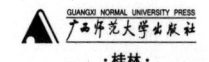

安娜与我

ANNA YU WO

出版统筹：罗财勇
编辑总监：余慧敏
策划编辑：梁文春
责任编辑：梁文春
责任技编：姚以轩
营销编辑：薛　梅
　　　　　花　昀
封面设计：郑元柏

著作权合同登记号桂图登字：20-2021-202 号

图书在版编目（CIP）数据

安娜与我 /（以）丹•夏维特著；韩雨苇译. --桂林：广西师范大学出版社，2021.7
书名原文：Anna and I
ISBN 978-7-5598-3907-7

Ⅰ．①安… Ⅱ．①丹… ②韩… Ⅲ．①长篇小说—以色列—现代 Ⅳ．①I382.45

中国版本图书馆 CIP 数据核字（2021）第 116934 号

广西师范大学出版社出版发行

（广西桂林市五里店路 9 号　邮政编码：541004）
（网址：http://www.bbtpress.com）
出版人：黄轩庄
全国新华书店经销
广西民族印刷包装集团有限公司印刷
（南宁市高新区高新三路 1 号　邮政编码：530007）
开本：787 mm × 1 092 mm　1/32
印张：10　　字数：180 千
2021 年 7 月第 1 版　　2021 年 7 月第 1 次印刷
印数：0 001~6 000 册　　定价：59.80 元

如发现印装质量问题，影响阅读，请与出版社发行部门联系调换。

序

不要伤害

云也退

丹在特拉维夫接上了我，然后我们就沿着公路前往北方——丹的家在边境高地上的一个村庄，一边是黎巴嫩边境，另一边是戈兰高地。村子周围，葡萄园、橄榄林、无花果树和猕猴桃林同大片的莽原紧密接壤，以色列城镇里常见的那种用废旧农具和武器做成的奇形怪状的小雕塑，就竖在莽原之中。

车程要两个小时，在两小时中，车后座上至少有过三个搭车的乘客。都是男人，坐下之后，聊了几句便不说话了，等一个下车了，过没多久又上来一个。只是在开出去半小时，渐渐远离城市了，才不再见有人招手。

丹并不认识这三个人。我问丹，你怎么让他们上来呢？不是说现在没什么人敢让人搭车了吗？

其他以色列朋友是这么告诉我的，他们说，因为恐怖事件时有发生，现在很少人敢接载陌生人了。他们这么说的时候神情凝重，有一个女人甚至叹气道：以色列不像过去那样友好了。然后就告诉我，她一次半夜回来时，在车站孤身待了很久都找不到车的经历。这经历刻骨铭心。

丹回答我："那也许人家真的有需要呢。"

在他家，我们聊了些啥，我都忘记了，唯独路上的这句解释我记住了。丹说得很随意，一没有不满，二也没有语重心长。我当时想的是"噢，他这个人真不错"。我也把他的热心肠告诉了其他以色列朋友，他们都说，啊，那这是个好人。再后来，丹把他的小说《安娜与我》的相关资料的复印件给我看，又把英文版发到我邮箱里，跟我说："你能不能帮我翻译下，设法出个中文版？"我立刻说："我试试，争取做到。"

但这事拖延了很久才做成。给以色列作家的书找到中国出版商很难，何况是丹这样在中国不被读者所知的作家；其间，我时常想起加拿大写《少年 Pi 的奇幻漂流》的那位扬·马特尔写的一次经历：他在做一个读书活动的时候，有个上年纪的陌生人走上来，给他一本自己印刷的自己写的小说。丹或许也就是这样一位"民间作家"吧，更何况以色列的犹太人文化修养那么高，不知有多少人，有事没事地都写过并出版过小说呢。

然而打开《安娜与我》，逐渐进入故事，我就无法不经常想起丹本人。小说的笔触太柔软了，软到仿佛害怕弄破了纸，但柔软并不意味着到处添加玫瑰色，或是避重就轻，专写岁月静好、人间真情；我是想说，丹在写到"我"，或写到安娜，或写到其他人的时候，是用手指在人的身体和情感的表面滑动，在真实触摸过后，才把手上的感觉转化为文字；他格外地小心翼翼，不夸大地描写"我"的任何一个举动，对安娜和其他人，也不随便下一个概括性的评语。

这里有一种避免伤害的习惯。它甚至说不上是什么美德，或是一个民族的良俗，它仅仅是一个人的自觉。丹写的是一个名叫丹尼尔·阿尔特的三十多岁的男子，他最大的特征就是自卑，其貌不扬，未老先秃，连父母都认为他"是一个巨大的败笔"；他干着一份教小学生的工作，惧怕被孩子们嘲笑，动辄怀疑自己能否干下去。然而，当丹以他柔软的笔触，淋漓尽致地呈现丹尼尔的卑微感的时候，我竟看不出这个人物的行事中有任何刺眼的消极之处，有任何让人凭直感就引为糟心的地方。

他怯懦？谈不上。他嫉妒？不。鬼鬼祟祟？更没有——丹尼尔和丹本人一样谨慎，避免伤害别人。这并非基于自知之明，想以礼貌、修养来补偿容貌的缺失；这就是一种自觉，仿佛先天有之。就以故事中的一段情节为例：一个晚上，安娜离家，丹尼尔独自和睡熟了的孩子在一起。被人忽略、被世界遗忘的感觉漫上心头，他惦记着自杀，不觉走到了特拉维夫的主干道——艾伦比大街，觉得这里"悲哀而邪恶"。他来到一个没有回头路的幽暗的小酒店，在吧台前喝酒、抽烟，然后看着周围的"神情氤氲"的人，觉得他们都需要帮助，而他的确可以借着酒劲发表一通演讲……

"但也许，我，丹尼尔·阿尔特，为了超越他们，首先需要模仿他们，像他们一样大口喝酒直到我委顿的肩膀无法承受脑袋的重量，直到我也在桌子中间爬行，爬向他们，爬向泥沼，吸入他们呼出的浊气、香烟与酒精的臭味，笑着、哭着、诅咒、唾骂。我也需要花两三天蓄点胡子，不再梳理我稀疏的头发，在凌晨三点搜肠刮肚地呕吐……"

这番心理活动震动了我。丹为什么要这么写？

难道说，一个自卑至极的主人公，他就连发发豪言的机会都不可以有吗？从一群厌世之人身上找点优越感，难道不合理？更何况，仅就文学技巧而言，发酒疯不是更能体现这个人的自卑吗？

这一次夜游的后续是：小酒馆里发生了争吵，两个人动了刀子，一人被捅死，书中暗示他是阿拉伯人。个体的争端宕回到了背景里：那是1973年，夏秋之交的"赎罪日战争"——也称"第三次中东战争"结束后发生的事。在那场战争中,以色列遭到阿拉伯国家的突然袭击,损失惨重,后来才把战局扳了回来。战后,果尔达·梅厄的左派政府倒台,但在民间,战争的后果,是犹太人和阿拉伯人之间的矛盾激化。书中的这一流血殴斗,是完全发生在丹尼尔的感受之中的:他起手写的是"比如",意味着他认为,或者说他希望,那殴斗、死亡都不是真的;然后,他又仿佛亲眼所见似的,看到了在流血发生时,紧闭门窗、躺在床上、赤裸地搂在一起、逼迫自己入睡的人们。

两个陌生人的口角,拔刀相向,痛苦的尖叫,会让那些远离现场的人为之感到痛苦——这是丹尼尔的感受和想象。由此回溯之前,丹尼尔不曾乘着酒兴行事,实在也是出于感受他人后的自制:要避免伤害,无论怎样,我不能任意地凌人,哪怕是对着一群迷迷糊糊的人,说一通谁都不会当真的胡话;因为我既然不知道他们心中存有何等的痛苦、绝望,我又如何能强势地来指点别人的迷茫,或是嘲笑他们?

回到路上的经历——我觉得丹有着同样的自觉:假如人家真的有搭车的需要,我的视而不见,不就会对他们构成伤害?这顶多只是习惯性的一转念,就像小说里,丹尼尔的那种自制的反应、那种"加戏"式的悲伤的联想同样是习惯使然。我受了震动,但我必须承认,这才是一个健全的人应有的反应。

我们是旁观者,只是从新闻和各路时政评论、历史百科中对那个地方产生印象;当然,某些去过以色列的人,回来后乐于跟人说那里"根本不像你们想象的那样",那里特别安全,人民友好,乐观,漂漂亮亮的大小伙子大姑娘穿着军装跟人合影。然而当你稍稍读一下《安娜与我》,或是别的以色列人——无论是早已知名的作家如阿摩司·奥兹,还是晚近较有名的如埃特加·凯雷特——的作品,就不会忽视行文中的那种悲剧感。在以色列久居的人不可能不沾染的这种情绪。假如有谁乐于说起以色列和巴勒斯坦人或阿拉伯人之间谁对谁错,说起这一蓬乱事的源头,说起"真相",说起事情应该如何如何,只可惜没能如何如何……我都会觉得,他距离"悲剧"的认识十分遥远,远如阴阳两隔。

每个人都知道自己在做什么,并认为自己正确,而整个结果却是让所有人都受到伤害——这就是悲剧。经历过独立战争,以及1967年的"六日战争",以色列人事实上就已经明白,悲剧不可避免,一方的胜利,就是另一方的失败,而败方不仅不会退出争斗,而且还会将失败的痛苦转化为仇恨,时不时向胜利方发起反击。胜利方则必须承受这种后果。一方面,他们不会徒然地陷于追悔,陷于愤世嫉俗,说当初不要取胜就好了;另一方面,他们也不会坚定而狂妄到发誓说要不惜一切代价地巩固胜利果实，打倒所有的敌人，让他们永世不得翻身。

他们在共同的、不祥的预感中体会自己和他人之间的联结。要是读过埃特加·凯雷特的书，你就会明白，以色列的妈妈们常常视他人的孩子如同己出，因为每个孩子日后都可能在服义务兵役时接受生死考验；如果你读过马蒂·弗里德曼的纪实小说《南瓜花》，知道以色列人如何为年轻人的丧生而悲恸，进而将愤怒从针对敌人转向针对自己的政府，你就能够走近《安娜与我》中的丹尼尔。在这片土地上，如果人们表现出镇静、从容，甚至幸福，那是因为他们把所有的惊惶不安接受为生活的一部分，他们承认每一个人都有同样的概率死于非命，就如同《旧约》（指犹太教《希伯来圣经》——编者注）里，每一个人都是耶和华平等而武断的造物。他们不会听信任何关于解决中东难局的专业议论，却会郑重地告诉你，重要的是做到阿摩司·奥兹当年常说的两个词——"No injuries"，不要伤害。

在书中，当他在一个自己完全不情愿出席的婚礼场合里第一次见到安娜的时候，丹尼尔就知道他将和她断不了关系："她的脸上、身上散发出一种疲惫的宁静，优美高耸的颧骨上一双深邃的眼眸带着悲伤而疏离的神情，她的一举一动、言语神情无不透露出一种刻意的自制。她轻巧而仔细地拨弄着眼前的食物，说出来的每一句话都简短、精练，我的心充满了好奇。"他们相识，相恋，自己也办婚礼，婚后选择住处，讨论职业，抚育孩子，每一个阶段都有裂痕发生；通过这些被亲手抚摸的裂痕，自感卑微的丹尼尔活得越来越深，正是这种在生活之深处的深度感受，让看起来并无什么要事发生的情节，变得就像被割下来举在眼前的血肉一样真实。

我们需要这种真实。以我对丹的了解，我相信他在很多时候是在讲自己的故事，这时，他不需要编制什么让人拍大腿称绝的情节，只要从他有过的体验中撷取点滴，就比如他写到安娜带孩子回她父母家时的反应：

"每一次安息日安娜从她父母家出来都带着气愤、沮丧的心情，发誓赌咒说再也不回那个充满衰老腐朽气息的小屋子里去了。但过后想到他们在这世上的日子已经屈指可数了，她总是会改变主意。"

我也不止一次地和以色列朋友度过安息日。在丹的村落里，逢安息日，早已是老熟人的邻居们见面、致意，亲属们在一起，轻声说话、唱歌。犹太人每周雷打不动的守安息日的古老风俗，即使在这个国家的大城市里也得到延续：周五日落后到周六日落之间，这24小时，就宗教传统而言是用来让犹太人思考和上帝的关系的，不得工作，不得喧闹，不得嬉游，而必须和家人在一起，在外人看来，这就是岁月静好，但你可体会过，这种来自历史暗昧不明的深处而加诸当下每个人的、迫使他们与亲人和邻居定期面对面地共处的传统,如何在漫长的时日里塑造他们内在情感的形状和层次?从《安娜与我》的叙事中,你能看出作者所经历过的无数个与人共处的时刻,其中有过太多的空虚、寂寞、无聊、抵触,而所有经验终究削尖了一个人的感受力,促使他体察爱与恨、嫉妒、怨怼、依恋等情绪,并对自卑和自负之间、疏远和亲近之间的转化有敏锐的洞识。

人们在接近,人们在远离;人们互相吸引却又彼此排斥。如果你看过以色列剧团排演的话剧,你也会有类似这样的体会:人总在行走,一旦走起来,就好像舞台成为一个无边的所在,人不会停歇,即便他们分明是在舞台上转圈,你也会感到道路在他们脚下是无限延伸的,就像无形的时间被有形的钟面上的指针所代表。他们的舞蹈也是一样——以色列人的忧郁、感伤,在他们最出色的艺术形式中,是被体现为一种日常的身体表达的。如果沉浸到《安娜与我》的气氛里,你会感到任何一句像这样的对白都有未尽之意:

"我问安娜是否想要给自己找份工作,她的回答是否定的:'我不会让任何人照看罗恩,'她说,'如果说到挣钱,我可以在家工作,把绣品卖给任何喜欢它们的人。'"

在这样的故事面前,我们必须收起所有脱口而出的轻率评价,像是"跟这样的女人生活多累","这男的太没主见了","早知如此何必当初"之类;当我们把"每一天都是余生的第一天"之类的话当作"箴言"接受并传诵,我们应该检省自身,是否真正将"哀矜勿喜"变成了自觉。在以色列,每个人都活在上一场战争结束后,下一场战争尚未开始之前,他们绝无兴趣向外国游人展示自己的谈笑风生、处险不惊。关于《安娜与我》本身,我就想提及这些,它从一开头就拣选它的读者。

丹尼尔一直想住到耶路撒冷,但安娜坚持要把家安在特拉维夫。从书中丹尼尔的这段感受里,我能看到我的朋友丹·夏维特,是如何以真诚做尺,仔细丈量后才让语言从他的笔下流出的:"在特拉维夫能够看到的景色是多么贫乏、无趣呀——没有蜿蜒的小巷,没有起伏的道路,没有意想不到的景致展现眼前,没有一点层次。一个建在风沙之上的纸片城市。同时,我又感觉到自己被这座城市的精神所吸引,那是一种欣然而包容的漫不经心……"在任何的旅游手册上,你都不可能看到这样的城市描述,但一个有所渴望的阅读的头脑将领取它的厚赏。

2021 年 5 月

(云也退,生于上海,自由作家、书评人、译者,开文化专栏,写相声剧本,出版《自由与爱之地》《勇敢的人死于伤心》,及思想传记类译作《加缪和萨特》《责任的重负:布鲁姆、加缪、阿隆和法国的 20 世纪》《开端》等。)

小说原文为希伯来语，此中文译本根据菲利普·辛普森英文译本译成。

目　录

|第一章|

安　娜 /1

|第二章|

阿耶莱特 /149

|第三章|

艾立尔 /207

安 娜

| 第一章 |

安娜曾一直做同一个梦。梦里，她走在玫瑰色的云端，空气中飞舞着玫瑰色的飘絮，片片以银丝连接。安娜家里所有的陶瓷器皿都镀上了一层紫色的光辉，而她穿着一袭精美的绸缎长裙，脚上一双丝绸软鞋，踏着脚尖盈盈而行，身上散发出阵阵温柔的芬芳。她永远是这样干净、纯洁，软膏和香油让她的肌肤一直这么润滑白皙，脸上光彩熠熠。她的头发永远在头顶盘成一个紧致的圆髻，没有一丝垂落。

这不是一个荒唐的梦，相反，它是痛苦的，就像浸在血里的棉絮。这个梦是一道伤口，虽然没有开裂，却一直在默默流血，尽管从来没有到大出血的地步。

这是个痛苦的梦，因为安娜从来没有提起过它，她只是默默地穿行其中。我是如何知道这个梦的？这一点我没有明确的答案。这个问题复杂难言，凭着感觉，我告诉她，这就是她的全部梦境：玫瑰色的云朵飘浮缠绵，而她走在云端，在云中穿行。安娜停下了手中的活儿——我记得当时她正在厨房洗盘子——陶瓷杯子狠狠地撞在手里的白盘子上。她的身体紧张地弓了起来，脸色变得苍白，紧抿的嘴唇颤抖着。外面鲜艳的霓虹灯光把厨房照得分外耀眼。她问："你在说什么？什么意思？"她还说："你在胡说什么，丹尼尔！"虽然我当时正确的做法应该是默默走开，去反省自己说的话，但我只是等在那里，直到眼角的余光看到安娜重新开始用力洗刷手中的盘子，将它们一个一个重重地摔在一边，两行泪水淌过脸颊。

我的感觉让我清楚地洞悉了安娜的梦境，这没有什么好惊讶的，因为我的确有很细腻的感知能力，能对事物做出准确的判断，虽然我对此努力掩饰。又或许是安娜不让我将这种能力展现出来。或者更准确地说，对于安娜的要求，我总是默默遵从，成为她允许我成为的样子，没有一丝逾越。

那么安娜允许我成为什么样的人？只是一个看着她的人。这是那段日子里我们默认的条件。而我也的确在看着她：她穿着围裙站在厨房的水槽旁边，或是坐在客厅中央有雕花装饰的摇椅里，手里绣着什么东西，心思却已经飘到她年迈的阿姨住的地方——安娜的阿姨住在一间狭小封闭的公寓里，然后她的思绪又飘到了小时候住的雾气蒙蒙的豪宅之中。塔妮娅阿姨住在贝利克街，她是一个矮小的驼背女人，一直低着头，有人和她说话的时候她会抬起眼睛，用闪烁着固执与尖锐怀疑的眼神看着说话的人。"年轻人，"安娜第一次带我到她家的时候她看着我说，"年轻人，"——她的声音粗糙沙哑，仿佛被烟熏过——"我不明白你中了什么邪，年纪轻轻去当一个老师。这可是懒人的工作，老年人做的事情。你当然应该出去，找份正经工作。对不对，安娜？"

那时，安娜对她的阿姨非常好，她的阿姨也对她好得不得了。安娜坐在那儿,而阿姨不停地围着她转,在她面前放满了安娜爱吃的点心,那些她小时候经常从祖母那个金色罐子里偷偷拿出来吃的点心,那些在我们这个国家已经找不到的巧克力和糖果。

安娜看她阿姨的时候我只陪她去过几次,罗恩出生以后就没再去过。在她阿姨那里,我看到了另一个安娜,和我认识的她完全不同:她苍白的嘴唇泛起了紫红色的光泽,眼里闪动着快乐与泪水,欢笑和叹息在她喉咙哽咽……愉悦的情绪让她仿佛身处另一个世界,而我坐在那里看着这情景,感觉仿佛在看十九世纪俄国戏剧家笔下的一幕。但到了晚上,我们回到家,安娜又会将自己重新包裹在厚厚的铠甲里,脸上浮起木然的、令人绝望的冰冷。

我曾问自己:是每个女人都是这样,还是只有安娜是这样?是否只有安娜在外出的时候是公主,而回到家就成为一块沉默的石头?但我没有答案,我只能将零星看到的情形、谈话的只字片语、听到的呻吟声和夜晚的回声串联起来,我知道:隐秘的线索从她阿姨偏僻的住所延伸到她遥远的童年所在的乡村庄园。那座宏伟的府邸沐浴在耀眼的玫瑰色光芒里,还是小女孩的安娜穿着丝质的芭蕾舞裙到处奔跑,两个女仆穿着围裙端着杯子请她再吃一只蜜柑橘,当安娜要求去叫母亲来的时候她们会对她行屈膝礼。等母亲到来的时候客厅就会变成一个舞厅，吊灯就是聚光灯，她跳着舞从客厅的一头转到另一头，踮起脚尖，高举着双臂在空中舞动，如同天鹅颀长的颈项。然后，小安娜会跑到花园里，独自坐在白色的圆桌边上，她的腿还太短，碰不到地上冰冷的石砖；安娜的眼睛一直盯着花匠，看他弯腰蹲在一片灌木丛边上，吃力地将上面冒出的野草连根拔起。她的双眼一直跟随花匠每一个疲惫的动作，直到不知不觉中眼里涌出泪水——她并没有要哭泣，或许是阳光太刺眼的关系。小女孩安娜还会做很多白日梦，环绕在她身边明亮的、玫瑰色光芒的世界也有空隙，她就用白日梦来填满。但在有些日子里，玫瑰色的光影也会被点点源源不断的、隐秘的刺目红光所扑灭。那时，她会惊慌失措，转身逃跑。她匆忙地爬上楼梯爬到阁楼上，可即使在那儿她也无处可躲，因为黑暗里会藏匿吐着火舌的小生物，也会包藏人类只有在最深的暗处才会犯下的邪恶与堕落。她哀求黑暗放过自己，从紧紧缠住她的网中得到释放，飞升至沐浴着灿烂光芒的客厅，再到自己的卧室和飘着帐幕的温床。安娜躺在散发着芬芳的被絮之间，感受到一种极度的狂热在心头悸动，时而甜蜜、时而痛苦。直到最近她才认清楚这种情绪，伴随着羞耻与恐惧，这种狂热让她的小腹深处阵阵抽动，平息，然后以更强的力量再次汹涌而来。她只能无力地臣服，头晕目眩，而突如其来的虚弱将她置于冷漠或压抑的境地。

冷漠或压抑——她的双眼是怎么说的?安娜每天早晨第一个起床,在我还躺在床上的时候,她会为我们煮一壶咖啡,给罗恩准备热可可。她踮着脚尖走到罗恩床边,亲吻他,把散发着潮湿阁楼气息的冬毯从他身上拉下来,用湿润的声音在他耳边轻言细语,把他带到盥洗室,然后再让他坐到餐桌前,早餐她已经仔细、用心地准备好了。

冷漠或压抑?我不知道。在她脸上我看不到任何愤怒,只有在极少数的时候,我才从她嘴里听到过埋怨。

从邻近的公寓里传来烦躁的关门声,收音机接收器在紧张不安地窃窃私语,还没从昨夜噩梦中清醒过来的女人阴沉地自言自语。而我们的公寓充满了静谧的、透明的晨光,那是从安娜身上散发出来的光芒。

冷漠或压抑?似乎我们世界里的一切安排她都能接受,但不久前,在难得的、坦诚的时刻,她说过一些话,还没有从我记忆中抹去,她说:"不要弄错了,丹尼尔。这一切都是一个面具。我无时无刻不走在玫瑰色的丝线上,这些丝线从银色的天空伸向燃烧着烈火的深渊。一旦我知道如何抓紧这些丝线,当深渊向我发出嘲笑,我会用尽最后一丝力气重新升向天空。但很久以来,这些丝线只在梦里向我展开。我每天都等待着黑夜的来临。环绕着我们的光线是空洞的装饰,嘲讽着可怜的人。"

　　我和安娜,是在一个远房亲戚的婚礼上认识的。如果父母没有强迫我去参加那场婚礼,我不会认识她。我一次又一次地恳求他们放过我,他们不为所动,带着一点不加掩饰的残忍,站在我身边,催促,甚至威胁。

　　那是一个秋天的傍晚。宾客挤挤攘攘,推推搡搡,汗流浃背,狼吞虎咽。乐队的演奏震耳欲聋。父亲母亲忙着和客人们拥抱,比其他任何家庭聚会都要忙碌。而我,在自己所在的角落,突然看见了她——她倚着墙,在屋子的另一角。她正用一种悲哀的眼神注视着眼前大吃大喝的人群,神情淡漠。她笔直地站在那儿,双手在胸前交叉,手指把玩着手袋的带子。她似乎和我一样,并不情愿出现在这个场合。我慢慢地走近她。我并不想引起她的注意,只想更近距离地看看她,看清楚她眼睛里到底在说些什么。

　　突然之间,我就站在了她身边。"你好。"我说。

　　她吓了一跳,转过身来看着我,脸色苍白,仿佛就要开口质问:"你是谁?"又或是:"多么无礼呀!"但她控制住了自己,回答道:"晚上好。"

　　之后的第二天晚上,我们俩坐在一个小餐馆里,那种会有服务生在餐桌上点亮红蜡烛的餐厅。在特拉维夫,这样的餐厅并不多。那天我花了大半天的时间，终于找到了这一家。接着我来到安娜家，她住在特拉维夫和霍隆交界处的一条小巷子里，我摁响了门铃。安娜打开了门上的一个猫眼，让我等她一下。她没有邀请我进屋。

我在第一晚就爱上她了吗？安娜爱我吗？我身上一定有吸引安娜的地方——有什么让她觉得能够抓住、能够依靠。但那并不是爱。我觉得安娜有什么吸引我的地方？她的脸上、身上散发出一种疲惫的宁静，优美高耸的颧骨上一双深邃的眼眸带着悲伤而疏离的神情，她的一举一动、言语神情无不透露出一种刻意的自制。她轻巧而仔细地拨弄着眼前的食物，说出来的每一句话都简短、精练，我的心充满了好奇。那天晚上我甚至很羡慕她——她的自信大方、她端庄的举止，以及带有神秘感的美丽。而我的声音落在自己的耳朵里那么空洞、无趣，听起来索然无味，没有一点想象力。我感到越来越不自在。昨天我邀请她的时候，她为什么会答应再见我？就是为了坐在我面前，让我看着她毫无瑕疵的肌肤，而她则看着我有多么愚蠢、可怜吗？她是不是昨天就知道了，她不用费多少功夫就足以羞辱我？

那段日子里，我完全是一个自卑的人。因此，如果有任何人对我觉得好奇，我自己都会觉得奇怪。那时，这个叫作丹尼尔·阿尔特的人，注定就应该在一间昏暗邋遢的小房子里度过一生，现在也一样。先从我的长相说起：的确，我个子很高，但微微驼背。我很瘦，非常干瘪的那种瘦。我脖子上的皮肤堆满层层叠叠的褶皱，五官也很难看。对于自己的长相，我找不到任何委婉一点的说法来进行描述。在很年轻的时候，我就开始掉头发，一块光秃秃的头皮从我的前额往头顶延伸，我还戴着一副瓶底般厚的眼镜。因为长相的关系，或许也有其他原因，我在精神上也变得非常自卑。我没有任何抱负，从来不期望自己干瘦的胳膊能变成翱翔的翅膀。自孩童时起，很多年来我都被怀疑所困扰，怀疑当初父母让我这么一个一无是处的生物降生到这世上，是否明智。不过，为自己说句公道话，我可以保证这么多年来不管到哪儿，我都努力让自己躲在一个不显眼的位置，尽管我高瘦的身材为此增加了不少难度。不管谁看到我，都会发现我躲在某个角落，缩手缩脚、腼腆低调，礼貌得有点过分——任何人注意到我，不管是多么不经意的举动，我都会觉得受宠若惊；而与此同时，这种关注又会让我觉得尴尬和讨厌。

又过了几周，安娜坚持每天都和我见面，我终于鼓起勇气开口道："真奇怪，你竟然愿意和我这样的男人亲近。"其实我真正想说的是：像你这样的女人到底看上我什么？

安娜看起来一点也不惊讶，就好像她自己也认为和我这么亲近是件需要解释的事情。她柔声说："婚礼那晚，我看得出来，在你尴尬的眼神、虚弱的笑容背后，藏着另外一个你，一个细腻、正派的人。而这些特质正是我所寻找的。换句话说，你吸引了我。"

所以，那时候她对我的感情并不是爱，我只是吸引了她。真奇怪啊，所有人都知道，我在任何方面都毫无吸引力可言。

每天晚上，我们都会在某个小咖啡店、公园或某个酒店的大堂里见面。安娜总是保持缄默，等着我开口。一切都是那么奇怪、让人摸不着头脑。除了安娜，从来没有人会等我来挑起话题。相反，大家普遍认为我全身上下唯一有点儿用处的就是那一对毛茸茸的大耳朵，它们就像两个漏斗，话语可以源源不断地倒进来，不用担心被打断。而安娜，当然只要她一开口说话，旁人就会认真倾听。那么，她为什么要让我接受这样的测试，几乎让我们刚刚萌芽的脆弱关系就此夭折？我是真心想讨安娜欢心，想讲一些让她感兴趣的事情。但回顾自己的经历，实在找不到任何值得与她分享的东西；不仅如此，虽然我绞尽脑汁寻找话题，但这种努力反而彻底阻断了我回忆和思考的能力。很显然，我只有等着安娜起身，对我说："再见，丹尼尔。我一定会记得你睿智的沉默、尴尬的笑容，以及厚厚镜片下悲喜不定的一双眼睛。"

但安娜没有起身，她坐在那儿，等待。一只手轻抚下巴，而她眼中的冰霜慢慢融化成笑意看着我的眼睛。有时，她甚至会突然大笑出声，后来，我们在一起过了很多年以后，我还是那么怀念那美妙的笑声。

一直以来我都想要去耶路撒冷定居，也一直不停地把实现这个梦想的时间往后拖延。现在，我明白耶路撒冷永远不可能成为我的家了。我和安娜决定结婚的时候，我告诉她如果我们能把家安在耶路撒冷就再合适不过了。她诧异地瞪大了双眼，而我一下子手足无措起来。"我是说，我很想这么做。"我解释道。她没有问为什么，只是宣布说："不行，我们要住在特拉维夫。"

我原本希望我和安娜可以办一个低调的婚礼，只请家人参加就好。毕竟我也知道自己穿一身黑色燕尾服，站在婚礼殿堂中央，身边的人用嘲讽的眼神看着我这副滑稽的样子，看着我脸上尴尬的表情——只要在这种人多的场合，我就会不自觉地露出这样的神情。我知道自己应付不了这些握手、亲吻、拥抱和闪光灯。

但安娜希望穿上优雅的婚纱——白色缎面，蕾丝花边，身后有两个天使一般的孩子提着她长长的裙摆。她还想在头上戴一个红玫瑰做的花环，甚至坚持请一个乐队，在乐声中和我手挽手走进礼堂。

这既在意料之外，又在意料之中。我的确在安娜身上看到了一种发自内心的质朴，这种特质和她所要求的铺张婚礼并不相符。但我已经慢慢意识到了她玫瑰色的梦幻世界，而且塔妮娅阿姨浑浊的双眼盼这一天已经盼了很多年，如果没有一个极尽奢华的仪式，她一定不能接受。

我们别无选择，只能挂着笑脸迎接众多宾客，微笑到下巴酸痛，而在我们之间，一道透明的隔墙已经开始出现。每一次安娜看着我，她眼里射出水晶一般清冷的光芒，我只好极力把自己的目光缩进眼窝深处，藏在厚厚的镜片后面。在她眼里，我是一个陌生人，比大多数宾客还要陌生、遥远。而我承认，自己对安娜也产生了一种模模糊糊的、不耐烦的情绪，虽然我知道自己不应该有这样的情绪，并为此感到羞愧。

婚礼第二天，我们似乎恢复了原来相处的状态，我们在小餐馆约会第一晚就形成的那种和谐的静默又回来了，虽然这种静默似乎变得更冷了。那天下午，我教的孩子里，来了一些学生代表到家里祝贺我们，都是些非常讨人喜欢的孩子。他们轻手轻脚地进门，红着脸，迟疑不定的样子，他们带来了鲜花和蛋糕。安娜穿了一件和服式样的印花晨衣接待了这些孩子，衣服是前一天我们收到的一件新婚礼物。对每个学生她都会拍拍他们的脑袋，或在他们脸上调皮地一捏，一个叫雅米玛的小女孩还得到了安娜一个货真价实的亲吻。他们在我家客厅的地板上围坐成一圈,有点儿不知道该说什么、问什么的样子。这是我的学生第一次到家里来看望我,虽然这是他们对我表达喜爱之情的一种姿态,我心里挺感动的,但更多的是不可控制的烦躁情绪。我更希望他们让我免于陷入这种尴尬的情境。我很确信,在这些学生心里,他们一直都用轻蔑的眼光瞧我,奇怪像我这样犹犹豫豫、毫无生气、面目模糊的男人怎么会成为他们的老师和指导人;他们心里,仍然不停地给我取各种可笑的绰号,笑话我的动作和表情。

孩子们在我们的小公寓里这儿走走、那儿看看,就是不看安娜和我的眼睛。安娜从这些孩子的眼里读到了什么?这是她第一次看到我在学生中间的样子,以前我很少和她讲学生的情况。看到我比这些孩子更坐立不安、结结巴巴,她一定非常不满和沮丧。我甚至猜测等孩子们一走,她就会立刻站起来说:"丹尼尔,你肯定是这世界上最令人失望的生物。"然后马上收拾东西,收起所有婚礼当天收到的礼物,包括那成套的餐具,头也不回地离开我。

安娜说我们不能住在耶路撒冷,而我从没有停止对那座城市的渴望。我爱它纯洁而静穆的光芒,那弥漫在幽深小巷中神秘、动人的气息。我知道,只有耶路撒冷能够让我拥有一种不同的精神,是我所需要的精神。只有在耶路撒冷我才能过上心里渴望的、与世隔绝的生活。在我生命中有好几次我甚至都考虑过去耶路撒冷郊区的特拉比斯特派修道院当一名僧侣。我想，僧侣长袍一定非常适合我，修道院永恒不变的静默也是如此。我不会打扰任何人，也没有人会打扰我——我再也找不到比这更好的生存状态。当然，我知道我的父母一定会非常难过，指责说我让他们减寿，但我会封上耳朵。我应该成为一名特拉比斯特派修道士，然后从一个不同的、遥远的视角超脱地看待生活。

如果耶路撒冷无法让我做到完全与世隔绝，至少我能够给自己营造一种体面的、自我放逐的生活，我可以在一个遗世独立的阁楼上，一连坐上几天，沉浸在自己的思考中，没有人知道我的存在。我会探寻生活的意义，生命和宇宙的奥义。然后，我会思索极乐的本质，将自己的全部精力奉献给这个辉煌的、伟大的使命，向全世界宣布我的发现。只有在耶路撒冷，我能实现这一切。

但安娜说："不行！"

安娜怀孕期间是我人生中最美好的一段时光，因为这也是她生命中最美好的时光。我对此确信无疑，虽然安娜从未承认。

首先，安娜变得比以前更加光彩照人。她身体与脸部柔和的、波浪般起伏的线条似乎完全舒展开来，变得极为优美动人。她的神情，以往都是内敛的，沉浸在自己恍惚的精神世界里，如今突然对外部世界非常敏感，看到什么有趣的东西，她喉咙里会溢出喜悦的欢呼；而在过去，她从来不会注意到这些画面。

我们基本上每天黄昏时分都会出去，悠闲地散一会儿步。安娜肩上披着一块紫色披肩，是她自己织的；她挽着我的手，睁大眼睛看着这个城市的景色。很显然，她在努力控制她体内由怀孕带来的躁动。

安娜的肚子不断变大，但她不肯中断每天例行的散步。我们住在朱达·哈利维街一间小公寓里。从那里出发，我们会走到巴尔弗街，再走到艾伦比街的尽头。安娜喜欢等商铺关店之后去那儿散步。一天当中的余热似乎都积聚在空气当中，积聚在人流匆匆的狭小空间里，除了我安娜谁也不碰，眼前匆忙飘过的人群打动不了她。她只是看着，低声轻语，不自觉地微笑，有时也对我一笑；她的小嘴唇吐出一个个纤细精巧的故事，就像她梦中的银色丝线一般。顺着艾伦比街，她的心向大海奔去。在海边，沿着人行道，安娜一边走，一边呼吸新鲜空气，虽然海边的空气带着潮湿与咸涩。

回家的时候，我会建议搭公共汽车或出租车回去，但安娜不肯。街上已经变得昏暗而寂静。在一些楼房的大门口，流浪汉正准备给自己找一个过夜的地方。安娜固执地细细观察每一个流浪汉的样子,她给他们每一个都取了外号,而每个流浪汉都会唤起她内心的恐惧。当恐惧如同痉挛一般从她体内流过,她会用尽全身力气抓紧我。为什么,安娜?我想问她,你要把这些画面存在心里,滋养夜晚的噩梦吗?

回到公寓,我们只打开厨房的灯,让其他房间都沉浸在黑暗里。我还想打开收音机,听听新闻,再听听音乐会广播,但我知道安娜没有心情听这些。

她一般会坐在餐桌旁边,轻轻按揉酸痛的双腿,聆听身体里另一个生命膨胀的声音。我会根据她的口味,准备一顿简便的晚饭:半熟的鸡蛋、融化的干酪、土豆、去了皮的黄瓜、涂上薄薄一层黄油的黑面包,有时加一点酸奶油,再就着一杯茶把奶油吞下去。这么节俭的晚餐与其说确实是因为我们的经济状况拮据,不如说是因为安娜对节俭的坚持。

通常,因为身体真的很疲倦,我们很早就上床了;不过有时候她要等我准备好明天上课的内容或批改完学生的作业再睡。她会平躺下来,小心地盖好被子,静静盯着天花板。

这是我们生活中最美好的一段时光。我不知道其他夫妻是不是也一样。我曾在报纸上看到,说怀孕的女人会有各种各样奇怪的表现。有些孕妇会经常做噩梦,出现可怖的幻觉。

但安娜不是这样。她也发生了一些改变,不过不是在这些方面:她不再算计,不再是那副冷冰冰的、克制疏远的样子。我所知道的关于她的一切都来自那段时期。

一天,她要求改变一下散步的惯例,改从弗利什曼大街走到海边,到一家名叫"丹"的旅馆,然后坐在人行道一边的长椅上看海边的景色。散步的时候我想着:在特拉维夫能够看到的景色是多么贫乏、无趣呀——没有蜿蜒的小巷,没有起伏的道路,没有意想不到的景致展现眼前,没有一点层次。一个建在风沙之上的纸片城市。同时,我又感觉到自己被这座城市的精神所吸引,那是一种欣然而包容的漫不经心,自我意识极其强烈的耶路撒冷无法做到这一点。

安娜的眼睛没有看向我,而是看着大海,一只手放在高高隆起的肚子上。

"我的父母年纪很大了,"她说,"我只希望他们能活到看见孙子的那一天。"

"你会看到,一切都会好的。"我说。

我觉得安娜不会再继续这个话题了,而听她说话是我最引以为乐的事情。

"说话,安娜。"我恳求道。

她笑起来,轻轻拍了拍我的脸颊,还给我了一个吻:

"你就像个孩子,丹尼尔。"

"就算是这样。"

"我钟爱光明与阴影之间的挣扎纠缠,在这儿我找不到,我要去找,但我走到海边只看到一大片光芒笼罩在上面,我知道它遮住的是层层叠叠深邃的暗蓝,但我看不到那些暗影。我并不是想要潜入这片黑暗里,我坐在平坦的路面上,坐在太阳下,什么都没有发生。在那儿,我可以和光影嬉戏。我走到阳台上,走到花园里,再走到森林里,它们都在和我玩捉迷藏的游戏。我是光的女王,却在阴影中搜寻,探究那些眼睛看不见的地方,到底有什么藏匿其中。等我回到宅邸,我可以不受打扰地在各个房间与走廊之间游荡。每一扇门背后都藏着一个和前一个完全不同的阴暗房间,而我是唯一能够找到它所有秘密的人。最后,我会爬到塔楼顶上看着下面的一切——森林、花园、房屋。一片玫瑰色的烟雾将它吞没其中,包裹着它,又展示着它。"

一开始,我很享受我们和小家伙罗恩在一起的时光。安娜为他买了一个柳条编的摇篮,他躺在里面。从学校回到家,我发现她坐在罗恩身边,轻轻地推着摇篮。我站在他旁边,他看到我的时候会冲我笑,然后我看向安娜,彼此相视一笑。那一刻,似乎有一圈光环包围着我们三个。下午的时候,安娜总会在客厅的地板上铺一张垫子,把罗恩放在上面。他会慢慢地爬到墙角,探索着摇椅下面的空间,回头冲我们咧嘴傻笑。我们会向他张开双手，咂着嘴，模仿各种动物的声音。安娜比我克制，她没有表露过多的情感，也没有像大部分母亲那样给罗恩密不透风的、充满爱意的抚摸。

"你不快乐。"我说。

"我只是累了，丹尼尔。"

到了晚上，她会坐在摇椅上，台灯的光线照亮她手中绣品上密密层层的针脚，在微风中轻轻摇着摇椅，如同巨大的窗台上飘动的白色窗帘，她很少看我，但会认真回答我的每一个问题。她坐在那儿绣东西的身影透露出一种超然的宁静。你的心里在想些什么？你的视线会将你引到哪里去？罗恩会长大，而你一直不停地做着刺绣，似乎除了这些布满针眼的布料以及你一针一线缝在里面的小小的梦想，世上已空无一物。我在想，如果有一次，哪怕就一次，她卸下这种克制，突然尖叫一声打破这个公寓干净而纯粹的沉寂，那会怎样？但没有——什么也没有发生。我们坐着——她坐在摇椅上，我坐在沙发里，膝上盖一块毛毯，小口喝着她为我准备的茶，注意力都放在学生薄薄的练习簿上，用一种让人动容的认真批改着我给他们布置的作业，欣赏那些孩子们画在封面和页边上装饰性的涂鸦。我们听着日光灯单调的哼鸣声，厨房龙头水滴固执地掉在水槽里的滴答声，罗恩轻轻的呼吸声，远处猫头鹰的哀号声。什么都没有发生。

到了安息日我们去巴特看望安娜的父母。我并不喜欢这么做，安娜的兴致更低。她受不了看到他们一无所有的样子。毕竟，她父亲曾经是一个挺拔的、备受尊敬的人物。现在，他住在狭小、破旧的公寓里，坐在一堆古董家具中间，家具还是从那栋水汽氤氲的大宅子里抢救出来的。他坐在那儿，佝偻着背，等待。他的下巴埋在胸前，嘴里一颗牙都不剩，唇边挂着微笑的阴影，他凹陷无神的眼睛布满血丝，脸颊浮肿。罗恩在地上爬的时候，安娜的父亲会俯身在罗恩上方，围着他发出各种声音。罗恩没有对他回报以笑容，或许这个老人吓着他了。安娜的母亲，邻居都叫她妮可夫人，曾经无论走到哪里都有仆人悉心服侍，这些人离开后，她也同样委顿了下来。如今，她就像一只被拔光了羽毛、瘦骨嶙峋的鸟儿，皮肤片片剥落，尖利的喙一刻不停地叽叽喳喳。曾经天使一般美丽的头发变得油腻稀疏，染上了一层苍白的铁锈色。她对罗恩缺乏发自内心的喜爱，她抚摸罗恩的样子是那么做作，有一种令人生厌的虚伪。她对我也没有什么兴趣，甚至对安娜也是一样——她唯一关心的是她自己，以及自身的丑陋与腐朽。她害怕一旦自己的薄唇停下来不再说话，哪怕只停一会儿，她就会再也无法感觉到自身的存在，就会悄无声息地离开这个世界，没有人会注意到，连她自己也不会。

每一次安息日安娜从她父母家出来都带着气愤、沮丧的心情，发誓赌咒说再也不回那个充满衰老腐朽气息的小屋子里去了。但过后想到他们在这世上的日子已经屈指可数了，她总是会改变主意。

一开始，几乎所有的一切都让我喜欢。安娜把自己的全部精力都放在美化我们的小公寓上——虽然我们手头拮据，但经过精打细算，她总能时不时地买回一件新的家具或是一些装饰品，而我对她的做法完全没有异议；不知不觉间，我们的家逐渐变换了模样，成了一个非常舒适的小巢，不管是装饰还是家具都显出绝好的品味。安娜买了一块图案鲜亮的地毯，遮住了破旧的瓷砖，又低价购得几件难得一见的漂亮银器放在一个小展示柜里。她缝制了新窗帘，换掉了老旧的沙发套，又在墙上挂上几幅小画，大多数都是精致的钢笔画。她还总是手里拿着一块湿抹布在家里走来走去很长时间，一旦发现有灰尘侵入我们的房间就立即将它们抹去。然而，我知道她用这些各种各样的活动把自己的时间填得满满的，是因为她想逃避，不想坐下来面对我，不想承认一个事实，那就是对于我们之间真正发生的事情，我们彼此都没有提过一个字。

有时候，我觉得她似乎和我年幼的学生之间形成了一种模糊的关联——他们互相交换着一种细微而绵长的轻蔑，将两者系在一起。我用尽全力试图驱散这种怀疑,但时不时地,当我站在他们面前讲述《圣经》里的故事,或针对某个词根举例,我就能愈加明显地感受到事实就是如此。我看到了一个邪恶而狡诈的阴谋,藏匿在那一双双纯洁的眼眸形成的面具背后。在那样的时刻,我几乎要突然中断授课,深吸一口气,看着他们的眼睛,等待这死一般的沉寂漫延开来,然后大喊一声:蠢货!难道不知道你们面对的是怎样一个人吗?——几乎。

而在我父母住的农场里,安娜和他们之间那种了然于心的默契也没有逃过我警觉的双眼。他们从来没有用任何言语明说,但他们脸上默契的笑容就像锐利的刀子捅进我的小腹。

安娜从见到他们的第一刻开始就把他们当成了自己的父母一般,不管是对他们住的地方,还是对他们的情绪,都给予了过分的,甚至是令人难为情的纵容。如果是我说了算,我们不会经常去看他们,但她会宣布:"今天我们去农场。"然后我们就会过去。罗恩出生之前和之后都是如此。她去的时候我父母会到门口迎接,她一到,先在他们脸颊匆匆印上一吻,快步走进屋里,把她的东西随手一扔,然后把房子彻底检查一遍并宣布她的裁决意见:这里她喜欢,这里被忽略了,这里太可笑了,这里只要花一点点心思和想象力就能弄好。我父母往往只有张大了嘴听她讲的每一句话,对她喜爱得无以复加，真心感谢命运让他们拥有了这么一个又聪明又见多识广的儿媳妇。他们从不感谢我。当然，是因为我这种拧巴的个性把她带到了他们身边——这样的念头从来没进入我父母的脑袋！

在他们眼里，我是一个巨大的败笔。强烈的阳光炙烤着这片土地上的房屋、农田与小巷，在宽大的树木间是一片片精心修剪过的草坪，无所事事的街头少年被太阳晒得黝黑，他们有强健的身躯，明亮的眼神，漂亮的卷发。不像丹尼尔·阿尔特。他是一个又高又瘦的男孩子，五官挤在一起，脸上斑斑点点，他总是缩在阴影里，用一种羞怯的、卑微的神气看着这个世界，就好像在为自己的存在道歉一般。的确，道歉是应该的。看看我的哥哥尤纳坦：他只有十六岁，却已经是个虎背熊腰的小伙子，帮父亲在田里干活，开拖拉机，挤牛奶，把干草堆得漂亮整齐，在安息日的夜晚用舞姿让周围的女孩神魂颠倒。看看我的哥哥尤纳坦：穿着短裤在田间干活，裤腿卷在腰间，坚实的肌肉如回炉的钢铁一般闪闪发亮。的确，他在身高上比我矮一点，但他面对这个世界的时候是那样自信，有一种昂然的神气。是呀，我也帮父亲在田里干活，我也很早就起来挤奶，到了晚上，我也会修剪草坪。但从我父亲的眼睛里，我看到的是困惑和愤怒：你的一举一动是多么笨拙呀，丹尼尔。

母亲什么都不说，不表露出一点自己的想法。但我确信，在死寂的深夜里，她也常常问自己：这孩子难道真的只能这样了吗？

婚礼当天晚上，母亲眼中含泪。她披着一块粉红色丝绸披肩，身上穿的裙子是让当地一个叫埃丝特的女裁缝专门为这场婚礼设计的。在她眼里，自己从来没有如此美丽，但我还是喜欢她穿旧裙子的样子，那样的她，那样的气味与感觉，是我多年前就非常熟悉的。在母亲身边站着她的三个姐妹、我的阿姨们，有一个还是从纽约过来参加婚礼的。我真不明白为什么我和安娜的结合让这位阿姨如此有兴致，专门买机票从纽约飞到特拉维夫；这位名叫米里亚姆的阿姨嫁给了一个很有钱的商人，她的丈夫号称是一位又虔诚又守教规的犹太人，但我父亲却非常厌恶这个人——米里亚姆阿姨几乎把自己当成了新娘。她一直紧挨着母亲，使尽浑身解数想要证明在这么多宾客中，没有哪一个比她更亲近、更受欢迎。母亲放任泪水滑过扑粉的脸颊，看看我，再看看安娜，微笑着擦拭眼角。我感到一阵迷惘：在我眼里，这个仪式是一项不可避免的惯例，可眼泪呢？为了我？母亲的这种情感流露不如说是因为在这样的场合亲朋好友们都认为应该看到这样的情景。没有人真的认为我——丹尼尔·阿尔特理应得到如此亲热而慷慨的关注，连我自己也不这么认为。

而我的兄长尤纳坦站在一边注视着这一切，他两个年幼的双胞胎儿子——哈该和迈克尔一边一个站在他身旁，张大了嘴愣愣地看着。尤纳坦对我没有恶意，甚至在我狼狈不堪的时候也没有咧嘴偷笑。在他钢盔一般冷冰冰的外表下，他其实很喜欢我，甚至很尊敬我，因为在他看来，我拥有他在别人身上看不到的品质，很遗憾我个性中的其他一些因素让这种可敬的品质不能显现出来，让人们看到。这些话是尤纳坦在一个风雨交加的冬夜告诉我的，那时候我们一起在牲口棚里照看一头临产的母牛。

我年纪很小的时候瘦长的身躯就开始驼背，头顶和身上的毛发又黑又硬，一茬茬纠结在一起。我的视力很早就已经一片模糊，医生给我配了厚厚的眼镜。母亲给我买了一支很贵的自来水笔，父亲对此一无所知。我偷偷从学校拿了一卷没有画任何横线的白纸回来，只有在老师办公室才能找到这样的纸，我驼着背，坐在一张小桌子前，在家里一个昏暗的凹室里，全神贯注不停地写字。一个个小小的、圆润的字母笔直而又整齐地排列在页面上。我放任自己的头发长得很长，一撮青少年特有的绒毛胡须轻轻挠着我长满粉刺的脸颊。我和人接触得越来越少。我下定决心把自己奉献给诗歌事业。一个诗人，拥有狂野而无拘无束的性情，清瘦、驼背，他回答的话语小心谨慎，难以理解，他用的语言简洁、精确、刻意、复古。

我不知道是自己选择当一名老师,还是被选中当一名老师。不过现实一点来说,一个性格阴沉、独居一隅、明显不受欢迎的诗人,会有怎样的未来等着他?我带着一卷自己的诗作找到一家小出版社,对方拒绝了我。我又来到城里,拜访了一位声名显赫、备受尊崇的诗人,选了一些作品给他看,都是我拿那支昂贵的自来水笔,用一个个细小的字母手写出来的,他说:"真有天赋,年轻人!"我问他,既然这样,为什么出版商不愿意出版我的诗集。他淡淡一笑,眨了眨眼睛,我无从知晓这个人真实的想法是什么。

我回到家,把写满诗作的那卷纸扔进院子的垃圾桶里,点着了火。父亲正在田里干活,母亲外出拜访一位邻居。我以为自己会躺在床上哭泣,不接受任何安慰——这是一出悲剧,一个十八岁的男孩,脸上长满了坑坑洼洼的粉刺,身体瘦弱憔悴,仿佛饱受病痛折磨。我想象着母亲回到家,发现我伏在床上抽泣,眼泪浸湿了枕头。但我只哭了一会儿,而且还是一种可笑的干哭,母亲很晚才回来。

她建议我当一名老师,给聚居区里的孩子们教书,但我知道父亲会觉得这是一种不可忍受的耻辱。所以,一个冬天的早晨,我离开了家,提着一个旧皮箱,沿着聚居地泥泞的小路缓步前行,路灯模糊的倒影在水洼里闪着微光,我穿过一个个水坑艰难地走着。一件迷彩夹克衫穿在我瘦长的身上显得捉襟见肘，我慢慢走远，慢慢离去，仿佛不再回来，没有人和我说再见，没有人在我经过的时候停下来，没有人为我的离开感到难过。父亲说："从这儿到市里路不长，半小时而已。"母亲说："我送你去车站吧。"但我让她打消了这个念头，不用在一个阴湿的清晨这么早起身。一个男人，孤身走在聚居地的小路上，天空灰暗低垂，飘着细雨，没有一丝光亮穿过云层，光秃秃的枝丫上没有鸟儿栖息，没有人向我微笑，给我祝福。我本可以写下优美而打动人心的悲伤诗句，可我已经完全放弃了写诗。

第二天，我年幼的学生们咧嘴冲着我笑。我试图为自己树立一个年轻、睿智的形象，却只是徒劳。我光秃秃的头顶、厚厚的眼镜、土气的衣着、可怜的驼背，让真实的我无所遁形。我站在他们面前，嘴里干涩得说不出话来。根据周课程表，这节课应该上《托拉》（犹太律法，希伯来文意为"教谕"），但我前一晚准备的所有笔记都毫无用处。然后，这些可爱、迷人、不可思议的小家伙开始低声而好奇地问我问题。在我眼里，他们如同一群羽毛柔软的雏鸟，这样柔弱，需要温暖与呵护，而不是冬季天空沉重的铅灰色罩子。他们问了很多关于我的问题。他们想知道我的名字，我从哪儿来，我的过去——还有上帝是否存在。我一个一个回答他们的问题，我的回答很长、很仔细，毫无保留。眼泪让我喉头哽咽。我想要拥抱他们每一个人，敞开我破旧的、土气的外套给予他们庇护，把他们带到我家里，围坐成一个紧密的圈，紧紧依靠在一起互相取暖，而我站在圆圈中央，给他们讲述古老的传说，为他们荒芜的幼小心灵注入新的精神。

我问安娜是否想要给自己找份工作，她的回答是否定的："我不会让任何人照看罗恩，"她说，"如果说到挣钱，我可以在家工作，把绣品卖给任何喜欢它们的人。"

在我眼里，这些绣品的确精美绝伦。一整块织品上图案设计生动灵巧，惊人的美丽与协调，色彩丰富，充满艺术气息。在我看来，这样的作品似乎与安娜肃然甚至过分克制的心思相矛盾。我告诉她："你真是个艺术家。"她笑了，带着一丝嘲讽的意味说："你对艺术的事情知道什么呀，丹尼尔？"不过有时候邻居碰巧路过上我们家，都会围在她身边啧啧赞叹，惊奇地看着她飞针走线，将每一片布料转变成一个个美妙的、传奇的世界。每个看她做针线活的人都会开口要一块绣品，特别一点的，作为家里的装饰。我说："安娜，你做这些都不要钱吗？"她只是冷淡而生硬地回答说："我知道自己在做什么，丹尼尔。"

她是对的。她的名声传到了一些工艺品代理商耳朵里，他们联系了安娜，给她下了订单。她签下了合同，接受了佣金，每天都花好几个小时坐在摇椅里，认真而坚持地工作。

　　罗恩睡在自己的小床上，红润的脸颊一天天丰盈起来。在厨房里，我的午饭已经准备好了放在炉子上。零碎的布料、针线和其他工具散乱在地板上。我到家的时候，她会站起身，冲我一笑，问我感觉怎样，然后到厨房把我的饭端出来。通常，她只是坐在我对面，不吃任何东西，有时候喝一小杯汤，或是尝一两口色拉。接着她会问今天过得怎么样，而我会回答得非常详细。我不确定她是否真的把我的话听进去了，她其实只是希望和我讲罗恩，每一天，他探索的边际都会宽阔一点点，每天，他都会改变一点点。罗恩给她带来了无穷的快乐。有一次她甚至这么说："看着他一点点长大，我感到特别欣慰。"到了下午，我们会把他放在我给他买的推车里，一起出去走一会儿。我们肩并着肩，慢慢地推着小车，沿着索尔国王大街一直走，再拐进一条小巷走到某个公园。我常常想，我们一起走在街上的时候，安娜会不会因为我而感到不好意思。她这么一个漂亮的女人，走在路上男男女女都会回头看她，她是那种就算放在最漂亮的豪宅、最时尚的聚会都不会显得突兀的女人。但她的骄傲让我捉摸不透，如果我把这种想法告诉她，我猜她的反应一定会是勃然大怒——甚至可能一口唾沫吐在我脸上。我们在公园的长凳上坐下来，把罗恩的小推车放在我们跟前，一起轻轻地推着，时时冲他微笑，表达我们的喜爱之情。罗恩的心情一般都很不错，不过有时他也会突然被一阵无名的怒火所控制，大哭出声，这种时候是对我的神经巨大的折磨。安娜则会非常不安，用尽全力希望安抚他的情绪，但这种努力只能让罗恩闹得更厉害，于是她又将自己的愤怒发泄在我身上。罗恩毫无征兆的痛苦情绪几乎是唯一能够撼动安娜自制力的东西。

我们就这样坐着直到黄昏降临特拉维夫。那是夏末最后的光景，那个夏天是以一场战争为开端的。特拉维夫，我对自己说，现在看起来更加平静温和，甚至比过去要可爱一点了。我不知道这一切是否因为战争的关系。

然后我会陷入白日梦里，但恰恰是在这样为数不多的时刻，安娜觉得想要和我交谈。我会立即把自己从神游中拉回来，但安娜感觉到我并没有在听她说话，她的脸上会露出虽然很克制，但受到冒犯的神情。我向她道歉，嘟囔出几个字想证明我一直在听她说话，可无法平息她的不满。而我完全没有精力去承受安娜对我的憎恶。

我对其他事情也没有多少精力。我已经三十五岁了。在战争期间，我在后方当一名文员，一名摇笔杆子的人。安娜不需要为我的安全担心。有一次，她甚至还被允许进入我的办公室，看到我趴在一摞表格上方，不停地翻找，在纸上用红线标注，有些纸片被我扔掉，有些我在上面签字，再交给我的上级。我穿着军服的样子在她看来那么滑稽可笑，她毫不掩饰唇边淡淡的、讽刺的微笑，我本该感到受伤的，但我没有。当然了，她这么做并不是毫无根据的：我胡楂邋遢、穿着不合适的制服，光秃秃的头皮下一副厚厚的瓶底眼镜。

从办公室回到家，她对我说："看起来你在那堆纸里面要找什么东西。你翻动它们的时候那种热切，就好像会找到深埋在地下的宝藏一样，你觉得呢？"

随着最后一丝日光的消失，我们回到家。这时候，我们心里都会觉得分外难过沮丧，但我们面对彼此的时候都努力克制这种情绪。我会说："你一定累了吧。"她会说："我去给你泡杯茶。"然后她把罗恩放到小床上，走到厨房，准备一顿简单的晚餐，吃完以后立即拿起手中的针线活。我则专心批改学生的作业。

但在这些日子里，一股陌生的暗流开始在安娜体内涌动，某种内在的变化过程，让人无法忽视，无法否认。

在这里，她躺在小卧室的大床上，百叶窗半开半合。这已经变成一张装饰精美、遮有帐幕的床，上面铺着一层点缀银色流苏的紫色床罩，床旁边摆着安娜的镀金梳妆台，梳妆台上方是一面椭圆形的镜子，古色古香的黄铜镶边。一盏小小的台灯亮在床头，在她宽阔丰满的脸上投下一层红色的光晕。她的眼睛下方有浓重的阴影，已经有一点陷进眼窝中去了。她的眼睛闪着奇怪的火焰，笼罩着一层淡蓝色的雾气。她的身体随着粗重的呼吸起伏颤抖，她把一株香石竹握在指间，放到鼻孔前，嗅着它的味道。她粗重的呼吸饱含愤怒与欲望。脚趾扭动，手指狂乱地抚摸——身体、大腿、乳房。那紧抿的薄唇。狂乱的影像在她体内燃烧、扭曲。眼泪奔流。她在镜子前坐直身子。四周一片黑暗，她的眼睛向镜面靠得更近，仿佛在搜寻某些深沉的、无穷极的东西，只有台灯微弱的反射光芒在她脸上点燃一道血色的火焰。她一直以这种不雅的姿势坐着，双腿分开。她没有时间保持雅观。她想要为痛苦和欲望寻求补偿。在黝黑而错综纠缠的森林里，空气稠密，充满诱惑、充满威胁。既残忍又令人心安。

在那个夏天的末尾，安娜的父母去世了。一个接着一个，中间只隔了两个月。先是她父亲。他突然得了一种医生也无法诊断的病，很快虚弱下去，没人救得了他。她母亲拒绝放弃希望："你必须做点什么。"但安娜坚持："没有人能再做什么了。这是他富裕生活毁灭后的必然反应，只不过现在才表现出来。从那时起他就没有真正好起来。"

他的死亡一直笼罩在神秘的阴影里。

接着安娜的母亲也变得虚弱起来。安娜召来的医生都被她拒绝了。"我没有生病,"她说,"就让我平静地死吧。我只想这样。"

两次葬礼出席的人都很少：塔妮娅阿姨、其他几个亲戚、邻居。一群矮胖的女人，缠着头巾，礼节性地哭几声。最后连我自己也掉了几滴眼泪。安娜没有哭。她穿着一件黑色长裙，暗黑针织面纱罩在头上，如同给自己的眼睛戴上了面具。她走路的时候身子挺得笔直，走在她身边的人想要搀扶她，都被她拒绝了。

回到家，我问有没有任何能够帮助她的地方，她瞥了我一眼，神色中带着明显的不耐烦，她干涩的眼里是深沉的、真挚的哀痛。她想要说些什么，可能是她还没有说出口、也永远说不出口的话。那眼神诉说着恳求，让我感到害怕，我极力想要忽略这种感受。

那晚，她在一种痛苦而绝望的欲望里把自己给了我。她的身体呻吟扭动，用力伸展所有的肌肉，有一瞬间几乎是高飞翱翔的姿态。安娜是温柔的，也是邪恶的：她的指甲陷入我僵硬的肌肉，掐出了鲜血，同时她又恳求着慈悲，恳求着更多温存，恳求我给予更有力的、最后的一击。她的手按在我臀部强迫我进入，更高、更深。我跟随着她的引导。

凌晨两点钟，我们赤裸地躺在床上，挨在一起，只有指尖相触，一种模糊而遥远的接触。外面一片寂静。零星有汽车经过，但那是一个不属于我们的世界。午夜里起的风已经平息下来。秋天的热浪开始袭来——我们怎么会忽略了？安娜把毯子掀开，让我们的身体慢慢晾干。这就是全部——我躺在那儿，想着——宇宙的全部和我们；意味着，我们已经完全从中抽离，又或者事实正好相反；在所有无尽的空间里只有我们，唯一的、神圣的存在。当然，其他一切事物的存在——比如伊本·加比罗尔街最后一个行人——都依赖于我们的存在，依赖于我们的意识。而围绕着我们的是一片陌生的土地。荒漠、山丘、山谷。没有巍峨的高山。柔和起伏的曲线，如同女人大腿的线条。一阵东风吹来，地平线上的沙漠仙人掌，遥远的商人。我俩赤身躺在温暖的沙滩上，绚烂而刺眼的沙滩上。

你写了那么久的诗——安娜说。我分不清这是陈述，还是疑问。

我们两人赤身裸体躺在沙子上，满足、遥远。还非常疲倦。一个很高的男人居高临下地站在我们面前。一个赤裸的男人，四肢硕大，发出一声低沉、邪恶的笑声，而沙漠用回声与他呼应。我想：我在哪儿认识了他？我在哪儿见过他？从他身体里喷出乳白色的烟雾，我们紧紧拥在一起，因恐惧与狂喜而颤抖。

天快亮的时候，透明的黄褐色天空涌进黏腻的灰色。地平线变成了蓝色，接着又变成黑色。一排马车慢慢穿过。披着斗篷的男人们鞭打马背。其他人跟在马车后面，似乎是在无声地祷告，意味深长的。女人们走在他们后面，怀里抱着年幼的孩子。这个队伍要去向哪里，这古老而痛苦的旅程，安娜？他们的目的地在何方？这画面我曾经见过，并在我的记忆中固执地一次又一次重现。

接着出现了一缕灿烂的秋光，一道耀眼的蓝色光芒。天亮了，我们起身，穿好衣服，坐下来喝咖啡。安娜把罗恩抱在怀里，露出乳房喂他，而小罗恩用力吮吸着，用他旺盛而可怜的小胃口。他看着我，不时晃动着脑袋，就像一个可爱的老头，身体不再听自己的控制。我冲他微笑，紧紧凝视他因愉悦而焕发光彩的脸蛋，朝他做了个鬼脸。

"小罗尼，"我说，"小宝贝，早上好！"

真荒谬，我知道。

安娜说："今天我们去看你父母。我们必须离开这里一段时间。"

在傍晚时分，她的听觉会忽然变得更加敏锐，工作的节奏也变得焦急起来，甚至接近狂乱。在收音机播送新闻的时候，她丰盈的乳房硬挺起来。我以为她要我把学生的作业先放一边，于是我把它们放在一旁，直直地看着她：你在期待我说些什么。而她说："我现在要出去，去看望塔妮娅阿姨。

照看好罗恩,等我回来。"我说:"或许你可以找时间邀请她到这儿来。"

她说:"或许吧。"然后走了出去。

家里只剩我一个人。罗恩已经睡着了。我本来打算继续批改作业;我也知道明天的圣经课内容也还没有准备好。新闻已经结束了,之后播的是一场音乐会。我无法集中精神在作业本上。我觉得音乐让我分心,于是将收音机关了。我的思绪开始四处漫游。我站起身,给自己泡了一杯茶,坐在摇椅上,脚上盖一条羊毛薄毯。我听到楼梯上传来脚步声,走向上一个楼层。一定是一个陌生人,也可能是邻居邀请的客人,又或许是穿着浅灰色长雨衣的外国人,从头到脚全部裹在雨衣里,戴着帽子,神色冰冷而疏远。他会摁响我们家的门铃,而我绝不会去处理这种令人不快的意外事件。

我觉得很冷,站起身又把收音机打开。我听到门外的陌生人又从楼上下来了。显然他没有找到想见的人。我想找一个放轻音乐的电台。从某个遥远的国度传来爵士乐的声音,小号与萨克斯风,我想。一位女主播用很浓重的斯拉夫口音在解释什么东西。门外男人的脚步声渐渐远去。他是谁?我应该警告所有的邻居。我们需要成立一个委员会来维护住宅的安全。我很久以前就在考虑这件事。

接着我又想:在这个大城市里谁又知道我的存在呢?谁

会关心我呢？整个世界上谁知道我、记得我？安娜在她阿姨家，没有想着我。安娜在想什么？她们姨甥二人现在在做什么？有哪个女人会在晚上留下她丈夫照看小孩，而去看望自己的阿姨？

还有，透过作业本的纸张，我年幼的学生们正眯着老鼠一样的小眼睛轻蔑地看着我。我看到他们藏在每一个角落，撩拨起我内心的欲望——站起来、走出去。罗恩已经睡着了，不会醒过来。我甚至不知道自己是否还会再回来。我可以给安娜留一张小纸条：我无法再忍受了。不要等我。我爱过你。丹尼尔。

我有了自杀的念头，而且这不是第一次。

一只小飞蛾绕着台灯的光柱打转。每隔几秒，它脆弱的翅膀就会撞上硬纸板做的灯罩。厨房里，有个龙头没有关好，水滴落在水槽的盘子上，粉身碎骨。

多么可笑！即使是现在，我的学生们当然也在想着我。他们一个个躺在床上，在这座镇子不同的角落里。他们早就睡着了，睡得宁静香甜。他们每一张脸都像天使的脸，梦境也是玫瑰色的。而我是他们梦里见到的人，我不是丑陋的格列佛，我是善良的巨人，他们可以抓住我斗篷的衣角，充满渴望地仰视我的脸，紧紧抓住我。他们在这个世界上没有其他人可以依靠，他们知道这一点。就连在梦里，他们也不能忘了我。一整夜。如果我走出这么仓促的一步,他们不会原谅我。明天,我要带他们去城外旅行。我会找校长让他破例同意我这么做。我们会爬上沙丘,去捕猎爬行动物和昆虫,静静地看成群的鸟儿飞过,张开耳朵聆听从海床涌来的声音。

我打算出去。罗恩睡着了。如果他醒了,哭喊起来,这是给安娜一个教训。我走近他,他真是一个可爱的小天使,我不会掐死他。安娜回到家,会发现只剩罗恩一个人。她一定会歇斯底里。等我回来,她会用她的小拳头捶打我,直到将我逼到床上。我会窘迫而徒劳地试图阻止她,但她不会退缩。捶打会变成搔痒。我的身体扭动起来,我会大笑、大叫,想把她抱紧,扯去包裹着她丰腴身体的粉红色蕾丝短裙,以及干净崭新的丝绸内衣。

我准备步行。我想去艾伦比街,从那儿走到海边。我穿着一件短外套。外面已经很冷了,冬天的风从海上吹来。安娜坚持认为这件破旧的灰色外套不适合我,但我很喜欢它。我走在昏暗的街上,觉得自己似乎正走在一个陌生而遥远的城市,将自己交付给某种未知的,或许是残酷的命运。命运往往是残酷的。你走在某条幽暗的街上,突然从一条小巷子里蹿出一个面目模糊的人影,你的世界天翻地覆;一个穿着黑色紧身裙的女孩靠在一座房子的外墙上,吸着烟,噘起嘴唇仿佛要将烟吐到你脸上,而你在她身边停下来,无法抵御这种诱惑。

　　黑夜里的艾伦比街是一个悲哀而邪恶的地方。我应该转身回家，因为我的双脚正将我引向一个没有回头路的幽暗小店。没有人认识我，所以我可以很容易到那儿，坐在吧台前，要一杯烈酒，点一支烟，环顾四周。那些神情氤氲的人，低着头，无精打采地趴在低矮的桌面上，眼睛偷偷看着我，祈求帮助。他们知道，我，丹尼尔·阿尔特，一个小学教师，能够帮助他们，他们不小心跌落在地狱的深渊，而我能够将他们拉出来。只需要喝几杯，然后我就能站在这小店中央，站在红光里，向他们发表演讲，唤醒他们冰封的、贫瘠的心灵。我能够为他们注入新的希望，我会告诉他们跟随我，而他们会慢慢地从泥沼中站起来，步履蹒跚地往前走。一开始，他们走走停停，呻吟不断，渐渐地，他们获得了信心，挺直了身板。但也许，我，丹尼尔·阿尔特，为了超越他们，首先要模仿他们，像他们一样大口喝酒直到我委顿的肩膀无法承受脑袋的重量，直到我也在桌子中间爬行，爬向他们，爬向泥沼，吸入他们呼出的浊气、香烟与酒精的臭味，笑着、哭着、诅咒、唾骂。我也需要花两三天蓄点胡子，不再梳理我稀疏的头发，在凌晨三点搜肠刮肚地呕吐……

　　外面正在下雨。冷风从海上吹来。人们四处奔走寻找避雨的地方。小酒馆的店主正动手关门。有人冲他喊叫，让他停下来，我们这里需要空气。但他关不上门，风实在太大。两个女人站在小酒吧后面，还在等待。男人们将大衣紧紧裹在身上，竖起领子，嘴里骂骂咧咧。可能罗恩这会儿正在家里哭。我可以打电话看看安娜是否已经回家了。我示意再要一杯酒，跌跌撞撞地向一张桌子走去。那儿坐着两个小伙子。他们正在谈论刚刚结束的那场战争。显然，讨论并没有进行得很愉快。因为他们都站了起来，彼此对峙，眼中充血，手里拿着刀子。店主赶忙跑过来挡在他们中间，把两人推开。他们退了回去。感谢上帝。

从那以后我就失去了时间的概念。可能已经是凌晨两点钟了。雨已经停了，但水滴还是不断从树上掉下来。月亮投下一片灰色的、阴暗的光辉。艾伦比街仿佛蜷伏着，顺从地等待着自己最后的命运。比方说：一次大爆炸。整个世界。比方说：一个男人独自在街上，拔出一把刀，就着苍白的月光，鲜血冒着泡淌下来。街道畏缩颤抖。但那尖叫激起一声厚重响亮的回声，从街头传到街尾。人们紧闭窗户。人们躺在床上，因恐惧而发抖。赤裸的情侣躲在厚厚的毯子下紧紧抱在一起。浑身是汗的男人们在睡梦中揉捏着或丰满或瘦小的乳房。女人们做着噩梦。他们没有听到窗户底下传来逐渐消逝的尖叫。树上不断地掉下雨滴。

那两个男人已经动了刀子。被杀害的人——比方说，一个阿拉伯人——甚至没有叫喊的时间。他像一块木头那样倒下去,浸在自己的血泊里。

周围一片黑暗。没有一点声音。没有人注意到什么。他们匆匆离开,像猫一样灵巧,穿过古老小镇狭窄的巷子,溜进开在墙上的一扇门,抚平身上皱巴巴的衣服,深吸一口气,慢慢走向咖啡厅。一切都结束了。我也可以试一试。我想试一试。当然会有人让你一把掐住他们的喉咙,摇晃、挤压。这就结束了。看着眼珠子从眼眶里凸出来。有这样的人。这不是正义或道德的,只关乎解脱。

有时候虽然如此,在这个战后的冬天,一个伴随着雨水的、狂暴的冬天,我们俩的一切看起来都很顺利。出于某种原因,安娜说的一些话深深镌刻在我记忆里:天空的恩赐是因为战争。这场战争带来了很多恩赐。

邻居和她交的新朋友经常来看望她,表面上是来看她的绣品,赞叹她的手艺,但只要她们一来就会坐很长时间交谈。通常用一种轻柔的、没有起伏的声音。突然间,我发现安娜坐在圆圈中央,她们围坐在她身边,饥渴地吞咽下她的每一个字,专注地凝视着她,半是敬慕半是渴望。而她的回应没有一丝权威或傲慢。

客人们会对我简短地说上几句话,礼节性地笑笑,然后立刻将注意力放回到安娜身上。通过一种没有明说的默契,她们自觉地无视我。而我没有任何选择,只能让自己沉浸在某本作业簿里,从我身边飘过的对话中捡起只言片语,让自己的眼睛慢慢合上。直到安娜推推我的肩膀。我一惊,转醒过来。安娜笑着说:"你是不是应该上床睡觉了,丹尼尔?"同时侧过脸向围坐一圈的女人们眨眨眼。

有时我们会在安息日晚上邀请她的这些朋友和她们的丈夫一起来家里做客。安娜为他们烤蛋糕、买各种蜜饯和小吃。我不明白她为什么做这些。她无法在我面前掩饰一个事实,那就是这些客人中没有一个人真正让她感兴趣。但她还是会在他们之间穿梭,热情地让他们品尝点心,轮流和每一个人交流,有时候对所有来宾讲话,有时候和其中一个单独聊天——被无视的只有我。因为难为情而故意忽略我。所以这是安娜第一次因为我的缘故感到尴尬。

我们也会受到邀请去别人家做客。一开始我试图找借口躲开,但安娜说:"你不能这样对我,丹尼尔。"然后她会用一种慈母一般的语调补充道:"你在怕什么?真的,找时间想一想,你到底在害怕什么!"

我跟在她身后,穿着她为我挑选的衣服。而她穿戴着我叫不上名来的裙子和珠宝,朝四周微笑,说:"我希望你们认识一下我的丈夫，丹尼尔。"然后人们朝我微微点头——算是打了招呼。

我通常只是坐着听别人讲话。安娜会大笑。有时候她的笑声非常突然，令人尴尬，但他们并不怪她。显然，她身上某些东西俘获了他们的心。或许是她贵族一般不凡的气质。我承认：那些女人里没有一个可以与她相比较。

一开始他们的确也想让我加入谈话。可能因为我的沉默让他们感到压抑。但他们很快发现我的沉默并不是不舒服的表现。相反，我发现这些人和他们的闲言碎语比我预期的还要愉快有趣。只有安娜——有时候会让我鄙视。他们谈到某些需要发生但还没有发生的变化，因为坐在顶层的人不知道如何做决定。这种情况让人非常讨厌，非常可耻，甚至是在播下混乱的种子。这场战争，他们这样说，带来了这么多的机会，但什么都没有发生。现在钱更多了，空气里充满了蠢蠢欲动的因子，但没有人站出来领导这一切，所以每个人做每件事都只是出于自己的利益，这太糟糕了。更糟的是，这宝贵的国家，他们说，已经变得腐败而颓废。有个人说，在颓废中，有一种令人迷醉的毒品，沾上它的人再也无法痊愈。当然他们也谈论其他事情。比如，他们对于这段时间有哪些好生意交换意见，不过不知道怎么的，所有这些到最后都注定以失败告终，而他们每个人都有一种悲观的印象，觉得大好前途被白白浪费。我记得,有一个男人坐在那儿,富态而优雅,吸着雪茄,吐着蓝色烟圈,用沙哑而激动的声音说,眼下想要买一辆好一点的美国汽车,你不需要好运气,甚至不需要一大笔钱,只要有一个对好生意嗅觉灵敏的鼻子,这就够了。"但即使是从我们这儿,"他宣称道,"这个国家也在偷走所有东西。"

有一个女人坐在那儿,面对一瞬间冰冷的沉默,突然叹了口气,说:"一切还没有结束,相信我,在战争中胜利的一方总是有更大的胃口,想要更多。"有两个人非常轻蔑地笑起来。

有人开始评论说,占领不属于我们的土地是很危险的,因为有人居住在那儿,并且没有人喜欢在战争中被打败(之后,这变成了一个饱受争论的话题,但过六个月战争听起来还是又新鲜又刺激)。而我对自己说:我们曾经是一个小国家,周围都是敌人。这是真的,但这个国家的人好歹知道他们自己的位置。现在,一些超出他们理解范围之外的事情正在发生,我们所有人都不知如何解释——只是人们拒绝承认这一点。

但在屋子里,一种紧张的沉默占据了主导地位,有人赶紧提到了首相的左翼行径,接着决定把话题转到一个知名喜剧演员和他乏味的表演上,而那个吸雪茄的男人抓住了谈话中的一个空隙，说道："在这个国家做事他们不给钱。他们不给钱。"

回到家已经过了午夜，安娜看起来更加放松。她会将手指放在我臂弯里，我甚至能够感受到某种亲近的意味。我们会躺在床上，把自己盖得严严实实，紧紧挨在一起，增加我们之间能够产生的一小点温度，来抵御那一年降临在这片土地上的严冬刺骨的寒冷。我们会彼此交谈，那轻柔的话语意味着亲密与爱。有那么几个时刻，甚至可以想象我们所获得的，似乎已经超过了彼此能够掌控的范围。

安娜甚至说："真可惜你没有在聚会上开口，丹尼尔。我相信你一定有一些很有价值的东西可以说。"

我的回答转移了话题："或许明天我们应该带着罗恩去看你阿姨，不要到我父母那儿去了。"

她并没有生气："也许吧。不过你知道不会有什么好结果的。"

我们入睡前我总是在想安娜这段日子到底在和什么抗争。她在和自己玫瑰色的梦境抗争。想要切断那些银色的丝线。为此，有一天她甚至对我说："我们找时间一起去旅行吧。他们说所有新地方都有某种魅力，而且这些地方就是一定要让人看见。"

在我们这条街上有一间房子里住着一个怪人,名叫纳赫曼·伊莱修。他总是穿着式样老土的卡其布衣服,脚上一双黑色工靴。稀疏的胡须微微发红。他已经开始谢顶,暴露的头皮边缘零星长着几丛头发。一双深陷的眼窝分得很开,绿色的小眼睛不停地四处乱转。他的脸颊一直泛红,笑容奇怪而狡黠,他一笑你会发现他大部分的牙齿都没了。不管遇到什么人,他都想把他们拦下来。但人们知道他,也知道如何应付他让自己脱身。而他立刻退回来,不再勉强别人。女人们说他邀请孩子们到他家,用糖果引诱他们答应各种各样奇怪可疑的要求;人们应该躲着他,也应该说服有关当局把他从这个地方弄走。

在我看来他们的故事过于夸张。纳赫曼·伊莱修的确想要获得一点小小的关注,但他的行为仿佛是在为自己存在于这个世界上而道歉。有一天我敲开了他的门,这个社会将排斥孤立强加在他身上,而我拒绝成为其中的一部分。我知道纳赫曼·伊莱修多么渴望有人能到他家拜访,我也知道他能填补我生命中的一些缺口。

对于我的到来他兴奋极了,使尽浑身解数试图取悦我,而这种努力显得那么滑稽,那么适得其反。首先,他为自己阴暗邋遢的小公寓而道歉。然后给我泡了一杯茶——用一只很脏的杯子,我都不敢喝下去。他在我身边跑来跑去,忙碌不已，我只想听他讲话而已。我的感觉告诉我，在这样一个男人体内，藏有的智慧比起我们正常的认知范围高好几个等级。

就在我想要离开的时候，他终于放松了一点，让我可以问他的过去和经历。我对于他本人及生活经历表现出的兴趣让他非常感激，但回答说人从哪儿来不重要，重要的是知道往哪儿去，至于他，他想要走上街头，提醒人们小心这虚假的繁荣，因为当那一天来临，那恐惧与腐烂的一天，我们会付出代价。他说，人只寻求活在当下，这是一个巨大的错误。只有少数人拥有预言未来的能力，而他相信有一天他会得到允许站在市政广场的高台上，对所有的路人大喊："我看见一切、知晓一切。"他说，"战争来了，我们赢了，但战争的胜利是一个民族最大的敌人。现在，巨大的失败就要降临。"

我回到家告诉安娜自己第一次去看望了纳赫曼·伊莱修，她用惊恐而责备的眼神瞪着我。"别再去那儿了，丹尼尔，我求你。为了我，别去。"

她的恳求中带着坚决，让我惊讶，也让我警觉，有什么东西在暗示她灵魂深处潜藏的恐惧，一种我之前从未意识到的恐惧。不过我觉得自己应该告诉她纳赫曼·伊莱修对我说的话，因为我从他的话语中看到了智慧，虽然在大部分人眼里他是一个可怜的白痴，不值得任何人的关注，我们应该——

我是指我们两个人，都应该帮助他，让人们听到他的声音。

那时是傍晚时分。安娜突然起身走进卧室，我听到她翻动衣柜的声音。过了一会儿，她穿了一件时髦的裙子走了出来，戴上了项链和耳环，甚至脸上还化了一点淡妆。她非常美丽，只是我很少看到她这个样子。

"现在你也穿好衣服，丹尼尔，"她说，"我们要出去走一走。"

我很吃惊。我仍然没有习惯她变化如此突然的情绪。所以我并没有着急起身。但安娜走到电话前，叫了一个保姆到家里来照看已经熟睡的罗恩。

我们走出家门，开始散步，她走在前面，我跟着她。我建议乘公共汽车，她摇摇头。我想要找一个话题聊天，但她沉默着，踩着高跟鞋挺直了身体急匆匆迈着大步往前走，身体裹在一件黑色的皮大衣里，目不斜视。我追在她身后，气喘吁吁。

我突然冒出这样的念头：她在领着我走向自己在这个世界的尽头。她想要行使潜藏在她体内超自然的力量来毁灭我。或者将我丢在这个城市边缘某个漆黑的巢穴里，在那儿，卑贱的强盗淫笑着，随时准备满足她的任何要求。与此同时，我又在想：真的，为什么安娜要把我从这个世界上抹去？我哪里冒犯了她？如果她不想再看到我，只要一句话，我就离她远远的。她固执的沉默更让我疑心重重，让我觉得在她冷漠而傲然的目光背后隐藏着复杂而诡秘的动机。我想：我必须保护自己，必须抢先一步行动。在拐进第一个黑巷子的时候我一定要从背后扑向她，用手缠住她的脖子，用力一掐，而她会当场倒下去，不发出一点声息。然而我立刻问自己：我能做到这些吗？我身体里真的有杀掉安娜的力量吗——不是杀掉，是谋杀。这个词语有一种巨大的魔力，孩童时期的我就意识到了这一点。有一刻我甚至相信自己是可以的，也正因为这个原因，我没有动手。这是一种真正的英雄品质吗，压抑你的天性？是什么最终让我没有下手，是我对应否夺走安娜生命的认知，还是"谋杀"这个词所拥有的、令人敬畏的力量？然后我知道了：这个问题不在我的掌控之中；我的行为受到自身以外的另一种力量引导，又或许，这种力量实际上深埋在我体内，但确然是有一种独立的、超脱于我之外的力量。

突然，安娜转身看见了我，看见了我脸上恐惧而警觉的神色。"你怎么了，丹尼尔？"我说："没什么，一点也没事，真的。"她放慢了脚步，走在我身边。她能够看到我所想的吗，只因为这些和她自己的想法何其相似？

战争已经过去六个月了，可特拉维夫还继续沉浸在庆祝的氛围中。就好像它在这场胜利中扮演了多么至关重要的角色。就连到了现在，晚上十一点过后，在低垂的夜幕下，中心街道上仍然挤满了人群。安娜转进一条通向码头的狭窄小巷。天空突然下起了大雨，我们跑到一家小咖啡馆躲雨——实际上就是一间矮小邋遢的小屋子——里面坐着三四个男人，皮肤黝黑，裹在长长的大衣里，戴着老式军帽。

有服务生向我们走来——一个又矮又瘦的男人，脸色蜡黄，黑色的头发油腻腻的，小心翼翼地贴在他布满皱纹的脑门上（就像一个年老的西班牙弗拉明戈舞者，我曾在一本杂志上看过这样的照片），他走到我们身边，问我们要喝什么。

"两杯茶。"安娜宣布道。

"要柠檬吗？"服务生问。

"不要，要加酒！"她露出一种胜利的笑容。实际上她把我请到这儿来是要告诉我一切都没问题，但她希望我们两个能多出来走走，希望我能够变得像她最近认识的人一样，或者说得更准确些，她没有要求我改变，这是一个从一开始就注定失败的请求，她只是希望我能够脱下这坚实的、沉默的外壳，因为这并不是真正的我。

听安娜说这些话感觉真奇怪。

"我，"她继续说，"我在空中盘旋了很多年。我的双脚碰不到地面，但这对于我来说是很自然的，因为我不断地从一个地方被抛到另一个地方，现在所有和我有关联的人里面，唯一可以让我继续去爱的就剩下塔妮娅阿姨了。我只爱她一个人，我甚至不是那么在乎自己嫁给谁。哈哈。我是说，不要以为我不知道你是怎样一个人，但我知道我对于你能给我的那一小点东西很满意。但现在，我想要更多。"

安娜有一个颀长白皙的脖子，脖子下面是一大片闪着光泽的肌肤，一直延伸到一对硕大丰满的乳房上——而我坐在她对面，目光集中在那道乳沟上。我明白从现在开始，她打算做出一种巨大的、绝望的努力，试图在我们之间建立起一种新的关系，但我知道事实上一切都是徒劳。首先同时也是最重要的一点，因为我不是安娜注定的那个人，而她也知道这一点。甚至可以说在这点上她败得毫无悬念：她的分析能力（精密、冷静、狠毒）是她所有感觉中最尖锐、最敏感的一种——这一次它会多么地令她失望啊！

而那一晚，在码头附近的咖啡店里，我也清楚地意识到安娜不是我注定的那个女人。酒精给我的感官蒙上了一层水雾，透过这层水雾，我甚至感觉到一阵强烈的嫌恶在体内搅动。她坐在我对面，端着简陋粗糙的茶杯，就好像那是一只精致的水晶高脚杯一般，用她粉红色的手指轻抚着杯身，她眼角斜睨，继续试图引诱我。直到我第一次想要扇她一个耳光，将杯子从她手里打落。

自杀的念头也闪过脑海。

"你要知道,"安娜说,"我不带你和罗恩去看塔妮娅阿姨,因为她所有的感觉都糊涂了。她一直在笑,说一些听不懂的、荒谬的东西。她现在已经很老了。我们很快需要把她送到别的地方,或是把她锁在家里。哈哈。她会一整天都背诵她小时候学习的波兰诗歌里的句子,这世界一切都不一样了——她一直在说这一点:这世界一切都不一样了——比如:**我的祖国,光从您巍峨的高山升起,田野亲吻着天空;我勇敢的兄弟奔赴战场,他将头戴桂冠归来。**我的阿姨说一个民族以及这个民族里每一个成员最奇妙的一种感受,就是对于国家的骄傲——但这里他们不懂得这一点,不欣赏这一点。她以前从没提过这些事情,但现在,在我看来,广播和报纸上的东西对她产生了很大的影响。有可能是战争把她逼疯了,因为她现在一直喝酒。她想要走出去,去所有新的领域游览,我需要费很大的劲才能控制住她。你以前从来没说起过这些事,我对她说。她勃然大怒:你知道什么?我没说过是因为我把它们藏在心里,现在我已经没什么可失去了,我是个老女人,很快就要死了,没人会记得我。你别管我。她发出一声令人毛骨悚然的笑声,我开始喊叫着,将她推上床,拿起被子把她塞在里面,因为她很容易打开门,冲到街上乱跑。你不会知道那有多可怕。等我终于让她平静一点,她的话变得很轻、很迷惑,直到她闭上眼睛,露出一个甜美而心满意足的微笑，胜利而疲惫的微笑。"

　　整个冬天安娜看报纸、听收音机，甚至开始和朋友一起出去看电影。现在，她坚持，是时候在我们所处的这个世界找到自己的位置了。她仰慕国防部长，因为他拥有她所喜爱的"粗犷而可靠的气质"，她用一种近乎狂热的态度跑去听他演讲，回来的时候，她会又困惑又兴奋地重复他演说的片段。她并没有对我说话——我只不过恰好坐在那里而已。他说："没有必要因为我们赢得了战争而寻找借口，或感到内疚。我们也不需要在转瞬即逝的梦境中回忆过去模糊而无足轻重的景象。我们的双脚必须坚定地站在这片土地上。"

　　她是否想象过夜里自己和国防部长一起睡在我们的床上，蜷缩在他宽厚的胸口，紧紧抓住他强有力的臂膀，用她的目光穿透他眼睛上的黑斑？她是否渴望看到他浑身赤裸，用那双健硕的双腿站在我们的卧室，或许已经颤抖着，站在那儿紧紧地凝视她，他的下唇扭曲成一个问号的形状……

　　接着春天到了，安娜又找到了新的热衷事物。我们会带着罗恩一起，去城市周边的沙丘上散步。那里盛开着成片野花，她会编织起花环绑在头上，笑声中有一种新鲜的、陌生的东西，仿佛有蜂蜜在她姣好的身体里发酵冒泡。

　　塔妮娅阿姨已经被送到一家很知名的"机构"，安娜也尽力做到每周去探望她一次，回来的时候情绪总是很激动，所有的神经都特别敏感，就好像她自己也被那个地方的气氛影响了一样。

　　逾越节首夜我们是在我父母家里一起庆祝的，那是一个清澈而温暖的夏夜。我们上午到了聚居地，在完成安娜制定的亲吻仪式以及我和父亲之间交换过空洞的眼神之后，我们到果园里走了一会儿。我抱着罗恩，安娜走在我们身边，沉默着，目光犀利而遥远。果园里的植物散发出辛辣的气息，脚下的土块因之前的一场雨而变得透湿。现在，天空一片明朗。我们走到果园深处，走到人们看不见的地方。和往常一样，我们很少说话，事实上我们之间完全没有交谈，只是听着罗恩带着哭腔的咿呀声。我们穿过果园，父亲的第一块田地出现在眼前。这片土地如今广大辽阔，因为每年父亲都会成功买入新的地块。我震惊了，想起以前那一小片田地，曾经他和尤纳坦是那样狂热地在上面耕作。而我，一个又瘦又苍白的少年，站在那儿看着他们，嗓子因嫉妒而窒息。现在，它展现在我面前，仔细犁过，蜿蜒起伏，骄傲地等待着父亲播下夏季作物的种子。如今尤纳坦已经远离家乡，父亲从山丘对面的镇子上雇了两个阿拉伯人当帮手。在战争以前，那座小镇显得遥远而危险，但那儿有廉价的劳动力，镇上居民举止也彬彬有礼讨人喜欢，于是过去很快被遗忘了，用我父亲的话来说，他们开始了"一个新的时代"。我站在那儿，觉得自己必须逃离这里，跑得远远的，消失不见，因为我永远也无法直视父亲的双眼，虽然我知道他才是应该受到责备的人，但我不准备把这点扔在他脸上。如果我无法这么做，最好还是快点离开为好。

与此同时我看向安娜——她站得笔直，拳头紧握，眼睛凝视着地平线，就好像在她体内酝酿着一种力量，只要她愿意，她能够走更长的路，爬更高的山。但我也看到了她的眼泪——饱满、剔透、浑圆的泪珠顺着脸颊缓缓淌下，她没有将它们擦去。也没有抑制眼泪的涌出。任由哭泣将巨大的疼痛从她的体内洗刷干净。或许还有一些旧时的罪恶……

到了晚上，她坐在祝宴的餐桌边，穿一件洁白的长裙，如同华盖下的新娘一般，虽然她在很早以前就失去了新娘的样子；她的身体再也没有那种浓烈的生涩，过去不堪一击的强硬也消失了。她的存在给了祝宴一种不同的气氛，父亲应该会喜欢。这不过是一个简单实际的犹太教仪式。我们沉默地坐在一起，起居室吊灯巨大的光辉笼罩着我们，就连尤纳坦的双胞胎儿子都小心地不再说话。任何从暗处走进来的人都会看到，眼前的一幕仿佛是从欧洲教堂的壁画上摘下来的一样——也许是《最后的晚餐》。我坐在安娜身边，同样穿着白色的衣服，或许在这样的时刻，连我也能展现出一些美感,又或者至少是一些尊严。我柔声而从容地吟诵《哈加达》中的句子。尤纳坦敬畏地看着我,至少是用一种尊敬的目光,因为在他看来,我现在正在接近他无法企及的高度。这样的情形不多见。他才是脚步轻快的那一个,他可以猛扑上去抓住试图逃跑的蝴蝶,难以捉摸的女孩,还未成熟的乳房,诸如此类。父亲爱他,但联系他们之间的纽带是不自然的、浅薄的,而今天,尤纳坦明白了这是一种侮辱——对这所宅子、对父亲——但他不是那种会深究这类事情的人。如今,他结实而富态地坐在两个双胞胎儿子中间,眼睑低垂。他的妻子奥斯娜特显然打算再要一个孩子,既然他们平安地在战争中活了下来。现在,我在他眼里变成了脚步轻盈的那一个,朝至高处飞升而去,因为我拥有诗人的特质,即使没有人读过一首我写的诗。

用完餐,唱完颂歌后,母亲去煮咖啡。奥斯娜特将一对双胞胎放到床上。罗恩快到傍晚的时候就睡着了,我离开餐桌看着他,聆听他轻轻的呼吸声。父亲恢复了精神,在冗长而乏味的仪式之后重新焕发出活力。他已经很久没见到尤纳坦了,现在他可以事无巨细地描述自己所有的活动,他高兴得直搓手。尤纳坦没有立刻回应他。他智慧的眼睛里闪过一丝新的情绪,一丝悲伤、一丝失落。父亲滔滔不绝,将咖啡喝得啧啧有声,尤纳坦看着我。安娜专心地听着,因为父亲在讲那片肥沃的土地,她打算将自己丰满的双腿放在那片土地上。

他告诉尤纳坦去年冬天是他记忆中最潮湿的冬天,但他已经雇用工人——现在每个人都知道"工人"的含义——他们无所畏惧,为了最少的一点工钱愿意做任何事,甚至包括在你面前卑躬屈膝。这种谄媚有些让人厌恶,再一次证明了你在和怎样的一群人打交道。他们喜欢强硬的铁腕,虽然他们自己不承认这一点。"至于你,尤纳坦,"他直接转向自己的儿子,"你绝对不能在他们面前展现任何软弱。这会酿成大祸,我们已经经历过太多灾祸。不过看着他们工作是件美事。一般而言看到新事物总是让人愉快的。想想我们战争以前的生活方式真觉得好笑。一个拥挤不堪的小地方。现在我们可以自由呼吸,感觉到自己是在一个国家里,而不是国家的替代品。你现在已经不到这儿来了,所以我和你母亲会在安息日到外面去,开上那辆老破车去旅行:我们发现了一片新土地。非常漂亮,非常迷人!(听父亲讲出这样的话感觉是多么奇怪)我们从内坦亚出发,穿过卡尔基亚,然后到示剑,再到拉马拉,最后抵达耶路撒冷。有句话怎么写来着——我们如同梦想家一般。我们停在示剑的主街上,探索这个城市的大街小巷。有人警告我们,但我们不怕。他们才应该害怕。不管到哪儿你都能看到他们眼中的恐惧,他们冲你微笑,想让你买他们粗制滥造的便宜玩意儿。我突然就想：如果他们能离开，我们住进来，我们可以将这个城镇变得多么美好啊。出城的路上有一座果园，一座真正的果园。各种各样的水果。我们停下来，在那儿吃了午饭，还采了无花果和克莱门氏小柑橘。我们以一种自然的方式进入大自然的内部——在这儿，我们现在生活的地方，从来没有过这样的感受。"

当然，尤纳坦在听他说话，甚至还对奥斯娜特说："我们真的应该也找时间去旅行一下。"接着他问父亲："不过告诉我，今年土豆的价格怎么样？我在哪个地方看到过说土豆价格有些问题。"但父亲武断地将这个问题挥到一边："不要相信报纸上写的东西。"然后谈话继续。

安娜的白裙子似乎沾上了灰尘，光泽黯淡了下去，她脸的颜色也发生了变化——或许是因为吊灯的光从另外一个角度射在她身上的关系——原本白皙的脸颊变得如陶土一般灰暗。突然她以为罗恩醒了，过去看他，又马上回来，承认自己弄错了，不过她没有坐回原来的位置；她站在那里的时候，她给自己喷的最后一点香水在这个封闭的空间里显得分外浓烈，母亲似乎想要把窗户打开，不过最后她只是叹了口气，安娜的眼里闪过一丝阴郁。

父亲说："不过不管怎么说，尤纳坦，你为什么不回到这儿接管这一切呢？一直以来我都和你母亲说：他一定要回来,这才是他的地方。瞧,不久以后我就不能再经营这里了。而你,你在外面做什么?追逐金钱,永远不满足。在这里一切都是不一样的滋味。我告诉你,现在和以前相比这种感觉更加强烈。"

尤纳坦没有回答。在他内心深处,他看不起父亲。

父亲已经驼背了,布满皱纹,苍白枯瘦。他真的值得同情。我道了个歉,站起身,我觉得很难受,头晕目眩。我要到罗恩身边躺下,等待。过一会儿安娜也会躺在我身边,对我耳语:"丹尼尔,或许我们应该搬到这儿来,接手生意。有时间的话好好想想。看看你现在这样浪费自己的时间。"

如同整片土地的苏醒绽放,在那个春天,安娜也如花一般绽放开来。她重了一些,更加丰满。她给自己缝制了新裙子,宽袖的长裙,让她看起来像某个出名的女演员或是女祭司。傍晚,她和一群邻家女人坐在一起读《圣经》。地点经常在我家。安娜不是老师,但正是她花了一番功夫找到一个年迈的女人,这个女人曾经在高中当过老师,现在已经驼背了,棕褐色的脸上布满皱纹,她也喜欢穿一些招摇滑稽的衣服。这个老女人要负很大责任。

她们坐在那儿,学习《圣经》。十几个丰满的女人,驼着背,不用说完全能嗅到彼此身上的气息——汗味、廉价香水味——她们每个人都拿出眼镜，戴在鼻梁上，为了能够更好地跟上老师讲的话，那从喉咙里发出的金属般的声音，低沉而嘶哑。她们的嘴唇因崇拜而微微张开，不时四下窥视，仿佛不可置信，仿佛被自己的无知所震惊。她们的身体充满了温暖而令人迷醉的愉悦，她们仿佛被驱使着向彼此靠得更近，去感受彼此，甚至沐浴在身边同伴的愉悦之中，无法吸收所有流过她身体的甜美芬芳，威胁着要引爆她体内某个紧张的、膨胀的线圈，湿润，布满细密的血管……

安娜喜欢和她们在一起，但她也总保持着一定的距离。即使坐在她们中间，她也脱离于群体之外。正是她让女人们相信阅读《圣经》是最好的镇静剂，是对于所有不幸最恰当的答案，不管这种不幸是真实的还是出于想象。她们告诉她的一切——关于时间从她们指尖溜走，关于过早逝去的梦，关于双腿的软弱，关于那些用来填充家中空白空间的无聊琐事，关于失望而羞耻的身体——对于这一切，她回答说："来吧，让我们一起来读《创世记》，从第一章开始。只要静静地读，仔细、专注。聆听那古老、矜持的美，那美妙的文体，简单的真理无法被否定，也不需要释义。因为这些东西是无可替代的。"她说："你们摸索过的所有曲折、迂回的道路都是假象。所有所谓的'现代方法'宣称可以将人类从沮丧、痛苦、绝望中解救出来，其实只有一个目的：收买你的心，榨干你。邪恶的人，逐利的人，都想要将他们的谎言卖给你。但真正的答案在这些古老的卷宗之中。而证据是：我给你们请来的老师只收一点象征性的费用，因为在她眼里，我们的目的是神圣的。"

有一天，我在上午课间休息的时候走进了教师办公室。校长纳玛尼先生坐在椅子上，说是想跟我讨论几件事。这是用他的方式在告诉我他的不满。在他眼里，我对学生的态度过于软弱，我对学生说的话犹犹豫豫、模棱两可，而学生需要的是鲜明、坚决的话语，能够帮助他们在这个分崩离析、支离破碎的世界找到一条坚实的光明之道。我坐在他对面听着。我知道他说得很对。我想他一定不止一次地考虑过把我从学校开除的可能性。我很想说：您不用继续留着我，开除一个老师可以有很多种合情合理的方法，或者至少把他调到另一所学校——换句话说，将这个笨拙又讨厌的包袱甩给另一位校长——就这样一个学校换到另一个学校，直到最后上头出面干预，终于将丹尼尔·阿尔特从神圣的以色列教师与教育界永久地驱逐，强迫他转投另一个行当，一个和他形象、才华相符的行当，比如一个初级行政小职员甚至是大写字楼里的清洁工。

我沉默地听着，眼睛对上了艾立尔的眼睛。他坐在教师办公室的一角，小口喝着茶，他也听到了纳玛尼校长的责难之词，因为他别无选择。纳玛尼先生从来不会费心降低自己的音量或是缓和说话的语气。我的眼睛不由自主地被这个似乎从天而降的新人物吸引了过去。我不确定他到底是中途来的新老师，还是被叫来和校长谈话的学生代表。他并非出自本意，却目睹了这场私人之间的对话，眼里流露出理解与尴尬的神色；而我想靠近他，询问他的姓名和职业，说一些这样的话：纳玛尼校长是对的。你还不了解我。我确信不久之后我们就会彼此熟悉的……

晚些时候，放学以后，我和艾立尔一起走在凯伦·凯美特大街上。我们走得很慢。春日的阳光对我们是如此和善。她——抑或应该用"他"——让我们心中升起一股想要真正彼此亲近的渴望。我们沿着伊本·加比罗尔街走到朱达·哈利维街，走近了我们的家，安娜和丹尼尔的家，但我没有停下脚步，没有对他说：这是我住的地方，我现在必须走了，明天再见——而是仍然提着沉重的箱子往前走，我饥肠辘辘，也知道安娜在等我，她下午出去办自己的事，现在应该已经回到家了。我想找一个安静的角落坐下来休息一下，但艾立尔没有表现出任何疲累的迹象，我别无选择，只能跟着他走。我想过在镇上找一个咖啡店给安娜打电话，告诉她因为一些突然的原因，我会晚点回家。然后，我立即对自己笑起来：她心里绝对不会认为有女人将我拐跑了，她就是这么轻蔑地看待我的，而她也只会尖锐地回答：丹尼尔，你马上给我回家，我没有兴趣听你的借口！

艾立尔告诉我，他是一名体育教师，前一任体育老师因为某些含糊不清的个人原因离职了，他受邀填补空缺。他说话的声音低沉柔和——我后来才意识到，他说话一直都是用这样的声调。他看起来就像是体育老师的样子：健硕、敏捷、雕塑般优美的体态。他的脸白皙精致——而且非常美丽，也许有点太过美丽，却没有丝毫阴柔之气，因为他比例完美的身材与坚毅挺拔的五官。他有一头浓密的黑色卷发。他温文尔雅的说话方式和迷离的眼神似乎与他的外表不符，但几天后我才接受这种不一致。我很疑惑他为什么选择当体育老师，也许这并不奇怪。

艾立尔问了很多问题。表面上他是在问聘用他的是怎样一个学校，但实际上他想知道我是谁。出于某种原因，我告诉他我很难给他一个明确的答案，因为每一天我的灵魂都游移在不同的幻想之中，而我的身体则会连续几个小时失去力气不能动弹。我还告诉他我常常想不通自己为什么还要继续存在，因为我最深刻的感觉是我完全不存在于这个世界。当然，他会觉得很难理解，但这的的确确是真的。另一方面，他会了解到我很快就不打算继续教书了。每一天我都下定决心第二天再也不去学校了，只不过本性的软弱让我一次次又回到那个地方。

艾立尔听着。他走在我身边，专心聆听。第一次，扎根在我灵魂深处的悲伤没有让我感到疼痛，我觉得自己可以一直这么说下去，没有停顿，直到永恒。但我厌倦了一味发泄自己的怨恨，敦促他也开口讲话。

突然之间，低沉的铅灰色阴云布满了天空，开始落下雨点。真奇怪，春末竟会下这样的雨。不过艾立尔说，这并不是什么反常的现象。人们逃到房屋门道上或是店铺的遮篷下面躲雨。道道闪电鞭打着天空，雷声在街上轰鸣。汽车打亮了车灯，飞溅起泥水。艾立尔无视这一切继续向前走。我很想提议找个避雨的地方，因为我们的衣服已经湿透了，而且我的手提箱里装了很多试卷和作业本，但我什么都没说，只是拉长了我薄薄的灰色大衣试图遮住两人的肩膀。我们挨得很近走在一起，身体与身体相碰，灵魂与灵魂相触。艾立尔时不时地甩动卷发，雨水掉落在我脸上。我笑起来。我们两人都笑起来。我不知道自己身体内涌动着怎样的情绪——或许是我从未有过的兴奋，或许是沮丧。

"你曾经尝试过成为一名诗人。"艾立尔说。

雨一下子停了，乌云散去，消失无影。空气清凉而新鲜。我们倚靠在人行道的栏杆上。海浪又高又猛，太阳是一个巨大的火球，让人惊叹，让人不安。

"你究竟为什么说这样的话?"

"这是一个事实。是我从你身上看见的:一张诗人的脸。一副诗人的身体。诗人的折磨。"

我大笑起来。不是因为他的直觉准确,而是因为我在他身上看到了一种奇异的天真。同时,我的胸口仿佛被一支利箭射中,疼痛不已。

夜晚降临。昏暗的路灯在人行道上闪烁。路的另一边是夜店门廊上暗淡的红光。店门口坐着浓妆艳抹的女人,用长烟嘴抽着香烟。

"天变冷了,"我说,"我们回去吧。"

但他仍然坐在那儿。一个女人站起来走在我们面前,想要吸引艾立尔的目光,但又退了回去。

他轻轻地说:"她应该得到怜悯。"

我很惊讶:"那你一定怜悯很多东西。"

"瞧,可能衡量一个男人真正的标准就是他怜悯他人的能力。毕竟他的本性一直试图将他推向另一个方向:毁灭!"

说完,他站起身离开。

而我知道不能让他这么离开我,然后如同故事书里的天使一般消失不见,即使在他身边我会感到极度的痛苦,因为一些我还不清楚的理由。

事实上,我真的对他一无所知。

钥匙在锁孔里吱呀作响，我慢慢地一点一点推开门，准备低下头接受安娜无声的责备，但我应该料到，展现在我眼前的是这样一幅景象：一群女人围坐在桌边，所有人都裹着薄薄的羊毛披肩，她们头上有一圈白色的光晕，身边是一层近乎透明的水汽；在她们中间，退休教师内哈玛夫人正用沙哑单调的嗓音朗读《圣经》。有一秒钟的时间安娜把目光从泛黄的纸页上移开，扫了我一眼，又立即放回原来的地方。其他女人甚至没花力气转一下脑袋。我踮起脚尖走进厨房给自己准备了一点简单的点心，又走进房间看见罗恩睡得正香甜，我在浴室里逗留了一会儿，几分钟后我已经躺在我们的床铺上，身上盖着被子。我觉得很累，等安娜在身边躺下的时候，我只能模模糊糊地嘟囔几声。她问我去哪儿了，我告诉她："和艾立尔在一起，你很快就会见到他的。"她回答说："真奇怪。"她又立即补充道："每一天我都学到了一些新的东西。想到以前是那样无知，我简直无法原谅自己。"而我已快陷入沉睡，问道："你今天学到了什么？"我没有听到答案，但我知道她试图让我相信在"以色列是独一无二的"这个概念里包含着绝对的真理。这是内哈玛老师所宣扬的。独一无二意味着优先权，而我们在这场战争中的所作所为只是行使了这种权利而已。

我陷入了空白无梦的睡眠，如同死亡一般。那样的时刻，自身与这个世界全然隔绝，醒过来的时候仿佛是从布满巨大玄武岩的黝黑深渊爬上来一般。凌晨三点我醒了过来，听见安娜轻轻的呼吸声和厨房冰箱低柔的嗡鸣声，身体里燃起一股巨大的渴望，同时又感觉到异常兴奋，我想象自己在这一刻是唯一清醒之人。不仅仅是特拉维夫，而是整个宇宙。可能除了我们的邻居纳赫曼·伊莱修，他完全不睡觉。我决定聆听包裹着这个城市的寂静，任何打破这份寂静的声音都镌刻在我脑海里。这份警醒让我自己也很惊讶。我觉得我可以走到客厅里，打开灯，坐在摇椅上等天亮，跟随缓慢渗透进来的光线，以及各种各样越来越响的嘈杂声——某个邻居踩着拖鞋走动的声音、水龙头开关的声音、关百叶窗时刺耳的摩擦声，清晨就在这儿。

我要想想艾立尔，我知道此刻自己睁着眼，思维警觉而清明，都是因为他。我要想着他，思考他实际的存在，而不是我想对他说的话和想听到他说的话。我要充分体验流过我身体这份新鲜的兴奋感。但很快我的思绪飘忽起来，变得丑陋狰狞，我知道新的一天自己又要站在学生面前，而我真的再也忍受不了了。我很高，长手长脚，但我想给自己找一个又小又隐蔽的地洞，能够爬进去在里面度过余生。我爱我的学生，但我需要和他们保持距离，和整个世界保持距离。或许等我重新获得了力量我会重新回到这个世界。成为一个强壮有力的男人——这是我最大的愿望。我很快就四十岁了，带着所有的憎恨与软弱，我将被可怕的嫉妒所占有——我想要获得更年轻的躯体和思想，来保留自己仅有的东西，我一天一天正在慢慢失去的东西。也许在地洞中隐居的时间能够让我保留身体与灵魂的活力。这样的例子有很多：某个人在幽居避世很多年后发现自己又重返青春，变得年轻而充满活力。我也深深渴望给自己的生命重新注入新鲜的力量。当然，我还想拥有能够改变事物的力量。即使这意味着去犯罪、去谋杀。突然之间，我心里充满了对安娜的憎恨，这种情绪让我困惑。我无法忍受她现在日益积聚起来的力量，各种坚决的话语和坚定的态度让这种力量更加强大。在我眼里，这才是真正的软弱，她只是在寻求内心真理的替代品，而我曾经错误地认为这种真理存在于她身上，安娜的身上。她随着水流与浪潮而生，那波浪自从上一次战争之后就在她身边膨胀翻涌，但我一点也不能尊敬这样出生的人，我知道他们是真正的弱者，没有力量用自己的双脚站立。这就是她喜爱国防部长的原因。如此强壮的男人。但如果她想，她可以从我——丹尼尔·阿尔特身上，汲取这个世界所有的力量。如果她不想，我会自己动手，只有我自己，或许只让艾立尔在身边。又或许有一天人们会弯下腰，祈求我放松一点，不要将这么多能量释放到这个世界上把它弄塌了、消失了。

然后我又打起了瞌睡——世界的碎屑在我指间研磨、炙烤——梦境生动绚丽。我梦到小罗恩挣扎着用双脚站立起来，我躺在病床上，脑袋埋在枕头与床单之间，而他用弯曲的、橡胶似的婴儿腿跌跌撞撞走向我，双臂张开避免自己摔倒，一边努力走向我，一边发出银铃般富有感染力的笑声；而安娜从一个看不见的角落，或许是从繁星点点的天空中警告他不要接近他的父亲——但罗恩没有听见，没有转身。他越走越近，变成了一个英俊的少年，穿着僧侣的长袍，我看到艾立尔站在我的枕边，双手像牧师一样交叉放在胸前，身体轻轻地摆动，仿佛正在祈祷，他的嘴唇发出无声的呓语。看见他我哭了起来，闷闷的、低沉的哭泣。我一定要得到答案，我要你解释所有这一切，艾立尔。有什么事情正在发生，但我琢磨不到。谁会比你知道得更多呢，体育老师……

晨休的时候他对我说："我们晚点再见面。"——我觉得这是非常慷慨的姿态。再过一两天他就会开始丢给我暗示应该离他远一点。一个二十一，或许二十二岁的青年，应该把时间留给他自己，而不是一个《圣经》老师，他身体里有活力的细胞每天都在死去，再也无法得到更新。再过一两天，我必然不得已告诉他：艾立尔，能够认识你很愉快，我永远也不会忘记我们在一起的时光，但我必须理清楚自己的问题。我们偶尔能在教师办公室见面已经足够了。我会凝视你，赞叹你的轮廓，你和古时候的年轻勇士是如此相似，令人惊叹，英俊、优美，如同希腊神祇——这样我就满足了。一旦生活对我过分慷慨，我反而感到困惑。

一天下午，课都结束了，我们两个一起看着学生们疯疯癫癫到处乱跑：他们闷头冲向某个地方，滑稽，甚至可怜，不知道他们为什么想要这么不顾一切变得和其他人相同，彼此惨烈地竞争到最后。他们没有任何想要展现自己个性的念头，只被暴徒的直觉所驱使。真令人不快。

我们慢慢走着，漫无目的，直到他突然宣布："我们去我公寓吧。就只有一间房间，其实就是个小阁楼。"

我清楚地记得第一次踏进这个阁楼的情景。在博格拉沙夫和平斯克的转角。一间老房子，青苔斑驳，墙面也已经片片剥落，能够眺望大海，这是艾立尔最喜欢的一点。屋子很小，但非常合他的品味：高高在上，远离偷窥的眼睛。一点微光从"窗户"里透进来，与其说窗户，不如说"气窗"更为确切。地板上铺着已经褪了色的描花地毯。屋子一角放着一张又低又窄的床，旁边是一张破旧不堪的小桌子。书本散落在一个木制书架上。三个瓷瓶里面放着干花。墙上挂着三幅巨幅彩照——一个赤裸的女孩在橙色夕阳下的剪影；三匹白马疯狂奔逃；一个孩童的脸靠在窗台上仰望灰色的云朵。这世界所有的天真与悲伤。

甚至在没邀请我坐下之前他就脱下了身上的衬衫。在很长的几秒钟之内我都赞叹着他俊美超凡的脸庞——同时为这张脸上所表露出来的敏感体贴而感到深深的怜惜。他立即又从椅子扶手上随手捡起一件T恤衫穿上，衣服上印着代表国外某个和平运动的标志，他转向角落里狭小的厨房区域。接着打开一点百叶窗，不同色彩的光线——白的、灰的，涌进了房间。

我们坐着喝咖啡，动作缓慢而平和。上帝助我，我很快乐，我也在崩溃破碎。艾立尔坐着同我讲话。他来学校的前两天刚刚结束了一个半月的预备役，在靠近运河的一个地方。"人们想象不到那是怎样的一副情形。你不知道下一刻会发生什么。你把脑袋探出去，一颗子弹飞过来。到外边取样什么东西，然后再也回不来。你问自己这一切都是为什么，为什么有人决定为了某些含糊不清的目的，你每一天都必须用生命做赌注。你无法控制自己的命运，这种情况，逼得人发疯。大多数人都不明白战争是什么。他们只用结果来衡量它。如果他们赢了，那战争就是好的，他们感觉自己更强大、更安全了。但参与其中的人知道战争中每一秒都是永恒。当你身处其中，你没有时间思考，只有在以后，回到家之后，你才突然意识到。"

他说话的声音安静低沉,我似乎以前听到过这些话,所以我可以把注意力放在他嘴唇的动作上面,仔细研究他脸部的线条和变换的表情。就这样,我们一直坐到了傍晚时分,到了要回安娜身边的时候了。

他问安娜一定非常担心我,我怎么还能这么平静地坐着。

然后我第一次告诉他:"因为她,我备受煎熬。不过在这儿,有更强大的东西。"

他问:"什么更强大?"

我说:"环绕着我的一切。我需要它。别问我为什么,现在还不是时候。"

他站起来,沐浴在半透明的光晕里,如同站在舞台上一般——我几乎可以一笔一画将他的身形细细描绘出来。

这一次我仍然没有听清他说的每个字,不过他似乎在说未来,说不知道明天会发生什么事。战争以前不是这样——虽然那时他也不是真的懂,不过他以为他懂。现在他去了很多各种各样的地方,想知道自己在寻找什么,甚至去夜店,希望有女孩会过来坐在他身边,但结果总是失望。然后他嫉妒国外的年轻人。他读了很多关于他们的东西,看电影、听音乐,最后他会去找他们。那些寻觅亲近、爱与温柔的人,他们渴望冲破一切障碍,不管是来自外部还是内部,长长久久地围坐在一起，弹着吉他，轻唱着歌，释放内在的自我。这样生活的人不会参加战争，他会奔向自然，去采撷花朵，他穿的衣服也会散发出真正的自由的感觉。他专注自身，寻找最诚恳的答案。

突然，他转向我，建议道："来吧，我们一起出去走走。夜晚的特拉维夫，有一种连我都会被感染的美。我们一起去找个地方。"我试图说服他："别费事了，我们就待在这儿吧。外面冷。"不过艾立尔已经打定了主意，我们一起走了出去。

校长纳玛尼先生又把我请到了教师办公室再次和我谈话。他一点都不在乎有其他老师走进来，坐下来，装作忙自己工作的样子，其实都竖起了耳朵在听我们的谈话。为什么他不在他自己的办公室私下和我谈呢？

长假快到了，他告诉我，虽然除非情况到了让所有人都无法忍受的地步，他没有开除老师的习惯，他建议我纯粹从自己的角度出发，考虑一下来年是否还要在这里教书。

我的眼睛在屋子里扫了一圈，寻找艾立尔的眼睛。他还没有进来。或许他知道纳玛尼先生的意图，所以才不进来。

当然，这不是针对个人，纳玛尼先生这么和我说。相反，他对我很有好感，甚至很欣赏我努力奉献的精神和通情达理的态度。不过他收到的报告表明越来越多的问题。他相信我也感觉到了这一点,这个问题肯定也给我造成了很深的困扰。当然每个老师都有问题,不过问题的范围和程度,是起决定作用的。

我想在我背后大家正代表我发起一阵徒劳的耳语和抱怨攻势。换个男老师可能会说:终于撕破脸了!然后奋起抗争维护他的好名声,同时争取其他老师的支持来对抗校长,甚至在学生中间播下煽动的种子。不过丹尼尔·阿尔特能够期望的最好结果就是一次徒劳的抗争。他甚至不能激起他们的愤怒。他只是一个忧郁可悲的灵魂,在这个充满敌意的世界随波逐流。

我不知道究竟那些事情是怎么传进纳玛尼先生的大耳朵里去的。不过说实话,也没什么要紧了。在这里是没有秘密的。小鸟会说话。我教的小孩子们肯定是不敢直接向他告状的;他们只是在父母面前,或是其他高年级学生甚至其他老师面前说一些完全天真无辜的话。

那些话的效果就是:那个叫丹尼尔·阿尔特的老师完全不知所谓。他的话颠三倒四。他的文件丢得到处都是。他说话的时候,总会突然冒出一些无意义的嘟囔打断自己的话,眼睛盯着屋外某个遥远的地方出神。即使他周围越来越混乱,整个班级都闹成了一锅粥,他都不说一句责备或训斥的话。就好像他是独立存在于另一个遥远的世界,感受不到身边发生的事情。

"我会好好考虑的。"我向纳玛尼先生保证。

之后,毫无疑问沮丧的人是他,不是我。教书这项工作的困难程度对我而言已经让人难以忍受。如果我能够找到别的工作,我会欣然离开。我有一个游移不定的灵魂,无法忍受年复一年站在这些柔软的学生面前,他们是那样天真而纯洁的生物,像动物一样训练他们,提高嗓门和他们说话(而实际上我最想做的是把声音放得低低的,直到完全融于静默),将纪律与秩序强加在他们每个人多彩的、特别的世界里,他们本有权利拥有这样美好的世界。

我有一个游移不定的灵魂。如同悲伤的风在空旷荒凉的走廊里哀鸣,苦苦寻找那不存在的光明,寻找安宁和一点点温暖,而这些也都不存在。

我有一个破碎的灵魂。轻轻一碰就会崩塌。谁都不能怪,只怪我自己。如果有一天早晨他们醒过来,这些在他们的世界里我还占有一点点位置的人,发现我冰冷的身体躺在某处田地里,他们会明白这不是他们的错,明白我终于决定释放自己被禁锢许久、渴望得到自由的灵魂。现在,它会飞上天空,天空会成为它的归宿。这才是属于它的、真正的安息。

今天早晨艾立尔在哪里?

我回到家。罗恩在自己的床上,睡在一堆凌乱的玩具上面。安娜在讲电话。她正给两家销售她手工艺品的商店传达紧急的指令：就是这个价，没有降价的余地，没有人会亏本卖东西，安娜·阿尔特也不例外。她刚放下听筒，电话又响了。下一个安息日，所有"学习班"的妇女都同意乘长途汽车组织一次旅游。现在，她正在确定最终的安排事项。"是的，对东正教的妇女来说是有点问题，不过安息日是唯一可能的一天。换个时间我们会考虑这一点，不过现在取消太迟了。"旅游路线安排得非常妙：出发后队伍将穿过沙龙的果园，爬上撒马利亚的山丘，在基利心山顶峰稍做停留，俯瞰下面起伏的地势风景。她们会阅读《圣经》的诗篇，一起吃自己打包好的午餐，从蜿蜒的小径走下山，走到结满果实的种植园里，呼吸着带有阿拉伯村民味道的空气，评论那些跟在马和犁后面、戴着阿拉伯头巾的人和我们《圣经》时代的父辈先祖是多么相像。但现在，她们说，这些人已经被时代甩在后面一千多年了，这就是他们的问题。所以这些相似性是不真实的。想要保留一个已经从世界上消失的时代是不可能的。所以，眼下最重要的使命是在当前时代的背景下、用现代的技术手段，重新恢复旧时面貌。这是我们父辈先祖的使命，正如他们继承了土地，在上面耕种、安居，将土地变成我们身体的一部分，将燃烧着烈火的流亡之剑从它们身上抽离。

安娜放下听筒，站起来迎接我，看见我脸色苍白，神情阴郁。我坐在摇椅上，沉默不语，双眼低垂。

"发生什么事了，丹尼尔？想吃点什么午餐吗？"

她没有等我回答就已经站在厨房的烤箱旁边，忙着加热翻弄食物。这一切都是为了我。我坐在她对面，迟缓而费力地呷着汤，她直直地盯着我的眼睛。

我没有急着说话。我很累，也知道安娜帮不了我。不管怎样，她都不会理解我言语中真正的含义所在。但同时，她对我真心的关怀让我心里升起了一丝暖意。

最后我说："的确有事。纳玛尼校长想让我走人，自动辞职。"

她高大的身躯一紧："他真不要脸！你是说他不想让你再回去教书了？难道他有很多像你一样的老师吗？"

我惨然一笑："没用的，安娜，纳玛尼校长是对的。我的确应该辞职。但我不知道自己还能干什么。我必须找一份工作。不过有时候我还想着我应该待在家里照顾罗恩，这样就不用花钱请保姆了。比起别的工作，我还是喜欢这样的安排。"

"别说傻话，丹尼尔，这样的日子三天你就受不了。来吧，我们别说这个了，休息一下。你一定是会错意了。他肯定是在说别的老师，你没意识到罢了。不教书你能做什么呢。你很快就会觉得无聊，到那时谁知道情况会变成什么样子……"

到了安息日那天，时值初夏。早上八点在她们约好的时间，门铃响了。安娜早就起来了，她开了门。我听见一个男人的声音——可能是司机，或是向导。她说："等我一下。"然后踩着高跟鞋走到卧室，在我额头上亲了一下，说："再见，丹尼尔。照看好罗恩。"

我没有回答，只是半睁着眼看着她。她显得比过去更高大、更丰满。穿着一件黄白条纹的裙子，外面披一件薄薄的长外套。她的行为举止突然显得非常陌生。她的衣着和妆容有种廉价的感觉，有些低俗，还带着汗味。她又在客厅里响亮地走了几步，又很快再看了罗恩一眼，门在她身后关上了。上午的阳光斜斜地射进屋子里，我又迷迷糊糊地睡了过去。九点钟的时候罗恩干哑轻柔的哭泣声把我唤醒了。九点五十分，艾立尔摁响了门铃，我穿着睡裤和背心去开门："请进，请进。不好意思，今天上午我比较随便。我马上去弄咖啡。"

十点三十分，我们一起出去散步，艾立尔，罗恩，还有我。罗恩躺在手推车里面，我按照安娜的嘱咐展开车篷不让他被太阳晒到，罗恩躺在车篷投下的阴影里茫然不知所措。这是在他睡着时的保护措施。

"所以,我们是三个男人在一起来一场安息日的散步,或者说两个男人加一个孩子,如果你非要准确一点来说。"艾立尔提出帮忙推罗恩的婴儿车。"我们一起推。"他笑道。

我说:"我们去海边吧。"走向那白色的小浪花,与特拉维夫所有光脚丫的脚指头嬉戏,走向五彩缤纷的小摊,那兜售气球和泡沫饮料的小贩,走向那几乎一丝不挂、到处奔走的人群,他们若即若离,装作忙着自己事情的样子,实则是在偷偷研究那众多赤裸的躯体——白皙、红润、棕色。或纤细或丰满的裸体,或惹人怜爱、充满诱惑,或粗鄙邋遢、令人厌恶。

艾立尔同意了:"安息日的海边,拥有让人充满活力的强大力量。激活所有的感官,让它们疯狂,直到你被迫转开视线,闭上眼睛,把所有感官放松下来。"

罗恩呜咽起来。我把奶瓶从安娜放水和食品的袋子里拿出来给他,他心满意足地喝起来。艾立尔笑了,罗恩也冲他一笑。剧痛撕裂了我的心,那痛是一种巨大的渴望,永远无法纾解的渴望。

我们在柔和的沙滩上铺上毯子,艾立尔把罗恩从车里抱出来,放在毯子上,坐在他身边。我把包里的东西一件件拿出来:罗恩的玩具、我们的午餐、安息日报纸,还有一个半导体收音机。罗恩趴在我们俩中间,显得健康而富有活力,要想吸引我们全部的注意力。艾立尔脱得只剩下泳裤。我没有脱衣服,因为不打算去海里游泳。艾立尔身型俊逸,一身古铜色肌肤光滑如缎,熠熠生辉。他毕竟是个体育老师。他躺在毯子一头,我们的头靠得很近,我感觉到他的卷发轻触着我谢顶的头皮。我的身体出了很多汗,突然之间,我感觉到异常饥渴。艾立尔无疑是想要闭上眼睛,安静地待一会儿,但他还在说话——是不想让我尴尬,还是不想让我不舒服?昨天他一个人去了电影院。事实上,有几个朋友邀请他参加某个派对,但他没去,因为知道待不了几分钟他就会想离开。情况并不是一直如此。他曾经对一切充满热爱,无忧无虑。但那样的日子一去不复返了。任何不称他心意的事物都让他愤怒。我很想问:那么,有这么多人,为什么你要花那么多时间在我——丹尼尔·阿尔特身上?不过我知道这么问只可能会打碎这美妙的梦境。不管怎么说,他并不是很喜欢那部电影,中途就离场了。一对年轻的未婚夫妻被困在雪地一座孤零零的小木屋里。漫漫长夜他们在激烈的争吵中度过。女孩指责男孩喜怒无常、是个伪君子。那为什么你爱我?他问。她大叫起来:你手里的王牌,就是我对你无法解释的爱。艾立尔喜欢这个说法:"无法解释的爱"。在他眼里,所有的爱都是具有毁灭性的,这一种的毁灭性最强,而所有的爱对他而言都是无法解释的。"为什么你会爱一个人,不爱另一个?

简而言之，什么是爱？"艾立尔抱歉地笑笑，问我。然后电影就向着过分伤感的方向发展，变得虚假起来。这种虚假缠着艾立尔不放，缠着所有人不放，他对此深恶痛绝。如果他不是那么敏感、宽和，他一定会冲我大吼大叫：你，丹尼尔，你的身体和灵魂都被困在这种虚假里。而我会纠正他：你指的是伪善，艾立尔。他会回答：也许吧，不过又有什么关系？这不是真正的你。我们已经讨论过这一点了。

一片银色的云朵在天空穿行，现在它隔在了我们和太阳之间。云朵边缘闪着刺目的白光。我垂下眼睛，看着眼前走过的人群，大部分只能看到腿，有时候可以看到下垂的肚子或乳房。艾立尔呢，他在凝视什么？

他离开电影院的时候外面凉爽而舒适，他想：要是这世间有一个真正鲜活的灵魂陪伴我那该多好，不需要交谈，只是静静地待在一起。过去也确实有几个女孩给过他很愉快的回忆，他也曾觉得与她们非常贴近，但这种联系总是被切断，他一次次发现自己又是孤身一人走在特拉维夫幽暗的街上。他不惧怕黑夜。在他坚实的身体里深藏着一个不安分的灵魂，伪装得天衣无缝。人们错误地认为，他这个体育老师，恰好完美地印证了那句老话"唯有健康的身体才会有健康的心灵"。对此他并不抗拒。

那一晚，他路过父母住的地方，但没有进去。很久以前，他就发誓再也不踏入那个门槛一步。他觉得我一定能理解这一点：在他看来，过了某个特定的时候，一个男人就应该不再想见到自己的父母。他觉得，那些没有这种想法的人才应该向我们解释清楚。我笑了。

他坦言，有那么一刻，他想过找妓女。他以前从来没试过，而且一直把它想象成是净化自己，甚至是得到启示的一种途径。在公园的人行道上，有个邋遢的年轻男孩喝得醉醺醺地走过来和他搭讪。他在男孩身边坐下来，一只手放在他肩上。他对这个男孩感到一阵同情，小家伙都还没到长胡子的年纪。或许他应该和男孩谈谈心，说不定可以找到一个真正的知己，但他却一拳打在对方肚子上，男孩在惊诧中重重倒在地上。艾立尔觉得自己好像和他一起倒了下去，把胃里所有的东西都吐了出来，昏昏沉沉地躺在公园幽暗隐蔽的一角，等待有人走过来用脚踢醒他，或是粗鲁地将他摇醒，又或是用手电筒刺眼的光……

罗恩哭了起来。到中午了，他又饿又渴。艾立尔俯下身去，叽叽咕咕学着鸟叫声安抚他。我看着他们俩。都是我的孩子，几乎都是。艾立尔从哪里学会对婴儿这般耐心？如果罗恩吵闹不休超过两分钟，我就会忍不住心烦起来。我把安娜为我们准备的午餐放在毯子上——冷肉片、烤土豆、三种色拉、果汁、水果，还有一盒给罗恩准备的肉汤——盛汤的容器包裹在尼龙袋子里。艾立尔给罗恩喂了点水，把他抱在怀里，放在自己膝盖上，温柔地喂他喝汤。小家伙兴奋得咯咯直笑，一张小脸高兴得放光。我看着他们俩，仿佛看一幅遥远的图画，而我不在画中。悲伤的感觉啃噬着我，接着我感到一阵烦躁的怒气，这愤怒甚至是针对艾立尔的！

他说："你的妻子似乎一天到晚都很忙。组织活动、安排计划、旅行。这很奇怪。在这种狂热的忙碌背后一定隐藏着什么深层次的原因。"

我没有回答。

"我也是这样，"他仍然继续，"总是想着离开，去旅行。但总在最后一刻改变主意。对我来说这就像逃避一样。"

"你夸张了，"我说，"有时候，旅行很重要。"

"像她这种情况呢？"

"像她这种情况你或许是对的。这就是逃避。事实上也是很好理解的。如果我是她的话……"

艾立尔移开了视线。或许他已经听到了想听的东西。而我第一次清楚地说了出来："安娜在逃避，安娜在寻找。换句话说，我不是她想要的男人。"

毫无疑问他心里一定在说：不要折磨你自己，丹尼尔。更大的真理站在你这一边。你是在外面，向内心探寻；而她紧抓着表面，拒绝往里面看。

如果是这样我会被迫站出来维护安娜:这么说不公平,她不是一个空的容器。她也有自己内心的意识。不过我们之前的一切都不再一样的,这是真的。

于是我大声说:"她是出去了解这个新的国家。我想每个人都应该这么做。不过我非常讨厌这种想法。不知道为什么,但情况就是这样。"

他把吃饱喝足的罗恩放在毯子上,小家伙一直冲他咯咯地笑着,直到闭上了小眼睛,樱桃一般红润的唇边还挂着愉悦的微笑。

艾立尔站起身,站在我面前,太阳在他背后将他整个身体都镀上了一层金褐色的光芒。他脸部的轮廓隐匿在阴影里,他用手拂去小腹和胸口的沙子。

"我有一个问题问你,"艾立尔宣布道,"如果你可以提一个要求,一个你最想要的东西,你会选择什么?"

我毫不迟疑地回答,让我自己也吃了一惊:"重返年轻。"

他大笑起来,真诚地说:"哦,胡说八道。你真的这么想吗?"没等我回答,他转身跑向海里。

"艾立尔。"我大喊一声。

他脚步猛一顿,向前滑了几步,转头看我。

"艾立尔,我有一个提议和你说,你一定不会拒绝!"

他跑回来,我示意他再靠近些,他朝我俯过身来。

"我们去谋杀某个人。我们两个一起。谋杀一个特别的人。"

他的脸因惊诧和恐惧而扭曲。他张大了嘴,瞪大了眼睛,鼻孔抽动。他直觉的反应一定是扇我一巴掌,然后立即离开,再也不见我,但他只是站直了身子,不发一语地又朝海里跑去。

我的目光跟随着他,看他用力踢海里的浪花,直到它们涌上来没过他的头顶。我的心疼得揪起来。镜片也湿了,我把眼镜摘下来擦拭。我低垂的眼睛看不到任何东西,我对自己低语:"来吧,我们一起谋杀某个人。或许就是你,艾立尔。"

罗恩在睡梦中发出叹息。

傍晚时分安娜回来了。她脸色苍白,浑身是汗,头发散乱。但她没有立刻倒在床上放松四肢,也没有急着去浴室,而是被某种无休止的力量驱使着在我们公寓的小房间里不停地走来走去——把行李拿出来,看看罗恩有没有盖好被子,把围巾从脖子上拿下来放在一边,给某个没来得及回复的人打电话……

她问我:"你呢,丹尼尔,你这一天过得怎么样?"

她的呼吸忽然离我很近。太温暖,太邪恶。

你不先去冲个澡吗？我很想对她说，把自己弄干净，头发梳一梳，喷一点香水，再到我这儿来，坐在我旁边，先沉默一会儿，然后对我说一些安抚的话，或者，如果你愿意，说一些感性的话。不正是你曾经编织过的那些玫瑰色的梦境吗？……

但我高声回答："很好。我们去了海边。你呢，旅行怎么样？"

她一直不停地踩着她尖利的高跟鞋走来走去，我痛苦地握紧了拳头，压抑着冲动没有一拳打在她身上，血溅当场。她高跟鞋的嗒嗒声快把人逼疯了。我的太阳穴随着她的脚步声突突直跳。血液冲向我的脑门。

"停下！"我突然大叫起来。几乎同时我问自己：你有什么权利大喊大叫。我立刻后悔了，想要道歉。

她停下脚步，困惑地看着我的眼睛，脸色苍白，语气受伤："怎么了，丹尼尔？"

她说话的声音很轻柔，就像过去的安娜。

"你回来以后就一直不停地走来走去，快把我弄疯了。至少脱下这双响个不停的鞋子好吗，我受不了了！"

她笑了一下，一个淡淡的、尴尬的笑容："哦，真抱歉，我没注意。"

"没关系，"我小声嘟囔着，"可能我就是累了，对不起。"

我们两个人都笑了。她坐下来把手放在我肩上，她的手又凉又湿。

不过晚些时候，在床上，她穿着一件薄薄的睡裙躺在我身边，我用手指爱抚她的身体。"你的身体就像是牛奶做的。"我低声道。她闭上了眼睛，顺从地颤抖着。我疲惫的身躯紧紧贴着她，僵硬起来。我脱掉她的睡裙，舔吻她温暖的双腿，直到她的大腿湿润而温驯地回应着我，那样甜蜜而克制的欲望。

事后，我们赤裸着身体，精疲力竭地躺在床上，百叶窗被打开，让海风吹进来给身体降温。我们手指交缠，但心里都知道其实彼此相隔甚远。

"太晚了。"她轻轻地说。

"你好像说过旅行的时候遇到了一位拉比[1]，跟我说说吧。"

"现在不行，明天吧。"

一阵长久的沉默后，是她又先开口："你还没怎么和我说过艾立尔呢。他是谁？我想多了解一点。"

"不用现在说，改天吧，不急。"

在我陷入沉睡之前，我还在疑惑：到底你想要了解什

---

[1] 犹太教教士。

么呢?

那个夏天,战争后一年,我变得非常虚弱。早晨我很晚才起来,有时候在床上躺到中午,就在那个阴暗的小房间,一天到晚拉着窗帘。

安娜请了一个医生过来,医生发现我的身体功能一切正常,找不出我虚弱的原因。我自己也想不到有任何实实在在的、身体上的原因导致这种状况。虽然如此,这样的情况并没有得到好转:我的身体失去了自理所要求的能力,同时也失去了想要恢复这种能力的天性和动力。早上大部分时间我都躺在床上,昏昏欲睡,我感到自己的身体正在失去重量和形状,只留下灵魂仍然盘旋不去。

安娜没有管我。最开始几天她的确表现出了非常自然的担心,但又没有过分焦虑。她把早餐放在餐盘上给我端过来,想知道有没有可以帮到我的地方,等着安排的医生给出检查结果。随着日子一天天过去,情况没有变化,她没有催我或讽刺我。只是解释过一两次她自己的活动也需要她花时间和精力。就好像我不知道一样。就好像我不喜欢一个人待着一样。

下午两点钟她会回来。她打开门,一阵强光向我袭来。大多数时候我处于一种懒散无聊的状态,这样的刺激让我害怕。她突然闯进来，把我从冥想中惊醒，我的神经也承受不了这种冲击。她端着一个小盘子放在我面前：一碗汤，某样特别为我做的菜。她会温柔地对我说话，同时也带有斥责的意思："你吃完了以后，起来走一会儿，丹尼尔。出去走走。你不能就这样一直躺在这里不动。这不是什么病，你的身体需要一点锻炼。"

我真想问：你是魔鬼吗？我想训斥她妨碍了我的隐私，但最后只是用一双还未适应光线的蒙眬睡眼瞪着她。这个遥远而陌生的女人。我和她之间已经不剩什么了。她的动作、声音让我生气、烦躁。她又急匆匆地离开了，感谢上帝。我从碗里喝着汤，但吞咽是那么困难，每咽一口我的喉咙就抽搐一下。我完全吃不下固体的东西，我的胃也消化不了真正的食物。我曾读过一则消息，说一个人只靠液体也能活很长一段时间，如果身体尽可能不动的话。这就是目前我的生活状态。像我这么丑陋、令人生厌的身体，这是对待它最正确的方式。安娜从来没有真正对它产生过兴趣，我自己现在也用不着它了。很快我就可以连汤也不喝了。

我在睡衣外面套了件晨衣，摇摇晃晃地走到客厅，坐在沙发上，屈服在光线下。看着罗恩自己在一旁玩耍，不和他说话，也不俯下身拥抱他。小家伙花了好一会儿才注意到我的存在。突然之间，父亲就在他面前坐着，缩成一团，裹着晨衣。他的父亲脸色蜡黄，邋里邋遢，寒气在他体内游走，冻得他牙齿直打架。小家伙笑了，父亲的唇边挤出一个虚弱又难看的苦笑作为回应——他也只能做到这样了。渐渐地，罗恩脸上的笑容也消失不见了。为什么父亲没有向他伸出手，为什么不把自己抱在他膝上，为什么不和他说话、不和他玩……

我郁郁地回到床上，关上了门。这就是我现在唯一能做的——躺在这个阴暗的房间里。晚上安娜一般都待在客厅里，我不会让她进来，就算进来，也只能待几分钟，来给我把衣服从柜子里拿出来，或者给我端一碗汤。

很快最后一丝光线都会消逝。即使外面也一样。公寓后面的树枝上，鸟雀犹自吵闹不休，不知道这一切都是徒劳。等它们也安静下来，世界就会成为一片死寂；而我必须躺下来，裹住我虚弱的身体。新学年开始的时候我不会再回学校。我的缺勤将笼罩在一种神秘的氛围里。安娜会帮助我：等纳玛尼校长来探视的时候，安娜会给他开门，甚至对他弯弯腰。他会脱下帽子，含糊不清地说一句抱歉，清清嗓子，小声说：不好意思，我是来找丹尼尔的。我是说，他已经好几天没来了。她不会请他坐下，而是冷淡地说：你说过他被解雇了，不是吗？哦，纳玛尼校长颤抖着嘴唇，有一阵子我们的确考虑过这一点，而且我承认那时我们处在一个心智脆弱的状态，但事实是我们的学校不能失去像丹尼尔这样一个好老师。安娜会说：抱歉，太迟了，他不在这儿。纳玛尼校长听了一定手足无措：您说他不在这儿是什么意思？他是去了别的地方，还是生病了，或者，千万别是真的，他不声不响地消失了？安娜的嘴唇上沁出了晶莹的汗珠：他不在这儿，纳玛尼校长，我只能这么和你说。现在，能不能麻烦你让我离开，我有急事。

他不在这儿，纳玛尼校长。这是真的。笼罩在这里的昏暗是属于墓地的昏暗，这间又黑又窄的房间是一块坟墓。我看不见，听不见，没有感觉，也没有思考。我是空的，我不是我。你有一个关于神秘的故事，我有一个关于死亡的故事。即使这件事以惊悚的标题登上报纸——《教师神秘失踪，其妻行为可疑》——我也不会看到。我什么也看不到。没有形体，没有存在。慢慢地，我将削弱自己的形体。不过我仍然做不到完全抛弃这副身躯。这是徒劳，是耻辱。它们激起我的愤怒，让我原本已经冷却、几近冻结的血液重新奔流起来。血管再一次被填满，很快红色的热流奔涌而出，我的身体漂浮起来，血液汇聚成了一个不断扩大的血池，我躺在那儿呻吟着，想要找一把刀去砍、去切，去阻止这泛着泡沫的、温暖的液体奔流。

突然，门被推开。一开始只能看见一个男人隐约的身形，背着光。我努力睁开眼睛。光线非常刺眼。我费力地想看清这个男人，心里因为他突然闯进我的房间而气愤不已。他肩膀宽厚，身材适中，用很低的声音对我说："嗨，丹尼尔！"

是尤纳坦，我的哥哥尤纳坦。见鬼，他在这儿做什么？我看见他身后是那对双胞胎儿子，正慢慢走过来，想往里面看，紧张地拽着父亲的裤腿。

我努力想撑起身子，却没有力气。我很想说点什么——你好，尤纳坦，你在这儿我很惊讶——但嘴唇不听使唤。眼泪涌上眼眶。我不能爬起来迎接我的哥哥，这一定让他非常尴尬。我瞪着他，他离我很远，双腿没有接触地面。这双腿沉重而结实，但它们飘浮在空中。他的上半身赤裸，深棕色的肌肤晶莹潮湿，显然布满了密密的汗珠。他光着脚，穿的也不是在父亲的农场里干活时的裤子，而是像马戏团小丑穿的闪闪发光的银色马裤，在腰和脚踝处束着松紧带。你怎么了，尤纳坦，你怎么变成了一个小丑？你头发上戴着头饰，喷出橙色和蓝色的火焰，不过这火焰不会到处乱窜，烧着东西。你可以走过来，走近我。但不能太近。任何人的接近，任何的改变，都会打破好不容易形成的平衡。努力形成这平衡的人是你，还有父亲。日夜不停地劳动。我被禁止接近你们。你想要亲近我，可你不愿意忤逆父亲，而和丹尼尔站在一起就意味着对父亲的忤逆。这是不允许的。丹尼尔必须站在一边，承受身体和精神上的一系列冗长的折磨，因为这是父亲——伊莱休·阿尔特的意愿。他想要这样，而且他有理由。用冰冷呆滞的双眼瞪着丹尼尔。傍晚时分坐在摇椅上，回想一天的收益，或者早起去挤牛奶，而丹尼尔从他的房间里偷偷往外看，他只是个四岁的男孩，想要闻一闻牛奶温热的香味，闻一闻父亲的味道，可他父亲说：丹尼尔，你在这儿做什么，马上回床上去。他想说的是：你哥哥尤纳坦只有六岁，已经什么都能帮上手了，可你既没有强壮起来，也没有学任何东西。只有把你的头埋得低低的，比田野里的青草还要低，被沉重的农靴践踏，或被唾弃嘲笑——只有这样你才有一点可能，成为一个拥有肌肉的小伙子。你的兄长拥有厚实的肩膀和身躯，它们会变成铠甲，因为铠甲才是这个国家所需要的，丹尼尔，坚实的铠甲。别逃避现实，丹尼尔，现实会紧紧纠缠着你，你想要逃开，不想自己被嘲笑，被践踏。你想长得又高又瘦，一双窄小的肩膀弱不禁风，就像一株小桉树一样？随你，但绝不能在我家里。不能在伊莱休·阿尔特的屋檐底下。四岁的你清晨站在门口，眼里流下的泪水，也不能软化我。

"尤纳坦，"我说，"你怎么会来这儿？"

他仍然站在门口，被火焰笼罩。"我一直想来看你，"他说,"把所有的事告诉你。我不知道你病了。"

"到里面来,尤纳坦,不过别开灯。"

他慢慢地走过来,两个双胞胎儿子仍然抓着他的裤腿,跟着他一块儿走。现在他站在我的床边,我闻到了他的气息,觉得喉咙里一阵刺痛,一直痛到眼睛和脑袋。**多么好闻的味道,尤纳坦,真正男人的味道**。我费力地向他伸出一只手,苍白而冰冷的手。门后又出现另一个高大的身影,挡住了微弱的光线。是安娜,远远地看着我们俩。她双手交叉,呼吸绵长平稳,默默地看着尤纳坦蹲下来伸出一只温热的手紧紧地抓住了我的手。然后他摸了摸我的脸颊。他呼出的热气拂过我的脸。可能他的眼里也有泪水,但我看不清。

他的两个双胞胎儿子,哈该和迈克尔,扯着他衬衫的边角,想把他拽回来。他们一点儿也不熟悉这个丹尼尔叔叔。他们在少数几次家庭聚会的时候见过他,他总是会靠过来,轻轻地亲他们一下,把手放在他们肩上,小声地说一些亲密的话,有时候努力用一些幼稚的魔术把戏吸引他们注意。对此,他们会礼貌地表达欢喜之情,好奇地看着他厚厚的镜片,他的秃顶,他的尖尖的鹰钩鼻,叫他丹尼尔叔叔。仅此而已。

"去安娜婶婶那里,"尤纳坦说,"她会给你们讲故事,我要和丹尼尔叔叔坐一会儿。很快就回来。"

站在后面的安娜婶婶张开双臂把两个孩子拢到自己怀

里，肩上的紫色披肩垂下来几乎把他们俩裹在里面，和孩子们一起走了出去。她没有关上门。尤纳坦坐在床的一端，脸上露出真诚的、关切的神情。不过我没有回应他的关心，我的喉咙堵住了，如果我开口，会发出痛苦难过的呻吟声，我甚至可能完全控制不了自己，泪如雨下、完全崩溃，把身体里最后一点力气都用光。

"尤纳坦，"我费力地开口，"你怎么来了？"

"我来告诉你所有的事，丹尼尔。这是我的责任。我希望你能承受住。两天前父亲去世了。他已经病了很长时间了，我们都不知道。他还是每天早上都去田里。母亲可能知道，但她不说。他是在睡梦里离开的，走得很平静。她醒过来发现他还在身边。她很惊讶，因为每天早上父亲睡的一边总是空的。她看了一眼，马上就明白了。她摸了摸父亲的身体，已经凉了。他走了。我打电话到这儿，安娜说：'丹尼尔病得很厉害，也不让任何人接近。我不敢告诉他，你过来吧。'我本来想昨天就过来，不过因为一些事情耽搁了。父亲还没有下葬，丹尼尔，我们都在等你。"

我闭上了眼睛，不过尤纳坦没有看见，他已经转过头，视线落入阴影里。他的声音颤抖，但没有哭。我收紧了手指抓着床沿，希望能让身体恢复一点知觉。可能我希望尤纳坦能抱住我，这样我全身的骨头能够再拼接起来，而且这样我就能弄清隐藏在他身体里面的真实的情绪。或许尤纳坦也想更靠近我一点，而且他现在自然也希望从我嘴里听到些什么，问他问题，让他再解释清楚一点。

他说："我打算回聚居地，接管父亲的农场。这么多年这一直是他的希望，但我一直在逃避。现在，他在遗嘱里说了。如果我们把农场卖给别人，他不会原谅我们的。农场现在荒废得很厉害，父亲没有力气好好打理它。他雇了很多阿拉伯劳工，可他们好像是故意把这个地方弄得一团糟。我必须把我在城里所有的产业都卖了。我想自己闯一番事业，现在他们都这么做。战争以后你总是有机会发一笔财的。我已经做了一个铭牌：尤纳坦·阿尔特——土地交易承包商。我几乎就要成为一个承包商了，我已经租了拖拉机、推土机，签了几个利润丰厚的合同。你真该看看我，就像某个殖民地上的农场主一样，戴着宽大的白色遮阳帽，跑来跑去安排生意，准备好从这些机器和广阔崭新的土地上创造财富。从事土地买卖生意就像印钞机一样，有无限的利润。你只要去发掘它。你绝对想象不到，丹尼尔。人们以前经常谈论应用在空中的技术，但现在土地才是技术所在，因为土地是无限的，就算你一直挖到世界的中心，仍然不够所有人分一杯羹，仍然有客户愿意花大价钱买，因为他们需要土地来开展各种各样的工程。他们挖掘土地各种各样的用途，然后去另一个地方接着干，所以每个人都有活干，钱会源源不断涌进来。你绝对想象不到那是怎样的情景，丹尼尔，你把自己关在这个小黑屋里，可外面挂着一个巨大的太阳，足够照亮所有的人，如果你俯瞰这个世界，你会看到一群群人行色匆匆，努力干活，就像蚂蚁一般，推推搡搡、迎来送往，但他们都很快乐，因为一直有活干的人会感觉很好。他们知道一切都在前进、在变化，一切都和自己相关。他们憎恨漆黑的小屋子，像憎恨死亡一样。他们害怕衰老与死亡，热爱蓝天和充实的生活。他们知道自己有一天终究会走向死亡，所以才要充分利用生命的每一刻，只有让自己不停地忙碌才能做到这一点，这样就不会有空闲的时间。我真的不明白自己，竟然选择这样的时刻回农场，在农场整个节奏完全不同，太慢了。人们总是慢吞吞的，土地也不会让推土机彻底翻一遍，它只是一直悠闲地在那里，等待人们耐心地、慢慢地作业。有时候你可以在田地中间站上五分钟甚至更长时间，什么都不做，只是看着天空，追踪着鸟群飞翔的轨迹，甚至连这点都不做。我真不知道自己为什么要回去，不过有一股强大的力量抓着我的袖子，把我拽向农田，对我说：你属于这里，这是你要待的地方，不要反抗了，没用的。"

尤纳坦出乎意料地说了一大通话，这些话让我觉得既疲惫又沮丧，我知道，如果这些光线和嘈杂声不马上停止，我会陷入一片黑暗之中，连尤纳坦都不能将我救出。然后我意识到他在问我是否要和他一起回到聚居地去，这样我们就可以一起在父亲的农场工作。"我很肯定，丹尼尔，"他说，"那里的活足够我们两个人一起干。我们俩各自都尽力去做。别怕，丹尼尔，我知道你觉得害怕。我比你想象的更了解你。"

他的最后一句话让我的眼里又涌出了泪水。我没有力气起身，把双手环住他的身体拥抱他，我只能虚弱地笑笑，说："你真好，对我说这些话，尤纳坦。只是能不能帮个忙，把门关上几分钟。光线和噪音快让我疯了。我真的没法忍受了。"

他挑起了眉毛，我看得出他的惊讶：你为什么现在才说？他马上从床上站起来，关上了门，回到房间无处不在的黑暗里，站在那儿，迟疑着没有坐回床上。但他找不到任何可以坐的地方，而且我确定不管他觉得情况有多尴尬，他还是真心想再回到我身边来。

"尤纳坦，"我说，"一起在农场里工作，这样可能真的很好。不过我不能这么做。我想父亲在他的遗嘱里也没有这样的要求。"

尤纳坦沉默了。他知道说服我的希望很渺茫。我也不确定他是不是真心希望我回农场。或许他觉得他有责任对我这么说，或许他既希望我回去，又害怕我回去。他说："之前我和安娜也提过这件事。她说的确值得好好考虑一下。我觉得她是认真的。"

我颤抖的双手做出一个绝望和驱赶的动作，不过因为在黑暗里他当然没有看见。我感到他似乎等不及要离开，所以我赶忙说："尤纳坦，有很多事你不知道。曾经我也相信有可能改变一些事情，很多事情……"然而我的声音出卖了我，我开始哭起来，压抑而又不受控制地哭泣。

尤纳坦没有抱住我，只是把他的大手放在我肩上和长满胡楂的脸上，说："放轻松，丹尼尔，放轻松。你病了，所以才会有这么强烈的反应。"我知道他真的想走了，我没有留他，因为我不能，也因为我对自己深感羞愧。

他关上门之后我闭上了眼睛，眼皮下，死去的父亲躺在那儿，裹着白布。一开始，他赤裸着身体，后来一个女人过来把他从头到脚盖了起来，用别针把裹尸布牢牢别住。在那会儿，我又冒出了自杀的念头，不过和我之前类似的念头都不一样。

秋季到了。新学年开始了，我从床上爬起来，长时间默坐在摇椅里，无所事事。我用一张毯子裹在睡衣外面，我费力地穿上旧皮拖鞋，我的脚趾现在似乎只剩一层皮了，我就这样一待一整天。每天早上我都对安娜保证说穿好衣服我就出门，到街上让眼睛再次适应光线，让身体重新恢复活力。可是只要她一走——她要带罗恩去托儿所，还要去处理各种各样的事务——我就会伸手从床上拿起毯子，裹住我佝偻的、消瘦的身体。

中午的时候安娜会抱着罗恩回来，看到我瘫坐在摇椅里，耷拉着脑袋，眯着眼沉浸在冥想里，或者干脆闭着。

纳玛尼校长打来过一两次电话，安娜告诉他我已经消失得无影无踪了。她说这话的时候朝我眨眨眼，在这几秒钟里，我实实在在地露出了笑容，干涩的、扭曲的笑容。"是的，"我听见安娜说，"我已经联系了警察，不过您也知道他们是什么样的——在他们采取行动以前，世界都已经爆炸了。当然，我很担心。我晚上睡不着，孩子的情绪也越来越差。在我心底，"她补充道，"我知道丹尼尔有一天会回来的，而且如果他回来了，我希望纳玛尼校长，您能够让他重新回学校工作，哦，恳求老天，您别对他有任何成见。"

听见安娜这样欺骗某个人，我是多么惊讶！

但我没有重新回去工作，那个秋天没有，以后任何一个秋天都没有。

安娜说："我什么都明白，丹尼尔，不过我觉得最好的方法还是起来做点什么，什么都好，重要的是去做。"

我没有回答，只是好奇地看着她的眼睛：她的想法和我的一样吗？等她坐到我身边的时候，我立即垂下了眼睛，安娜突然把手放在我肩上，温柔地抚摸着我光秃秃的头顶和仅剩下的稀疏头发，甚至还有我丑陋的驼背，泪水又一次涌入眼眶。我控制不了自己，泪水演变成了长久的哭泣，直至精疲力尽。

第二天，我走了出去，走到阳光下。我走得很慢，步履蹒跚。安娜不在家，不知道我这么做。我穿上了自己的灰大衣，里面是一件俄国式样的旧衬衫，袖口已经磨破了，我又戴上一顶布帽，帽子曾经是父亲的，不知道怎么最后到了我手里。

我走出家门。秋日的阳光让我什么都看不见，镜片上水汽模糊，我的身体感到一阵刺痛，我躲到了一栋房子的阴影里。我的手指紧紧抓住台阶栏杆，脑袋一阵阵晕眩，剧烈的恶心感从胃部涌上喉咙。路人停下脚步，询问是否需要帮助；我摇摇头，不耐烦地摆手让他们离开。我想要一个人待着。等我放松一点后，坐上了一辆开往中央车站的公交车。有一位乘客一路上都紧盯着我——一位妇女，长脸，窄脑袋。我一定看起来很奇怪，脸色苍白，无精打采，眼窝深陷，戴着厚厚的眼镜，一脸病容，脸上一块块青紫色和红色的斑点。也许我嘴角还挂着点点唾沫。

在中央车站没有人注意到我，我在一个个铁栏杆之间游荡，靠在肮脏的墙上支撑着身体，完全没有注意到一个个乞丐伸向我的乞讨的手。我需要用公共厕所。我站在那儿，脸对着墙，解开了裤子的纽扣。我双目晕眩，却还是看到有面目丑陋的男人躲在角落里，偷偷地看着我，就像是秘密警察或皮条客。我努力压抑了一早上的恶心感瞬间以不可抵挡之势涌上来，从我口中喷涌而出，喷落在小便池里。我身体摇晃了一下，倒在了地上。

我醒来的时候发现自己躺在小便池底。身旁站着那些秘密警察，居高临下、眼神凶恶地看着我，他们咧嘴而笑，露出稀疏的、布满黄渍的牙齿，他们向我伸出手，似乎要扶我起来，实际上想要摸我的身体。不过接着，一位衣着光鲜的高个子男士出现了，他戴着帽子，穿西装打领带，他冲他们喊道："帮他一把，你们在等什么！有人在公共厕所晕倒了，你们就站在那儿笑吗！"我记起来自己在哪儿了。我虚弱地笑了笑，知道自己满身污秽，也知道我需要他们的帮助，但只有那位高个子男士走了过来，弯下腰，轻声说了几句安慰鼓励的话，用他强有力的胳膊环住我残破的身体，扶着我走出厕所，走到阳光下。

我的眼睛又一次被阳光刺痛。我靠在墙上，他问我是否有帮得上忙的地方，我摇摇头，拒绝了他的好意。我知道这会儿有很多路人都转过头来看我，毕竟不是每天都能看到中央车站里，一个男人靠在墙上，沾满了尿液、粪便、呕吐物，浑身恶臭，痛哭流涕。

那些皮条客也来到了厕所外面，他们猛冲向我，如同垃圾堆上面的蚊子一样。其中一个人甚至还把鼻子伸过来，几乎就要碰到我的衬衣，然后伴随着真实或装出来的恐惧神情，又马上缩了回去，然后他抓住我的衣领，用力猛扯，虽然我没有任何反抗，可他的同伴说道："别管他了，他对我们没用。瞧瞧他，全身都是屎！"然后，另一个人猛地把脸甩到我面前，离我的脸只有几公分的距离，狂躁的双眼瞪着我，他急促的、散发着恶臭的呼吸涌进了我的鼻孔。之后，不知哪来的力气，我转开身子，跑了起来，登上一辆开往聚居地的公车，倒在最后一排的座椅上。一路上我都在抽泣，但路程很短，等我从车上下来的时候，衣服上难闻的味道似乎已经淡下来了——或许因为我身边有太多其他的气味。

我应该直接去找母亲，向她道歉父亲去世那天我没能回来，然后把一切都告诉她。她会理解，会原谅我的。不过我不能这个样子回去。或许我就应该这么做——走进家门，告诉她发生了什么，换上干净的衣服。或许她也能理解并原谅这些。但我走过了那栋小房子，走过了种着果树的庄园，走过了堆放垃圾的棚子，走过了我们邻居家的房子——那是格罗森伯格一家——直接走进了农田。天空一片澄澈，农田比我记忆中的还要宽阔。太阳炙烤着我,但也将我的衣服晒干。我的步子变得轻盈而有活力,我的胸腔也膨胀起来。如果我张开双臂,它们会变成白色的翅膀,如同秋天的白鹳一般,而我会慢慢飞起来,从高处俯瞰一切,感受到前所未有的快乐,甚至我可能还会加入白鹳的队伍,一起飞向北方之地。但我转向了那群在田间蹦跳的硕大黑鸟。我想把它们赶走,甚至对它们放肆的行为进行惩罚,它们竟然无耻地利用着父亲离世的事实。

现在我就站这群黑鸟旁边,它们突兀而尖锐的叫声刺进耳膜,我很确定是一群巨大的黑鸦飞落到了田里,来啄食巨大的红桑葚。我挥动着拳头,蹲到和它们差不多的高度,一个个裹着黑布的脑袋,小心翼翼地、慢慢地转向我,这些都是满脸皱纹的阿拉伯妇女,她们的肌肤就像巧克力一样,眼窝深陷,黑色的眼珠子闪着凶光,她们的牙齿又白又尖,脸颊上有黑色的文身。她们宽大的裙子在风中飘动,如同船帆一般,如果她们腾空而起,那也是笨拙而贴近地面的飞行,就像被扔上天的黑色青蛙。她们采桑葚的动作是那样急促,桑葚鲜红的血液从指缝中滴落。她们咬住桑葚的时候,血就喷溅到牙齿和眼睛上。我没有因为她们冰冷的注视而感到不安,径自蹲在她们身边帮忙,在我父亲的农田里采桑葚。她们惊奇地看着我,但没有开口询问。没有人教她们问问题,她们只会露出白色的牙齿，发出粗哑、短促又尖厉的声音，某种奇怪的部落方言，在我听起来一点也不像是某种语言。我为何要跟随她们的脚步？毫无疑问，这片土地现在是我的了，就像它现在是我哥哥尤纳坦的一样。我可以像他一样两腿叉开站在田里，把手放在臀部，挺起胸脯，从牙齿缝里挤出简短的命令，然后抬起双眼凝视延绵到地平线的山丘，把脑袋彻底放空，什么都不想。可是我现在跪在地上，手脚并用，用指甲把红色的桑葚从绿色的树枝上掐断，把它们放进盒子里，我汗流浃背，身上落了一层薄薄的尘雾。那群黑鸦已经远远地赶在了我前头。它们灵巧地吃完一丛又一丛，而我趴在地上，脑袋贴着地面，苦苦寻求一点阴凉。

　　突然，一片阴影笼罩在我身上。我转过头，看见两个阿拉伯女孩站在我面前，她们的脚指头划过地面，几乎就要碰到我的肚子。她们的黑裙子上绣着红色银色的花纹。她们直勾勾地看着我的眼睛，一个女孩神情空洞，或许那是傲慢的表情，另一个眼神狂乱，沉默的嘴唇颤动着。我支起身子跪在地上，拂去衣服上的尘土，站起来看着她们。她们想要什么？她们有什么权利独自在一旁，不和远处那群人一样工作？或许她们和那群妇女不是一起的，是刚刚从地里蹦出来的。第一个女孩推了推另一个，她咧嘴笑了，露出了两排稀疏的、不平整的牙齿，她的喉咙里发出沉重而短促的声音，转动眼珠的样子很奇怪，让人很不舒服。接着她的身体也开始转起来，以自己为轴心。第一个女孩继续在她耳边悄悄说着鼓励的话，但她的眼神仍然冰冷，而另一个女孩无疑心里正盘算着什么恶毒的念头。现在，我应该迈开步子离开，或者扇她们两个耳光，命令她们马上回去干活。但我什么都没做，因为她疯狂的双眼让我移不开视线。她黑色的手指一开始搓揉着自己的脖子，然后到胸部，再滑向小腹和大腿。她们是两姐妹，我突然之间意识到，一个精神上有问题，而另一个在不怀好意地沉默着，陪在她身边。现在女孩的手指滑到黑色短裙的裙边，把裙摆拉到胯上。我的视线移到了长满黑色毛发的三角地带。甜蜜的痛苦点燃了我的身体。现在她正狂躁地旋转着，生殖器就露在我眼前。我的下体变硬了。现在我应该走过去，把她的手从撩起的裙边上拉开，用力踢一脚把她们两个人赶走，给她们可耻的行为一点教训。但那甜蜜的痛苦让我的整个身体都颤抖起来，我站在那儿，不能移动，不能说话，也不能好好思考，我该马上离开，跑到家里，到母亲和尤纳坦身边，可我迟疑着下不了决心。只感觉到下体迅速膨胀起来，催促着我跨过横在我和那双纤细黑腿之间的桑葚丛，这双腿在太阳下闪烁着光泽，为我而张开，向我致敬。于是我跨过了桑葚丛，汗水从眉间落到眼里，剧烈的刺痛让我睁不开眼睛，我双手向前张开，在我眼睛看不见的地方，紧紧抓住、抚摸。父亲永远不会原谅我。在他的农田里，我把自己的身体压在一个阿拉伯智障女孩黑色的、肮脏的裙子上，把她的裙子掀得更高，露出一双还未发育完全却坚挺结实的乳房，用湿润而饥渴的嘴唇侵略它们，吮吸着那坚实的巧克力色的乳头，感受它们在我的口里充盈、胀大，我咬着它们，几乎尝到了血腥味。父亲永远不会原谅我。完事之后我必须去找母亲，问候她，说您的哀痛我感同身受，如果父亲看见他会怎么说。他恨这些光着脚的阿拉伯小姑娘，她们总是张着嘴，上牙从嘴唇里凸出来。不过在内心深处，他的身体也对她们怀有渴望。每当她们一前一后地摆动身子，露出一条丰满的大腿，他的下体也会马上硬起来，那玉腿甚至能让伊莱休·阿尔特紧实的肌肉都变得虚弱无力，软化刻在他脸上的道道皱纹。

但他不会原谅我这么做，在他受诅咒的田间，我把纽扣一个个解开，裤子上沾染上桑葚的汁血，我紧闭的双眼从那滋味美妙的乳房滑到小腹，再到那深陷的肚脐上，然后睁开眼睛，帮助手指更好地行动，红色液体滴落下来，我不知道是不是有一把刀刺穿了颤抖的、年轻的肉体，抑或是她身体流出的鲜血，又或者是我的手指摸索着、深深掐入那燃烧着的肉体时碾碎的桑葚。

我的下体胀得发疼，急不可耐地想要从紧绷的裤子中解放出来——可是突然，有个响亮的声音轰鸣着穿过农田，喊着："丹尼尔！丹尼尔！"尤纳坦·阿尔特在喊他的弟弟。他从远处跑过来，呼吸粗重，跑到我们身边瞪大了眼睛，和那个姐姐交换着眼神，女孩的眼里闪着愉悦而憎恨的光，他惊恐地看着我低垂的双眼，看着女孩空洞的神情，他的弟弟，丹尼尔正抓着她，从她身上抽离。天空中挂着一轮巨大的、淫荡的秋天的太阳，丹尼尔想要躲开它，可是连一丝云朵都没有出来帮他。

尤纳坦拿起一块大石头，双手举起来对准了我，他发出愤怒的、厌恶的、不可置信的吼叫。我做了一个闪避的动作，但尤纳坦并不是真的要砸我。他站在那儿，石头举过头顶，说道："丹尼尔，你应该被关起来，你应该去死！"他用力将石头扔进桑葚丛里，红色的汁液溅在两姐妹的裙子上。

在回家的路上——回母亲那里——我希望尤纳坦能够不计较刚刚发生的事情，努力更靠近我一点。我的身体着了火一般，我觉得如果尤纳坦能开口和我说话，这份灼热就能消退下去。但他一直沉默。他不打算告诉母亲：种着桑树的地里，还带着秋季第一场雨的味道，秋雨将夏日所有附着在土地上的一切污垢洗净，而我的弟弟丹尼尔，和一个痴呆的阿拉伯处女在一起，他们玷污了这片土地。拿走了它的纯洁，这片父亲的土地。在仅有的清醒时刻,她可能会说,别傻了,尤纳坦。任何你父亲踩过的地方,都没有纯洁可言。

最后,在门外,他停下来转身看着我,一只手放在我肩上,一直看进我眼睛里,说道:"现在你准备回来了,丹尼尔,是不是?一个人回来,重新开始。一切都重新开始。"

或许他还想说得更多,解释更多。当然,他看到自己说一个人回来时我眼里的惊讶。不过他的喉咙哽住了,泪水涌上了他悲伤的双眼。

我们走进屋子,一开始我什么都看不见,因为那段时间母亲习惯了把所有百叶窗都关起来——她知道,暗就是黑,黑就是哀悼,毕竟她在为父亲戴孝。我的眼睛逐渐适应了这份昏暗,我看见她坐在自己的摇椅上,旁边是父亲空荡荡的摇椅。我走近她,蹲下来吻她,她抚摸着我的头发,但没有亲我。

我说:"对不起,母亲,我之前没回来。我病了,下不了床,尤纳坦一定都告诉你了。"

他就站在我们身后。难道就不能让我们两个单独待一会儿吗!

"是的,"她说,"他都告诉我了。你现在怎么样?"

我没有回答。她用手指示意我坐在沙发上,轻声告诉尤纳坦拿些喝的东西,但他没有立即离开。

她穿着一条黑色的长裙。脸色苍白疲惫，仿佛已经很多晚都没有睡好。我问自己：她有多爱父亲？她拿什么来滋养这份爱？现在我能够问她这个问题了。这是我第一次有能力这么做。我等待着，知道尤纳坦随时可能会说："我要去田里一趟。"母亲叹了口气："你不应该在外面待这么久。"

我说："今天晚上我必须回家，安娜肯定很担心。"尤纳坦坚持说为了不让她担心，我可以打个电话和她解释一下。但遭到了我的强烈反对。

我请求母亲让我拉开窗帘，她说："就一点点，丹尼尔。"一小块光影从她脸上闪过。她让我从柜子里拿一块披肩裹在她肩上。这些天她总觉得冷，虽然还没到冬天。

我没有退缩，我问她："你拿什么滋养这份爱？"

"每一份爱都包含了不可能。每一份爱都因为某种深刻的、内在的矛盾而成长。这份矛盾给了它力量和魅力。"

"换句话说，你坚持说那是爱，一直到他最后的日子。"

"不，丹尼尔。还有枯萎。不过现在再撕开这个伤口去探究，已经毫无意义。"

我站起来准备走，她紧张起来："别走，丹尼尔，坐下来，坐在我身边，坐到你父亲的椅子上，求你了。"

我坐了下来。我第一次从这张椅子上看着屋子里的家具、吊灯、墙上积满灰尘的画作。那时候，我比餐柜上放水晶摆件的架子还要矮。四岁的我。父亲站在我身边,我伸出手碰到了他的裤子。他躲开了,生气地说:"丹尼尔,不许这么做。我还需要和你说多少遍?"现在,似乎有一阵彩色纸片下雨般地落到椅子上、沙发上、餐桌上、安息日烛台上、书架上,还有他们旅行途中买回来的送餐车上。所有的声音都消失了,只能听见纸片静静地、雨点般地落下。所有东西上都堆着高高的纸片,母亲沉默地望着我,仿佛在等待什么。可能是等待父亲走进来。我不知道。他没有很快就走。即使是母亲也明白这一点。她也品尝过他淡漠自制下压抑的暴力。她也生活在父亲的阴影下,听着他从牙齿缝中挤出来的不容置疑的命令;她生活在这间屋子无处不在的、零零星星的痛苦里,如同一滴滴细小的毒液不断滴落。现在她可以期待过上几年好日子。她能够挺直了身子,重新恢复活力与自信,能够再次完整、清晰地开口说话。

"不,丹尼尔,"她说,声音依旧低沉含糊,"生命中没有什么事能够完全符合我们的心意。你肯定觉得我不懂。但其实你所有的行为我都可以找到解释。我看见你在他旁边,可我无能为力。他在和自己较劲。他一生都在紧张地等待有什么惊天动地的事情发生。时间一天天过去,他慢慢意识到什么都不会发生。他没有大喊大叫,只是把一切都压在心里。从一开始,我们来到这儿的第一天开始就是这样。他被选为聚居地委员会委员之后仅仅一个月他就不干了,说这些人都是骗子。他们尊敬他,也憎恨他,他都装作一点都不在乎别人怎么想他的。沮丧与愤恨冲刷他全身的血液。他就像一只落入了陷阱的老鼠,苦苦求生,虽然知道一切都太晚了。战争之后情况甚至变得更加糟糕。你那时已经离开家了。要不是害怕我的嘲笑,他肯定会穿得像拿破仑一样,站在椅子上拿着剑到处挥舞,挺起胸脯,对着世界咆哮。但在这种故作英勇的背后藏着恐惧,害怕有人会过来揭露他的软弱。一直紧紧抓住别人给你的权力不放——这就是最大的软弱,你父亲也明白这一点。他也知道,在战争之后,他突然失去了理智。战后很多人都会出现这种情况。他憎恨那些光着一双肮脏的脚在他土地上晃来晃去的农工,觉得他们软弱愚蠢,他对他们的态度就像对垃圾一样。我看着都会哭出来。'他们也是人,'我告诉他,'你彻底疯了。'"

说到这里,她不可抑制地哭起来,耷拉着颤抖的肩膀,头垂到胸前。我应该走到她身边的。她从袖子里拿出一块手帕,继续抽泣着,示意我不用管她,没事的。

尤纳坦从田里回来了。门被打开了,有一瞬间,傍晚微弱的光线从门外射进来,是父亲站在那儿,牲口棚的门投下长方形的阴影,他站在那儿,穿着黑色的靴子,用干草叉把干草拢在一起,两头奶牛把脑袋垂下来,看着它们的主人。

"怎么了?"他喊道,居高临下地站在我面前,"这么长时间了她一直都没哭,现在你一来,把一切都弄得乱七八糟,你走到哪儿就会把邪恶带到哪儿。就好像魔鬼,丹尼尔。你之前在农田里,那里见了血;现在你又把她惹哭了。"

现在是尤纳坦,一双厚重的靴子沾满泥浆,敞着衬衫,手里一把干草叉,蹲下身来,伸出细长的手指将我从椅子上拽下来。

母亲叫道:"不,尤纳坦,你昏了头了吗,尤纳坦!"

但他厚重的拳头打在了我脸上,血从鼻子里流出来,我逃到门边,母亲张开双臂跟着我跑过来,我倒在门槛上,她朝我俯下身去。她抚摸着我,这同情来得多么迟。我把眼镜捡起来以后就走了,甚至没有让她把血擦掉——血从我脸上流下来,滴在地板上。

回去的公交车上,我还是蜷缩在最后一排,躲避着微弱的光线,试图说服自己,说不知道为什么尤纳坦会打我,为什么差一点就要把干草叉的尖刺将我刺穿,为什么他会说我是魔鬼,走到哪儿就把邪恶带到哪儿。我几乎想不起母亲说了什么,只看见她的形象在我眼前逐渐清晰。她就坐在我面前,公共汽车疾驰在老旧的公路上,那速度仿佛驾驶员已经消失了,而母亲的眼睛传递着一条新的信息:你必须对人怀有同情之心。即使是你的父亲，丹尼尔。我们每个人都应该获得一点同情。就是这样。感恩与同情。你必须走出去，告诉所有人这一点。

我大声说："纳玛尼校长不会再见到我了，因为我要回家，脱下这身污秽不堪的衣服，换上一身白袍上路。"

家里的窗户透出明亮的光线，我想着：现在我要回到安娜身边，告诉她我出去做了一次短途旅行，回来的时候已经重新成为一个健康的人。但安娜不是一个人。我推开门，看见安娜坐在一群妇女中间，她们的头上缠着彩色的头巾，头巾系得很紧，包裹住每一缕头发。她们面前站着一个我不认识的男人。从他的衣着、胡子以及帽子可以断定他是一位名副其实的拉比。他正在用沙哑而刺耳的声音，大声向她们朗读某本书上的章节。看到我的时候他停了下来，透过圆圆的黑边眼镜窥视着我，所有的妇女也一下子从书本里抬起头来。我低下了头，感觉脸颊一阵发热，我疲惫的双眼寻找着安娜的眼睛。当然，它们很快找到了她的眼睛，并纠缠了几秒钟，正如她也在我的注视下移不开视线。这是我们最后一次凝视彼此的双眼。不过安娜立即恢复了她之前的姿势，示意拉比继续他的宣教。而我走过这群围坐在一起的妇女，走向我们的卧室。

第二天早上我明白了一切：安娜要走了。她收拾行李，给罗恩也穿戴好，她要去另一个地方，一个叫伯特利的城市。那位拉比已经为她在那儿安排好了住宿和工作。她不想让我和她一起去，她知道我甚至根本不会有这样的念头。她相信我的感觉。当然，我肯定已经注意到了一些变化的迹象，所以她走的这一步应该不会让我特别惊讶。她不想告诉我所有的事，也没有这个能力，因为这些事发生的时候无法简单地用言语描述。只有过了一段时间以后才会变得清晰起来。我也应该很熟悉这个过程。我卧病在床的那些日子她的精神也遭受着折磨。在那扇门背后，发生了我永远也无法想象的事情。一切都始于那次安息日旅行。伯特利是她们的最后一站。那位拉比接待了她们，向她们传道，而安娜得到了启示。她的眼睛和拉比的眼睛牢牢锁在了一起——于是事情开始逐渐发展。伯特利的拉比来到了安娜·阿尔特的住所。今天，她觉得自己能够告诉我这一切。她不认为我会轻易受到伤害，因为很长一段时间以来，我们两人都知道彼此之间横亘着一道鸿沟，我们为此做出的任何努力都是徒劳，即使是在这道鸿沟之上搭一座最窄最薄的桥也不行。

那一晚，她躺在我身边，没有碰我的身体，只是静静叙述。我没有听见她所有的话。我不时地陷入深深的睡眠，然后猛然惊醒。安娜没有注意到，她一直在说。那位拉比强烈建议她改名为哈拿。他给她讲了哈拿和她七个儿子的事迹，还提到了哈拿·贝尼希。她说自己还没有准备好换掉这个名字，现在还没有，他妥协了。至于其他事情，妥协的是她。没有受到胁迫，完全是深思熟虑的结果。之前她的精神如同一个空虚的容器，现在她感觉被填满了，他给予，她储存。拉比决定了所有她需要遵从的规则与戒律。镜中自己的影像让她一惊：精神上的升华让身体也发生了变化。她的肩膀变得端正，脸部凸显出棱角，削弱了它的魅力。她的身体杜绝一切浮华之举。她甚至还出去给自己买了三条长袖高领的新裙子。她穿上长黑丝袜将自己的双腿包裹起来，用头巾将头发裹得严严实实。如此装扮后她回到镜子前；拉比坐在她身后，她看见他眼中含泪。

"丹尼尔，不要以貌取人，不要心存偏见。他是个敏感而高贵的人。"

和他在一起的时候，她体验到了极为难得的、精神上的狂喜。大多数人终其一生都无法获得这样的恩赐——或许一生一次。她无法解释。到了晚上，布满星星的夜空在她头顶展开，她和拉比一起，在星星之间跳跃。是的，难以置信。如果以前有人这么告诉她，她也不会相信的。但现在她信了。现在她是一个有信仰的女人了。这不是外界强加的东西，而是在内心得到启示的特别时刻完成的一个过程。如果没有这位拉比，她永远不可能做到这一点。现在，她很疑惑为什么自己等了这么长时间。所有的一切都是压抑的、腐败的、毫无意义的，只能通向一扇关闭的门，只能让精神不堪重负。

现在，她所有的行为都由一根看不见的线牵着，将她的灵魂与一个为她指引方向、隐蔽而又神秘的"存在"联系起来。在她生命中，出现了一个潜意识的目的，颠覆了所有的一切。

"我不再是你认识的安娜·阿尔特。或许你害怕侵入这个房子的一切气味与色彩。但我能理解，并原谅。你生病只是因为这样你才能把自己抽离出来，不用去管隔壁房间发生的一切。我已经尽了全力来帮你，但你什么都拒之门外。而那位拉比，他耐心地等在门外，直到我获得自由。事实上，你根本就没有病，你只是在逃避。所以我发现你不在家的时候并没有感到害怕。我知道你会回来的。我猜你去了聚居地，你有责任去那儿表达一下哀思。我不知道你在那儿发生了什么，不过我想你并没有找到想要的东西：安慰与和解。那位拉比今天早上过来了，耐心地在这里等我。回来的时候我说：'我真不敢相信，我的丈夫还生着病，可是他不见了。'而那位拉比，他是一个敏感、高贵的人，他说：'你需要我帮忙找他吗？'我说：'我不担心，虽然我应该担心。我们坐下来等吧。'我想你一定想知道我们做了什么，我和拉比，我们单独待在房子里。我们面对面坐下来读一本书。或者更确切一点,他朗读和解释,我跟着看书里的内容。你在逃避,丹尼尔。一个男人和一个女人面对面坐着读一本书能够读多长时间?读不了多长时间,丹尼尔,甚至一个早上都不用。拉比的本能强烈到无法控制。即使拉比也是人。不过责任在我,丹尼尔。我那么近地深深地看着他的眼睛,听着他解释那深刻的真理,看着他细长的手指仿佛也在说话,触碰虚无中隐藏的秘密,但同时又一直渴望触碰肉体。是的,责任在我,丹尼尔。我只祈祷你不会突然回来。我知道犯下这种罪孽,还有其他罪孽,我应该要付出代价。不过拉比说将地狱想象成一个实体是错误的。地狱只存在于每个人心里,是我们给自己造出来的东西。你,丹尼尔,不能与我们一起生活。伯特利不是所有人都可以待的地方,不过你可以过来看罗恩。丹尼尔,我知道,你是不会忏悔的。你的灵魂不相信救赎,你无药可救。"

天快亮的时候我脑子里闪过一个念头:闯进国防部长的家里——他肯定是最大的异教徒——强行冲过警卫的防线,把一颗子弹射进他的头颅。然后渡鸦会飞过来啄食他的尸体。只有这样,安娜才会在我们的家里找到安宁。

天亮的时候我明白了一切,安娜一晚上都在说话,晨曦初露的时候她睡着了。我下了床,穿上卡其布的衣服,溜到外面去在街上闲逛。外面很冷,冬天快到了。我一直走到海边，海水的颜色阴郁。在海边我看到几个游泳的人，大部分都上了年纪，而我靠在人行道的栏杆上，抬起双眼望向无尽的远方。**我的救赎什么时候能到来？**我很想问，但在内心深处，我知道自己不需要救赎。我不确定安娜的离开是会给我带来痛苦还是解脱。不过我知道她这一步是无法挽回的。我们的精神从来就没有契合过。一直以来，我都在地平线以外寻找画面与声音，希望能够滋养我苦苦挣扎的灵魂，而没有将视线转回到我们家庭的空间上来。现在，一切都太晚了。不过，她也没有把所有的精力都放在我身上，或放在这个表面上将我们联系在一起的家庭上。突然之间，我感到一阵卑微的渴望，渴望见到艾立尔，爬上他的小阁楼——自从我病了以后还没有去过那儿，在这么早的时刻去敲他的门。他会打开门，穿着短裤，睡眼蒙眬，惊讶地看着我，我向他道歉，但他会说：没关系，丹尼尔，请进，这么久你都躲到哪里去了？不过这个念头在看到纳赫曼·伊莱修后就消失了，纳赫曼·伊莱修从浪里冒出来，甩着身上的水珠，发出疯狂的笑声。以后我也会变得和他一样。独自住在朱达·哈利维街的一间小公寓里，一个臭名昭著的怪人，小孩都会被警告说不要接近这个人。在我狭小的公寓里，厚厚的蜘蛛网结满墙角，家具上积满灰尘，厨房水槽里爬满了蟑螂，而在我房子外面，恶毒的流言四起。昨天中午，安娜和那个拉比躺在我们阴暗的卧室里。这个浮夸的男人渴望她的肉体并占有了她。他赋予自己品尝禁果的权力。地狱不是一个绝对的、实体的存在，只是我们自身罪恶感的产物——一种情结。他的定义。昨天中午，当我站在父亲温暖的田地中央，一个痴呆的黑人女孩向我提起了她肮脏的裙子，安娜脱下了给自己新买的裙子，让那个拉比抚弄她丰满而柔软的身体。

我回到家，发现几件行李和衣服散落在地上。安娜正慌乱地往大行李箱里塞她的东西，她只带走了很少的几样物品。罗恩坐在毯子上，看见我进来发出了一声欣喜的叫声。我蹲下来，把他抱在怀里，高举过头顶。我抱着他，亲他，轻轻地说着亲密爱语，问一些我不会得到回应的问题。我的喉咙哽住了。小家伙还没有学会叫"爸爸"——现在他还能学会说这个词吗？能够理解它的正确含义吗？我坐在沙发一端，将他放回毯子上自己玩玩具，不过他坐在毯子上没有动，看看安娜又看看我，张开了小嘴。他的眼里有着深切的悲伤。安娜沉浸在自己忙乱嘈杂的活动里。用来包装的纸片发出沙沙的响声回荡在屋子里如同枪声。她高跟鞋笃笃笃的声音仿佛炸弹在我耳朵里爆炸。我捂住耳朵，闭上眼睛，可一阵阵疼痛仍然刺穿了身体。安娜看不见，也意识不到。一会儿那个拉比就要来接她，她必须准备好一切。

早上九点钟，门铃响了。她变得异常激动紧张。她的手指紧紧捏着手里的纸团,从屋子一头走到另一头,犹豫而痛苦。门铃第三次响起,罗恩竖起了耳朵。安娜过去开门,我待在原地,蜷缩着身子,精神萎靡。

拉比穿着黑得发亮的长风衣,走上前来和我打招呼,我向他伸出一只虚弱冰冷的手,不愿看他的眼睛。他急匆匆地转向安娜,语气生硬地催促她抓紧时间;租的卡车已经等在门口,他必须叫司机过来帮忙装行李。她回答说一切都准备好了。然后他扫了我一眼,毫无疑问希望我能够主动帮忙,不过我没有开口。我的身体冰冷而虚弱。

那个拉比和我们在一起只待了几分钟,就表现得好像自己是这间房子的主人一样。他走来走去,在阴暗的角落里东闻闻西闻闻,这里摸摸那里摸摸,发号施令,决定什么该拿什么不该拿。安娜走进了卧室里,罗恩专注地玩自己五颜六色的玩具,这是我的机会,而且也是我的责任,站出来大声命令这个男人滚出我家,永远别再回来;我应该言语激烈对他进行辱骂,口水吐到他光洁的脸上。我甚至可以狠狠将他光鲜的大衣扯下来,抓住他稀疏的胡子,最后将我身体里所有的力气都化成一记狠拳砸在他下巴上。

但我没有起身,十点十分,家里只剩下我一个人,我默然地环顾四周,或许因为我实在太疲惫了。我走到窗前,看着沉郁的天空,人们在街上来来往往,没有一个人留意到我。我不知道自己到底要什么。我可以走到外面,用撕裂般的尖叫吸引行人的注意,去敲纳赫曼·伊莱修的门,爬上艾立尔的阁楼——又或者回去躺在床上。我选择了最后一个选项——因为我很累,我也知道可以另外找时间去做前面几件事,反正现在我所有的时间完全属于自己了。或许我再也不会从床上起来,再也不会醒来,没有人会来这里,所以我可以一点一点地衰弱下去,就像我一直希望的那样。

下午三点的时候,电话响了。电话铃声第一次响的时候,我睡得很沉,后来我意识到,这些铃声和我午睡的时候做的温暖而彩色的梦境混合在了一起;等我走到客厅去接电话的时候,打电话的人一定都等到绝望了。但他坚持没有挂电话。

是艾立尔。上帝啊!我还以为是安娜。她打电话来不是因为她后悔了——我不敢奢望,而是因为之前有些话忘了说,或是想知道我自己一个人第一天过得怎么样。我本想冷淡而疏离地回答她说:你怎么突然之间关心起这个来了,你明明知道我几年来都是一个人,我一直都是一个人……不过电话是艾立尔打来的,我高兴地喊出声:

"这么长时间一直没有你的消息,今天你来得太是时候了!"

他问:"这话是什么意思?"

我说:"先别管了,你很快就会知道的。"

他催促说:"快来找我,到我的小阁楼来。"

我很高兴:"我很快就到。这些天你都去哪儿了?"

他笑了:"先别管了,你马上就会知道的。"

放下听筒,我心里充满了悲伤,因为发觉自己醒过来的时候安娜和罗恩都不在了。我坐在厨房里,喝了一杯咖啡,开始收拾自己准备去见艾立尔,不过即使是我对艾立尔的爱也让我感到悲伤。我站在镜子前动手刮胡子,这是我生病以后第一次这么做。我脸上的皮肤非常苍白,斑斑点点;在我眼里,自己似乎换上了一副新的表情,比以前更加扭曲和丑陋。我一下子变成了一个又老又丑的男人,即使是艾立尔也不愿意与我为伴。或许我再也无法忍受心中苦苦压抑的嫉妒,嫉妒艾立尔所拥有的大好青春。不过不管怎样,我还是出门了。他躺在床上,裹着一条毯子,甚至没有费力气站起来迎接我。他只是躺在那儿,微笑着。我希望他能够先开口说话,可他只是一直笑着,耐心等待。

我说:"今天早晨,安娜离开了家,她把罗恩也一起带走了。"

天开始下起雨来。一缕微弱的光线钻进了这间小屋子里。艾立尔看到我冻得起了鸡皮疙瘩,建议我拿一条他的毯子把自己裹起来,但我拒绝了。外面雷声大作,闪电划过,照亮了房间。悲伤哽住了我的喉咙。突然之间,我仿佛感到有冰冷的铁块压进胃里,身体哆嗦起来。我之前把手枪放进了口袋里,但忘了有这回事。艾立尔把毯子放在一旁,闪电将他上半身照亮——他的胸膛、他的心脏。我看见自己站起身来,扯掉他身上的毯子,在闪烁的白光中让他只穿内裤站到墙边,他双臂伸开仿佛一尊耶稣受难像——我举起了手枪对准他。

我小声说:"现在我是一个人了。我不知道自己应该怎么办。"

我抑制不住地落下泪来,只能低下头,不想让他看见我满是皱纹的沮丧脸庞。我以为能控制得住自己,但我错了。

艾立尔等待着。他甚至没有站起来拍拍我的肩膀,说一些鼓励我的话。我把一切都告诉了他。最后我对他说我不怪安娜,他说他不相信,那些眼泪出卖了我。我说这其实无关紧要,因为决定不是我做的,安娜从她自己的角度出发并没有错。他问在我看来,安娜有没有可能再回到我身边。我说没有可能了。他闭上了眼睛,仿佛在遥望远处的风景或是思考非常有难度的问题。我又补充说自己是一个多么不讨人喜欢的人,他也一定觉察到了。我并不怪任何人,因为我们的命运并不掌握在自己手上,而是由某种隐秘的力量所控制和指引,所以不管我多么努力与这种控制去抗争,从一开始这就是一场注定失败的战争。这种隐秘的力量让安娜意识到她的错误：丹尼尔·阿尔特并不适合她这样的女人。现在她会在那个拉比身边生活，但不是在一起。他会给她所缺失的东西。这才是适合她的生活。艾立尔不相信："你的放弃在我看来太假了——没有人会这样屈从于命运。"

隔壁房间有声音响起，某首古典乐曲还是其他什么。艾立尔决定给我弄杯热饮。他把毯子丢在一旁，在角落里的小火炉上弯着身子忙碌，舞动的火焰用鲜红的舌头舔舐他赤裸的身体。他对我微笑，刺穿了我胸膛的利箭是渴望之箭，是嫉妒和痛苦之箭。我必须要等多久，我苦苦拖延但一定会发生的事才会发生。一直以来，我内心都存在一个精神上的倾向，它逐渐凝结，成为一个实体，成为压在我胸口的沉重负担。有什么事情一定会发生，打碎所有的障碍，冲破一切站上一个新的高峰。但什么都没有发生。艾立尔直起身子，张开手指把手臂甩过头顶，仿佛在祈祷一般。在他的内裤里有什么在动。也许这就是我所希望的，也许这就是我所害怕的——为什么我不开枪杀了他？

我们一起喝茶。茶杯握在指间。水汽模糊了小小的窗户玻璃。艾立尔没有开灯，只有小火炉的火光映在墙上、家具上，映在他年轻的身体起伏的曲线上。他微微弓背坐在那里，毯子裹在他赤裸的肩膀上就像一条宽边斗篷，我慢慢把头用毯子裹起来，黑暗弥漫在我眼前，也弥漫在我心里，我的身体一会儿冷一会儿热。

我想处理自己最简便的方式就是把自己锁在屋里；我仅有的一点现金很快就会消耗光了，如果不出去找新的工作，我一定会饿死，或许我可以写日记来记录这种情况——一个人慢慢死亡的过程，直到他生命的最后一刻。我面对着窗户坐在摇椅上，这是我唯一可干的事；我可以看着叶子从树枝上掉下来，然后新的小嫩芽慢慢发芽，聆听鸟雀的歌声和街上传来的声音。

与此同时，我每天早晨七点钟起床，给自己泡咖啡，坐在摇椅上环顾四周。没有罗恩、没有安娜。我非常想念他们。他们在的时候，我无法和自己的孩子建立起亲密的联系，可现在他不在了，看不到他让我觉得无法忍受。安娜的离开也开始影响到我。她的存在是那么自然、她的东西历历在目。一开始我想，如果她真的打算彻底离开我，一定会把一切都抹得干干净净，不过什么都没有抹去。她在这儿，又不在这儿。

她在这儿。

收音机播送着每日新闻，但我没有听。到了八点我起身去厨房，给自己准备一顿非常简单、非常节制的早饭。吃完饭后，我把盘子倒在水槽里，放着不洗。走到浴室对着镜子研究自己的脸。我的胡子长得很快,我一直拖着不去处理。我回到厨房,打开冰箱。冰箱里有足够的食物,但我还是拿上了塑料袋到杂货店里,我想要确保明天也有足够的食物。店主贝拉夫人每天早上都问我同样的问题:您好吗,阿尔特先生?还有您的好夫人,阿尔特太太。您想让我推荐点特别的东西吗,阿尔特先生?

从杂货店回来的路上,我会闲逛一会儿。虽说我应该待的地方是家里,但我的感官会被街道所诱惑。这家电器铺里展出了一台新的电视机,花店里两个穿戴光鲜的女士正在兴致勃勃地谈论昨天她们俩看见的一桩离奇的事故。不过我知道只要我一走进去她们就会把背转向我,她们可不是会和乞丐打交道的那种人。

我应该待在家里。树仍然光秃秃的。鸟雀也悄无声响。我脸上的皮肤一片片剥落,内心的光在消退。家具变成了石头。厨房里堆着高高的垃圾袋。很快就会没什么可扔的了。我不爱安娜,但她是我唯一的希望。最后的希望。汽车鸣笛声又响起来,我关上了百叶窗。一片黑暗,连我自己也看不见、也感受不到。电话会响,但我不在家。以前有一个丹尼尔·阿尔特,但现在没有了。报纸上报道:凄凉景象。几乎没有人来参加葬礼。安娜的拉比说上帝充满了仁慈。这是他的上帝,不是我的。在一首诗中倾诉。现在我应该写诗。如同落木抽出嫩绿的新芽。我想我应该死去,因为你离我而去,而现在我知道,鲜花盛开了。放松,安娜。干涸的溪谷开裂、分离。黑暗的沉默中听见开裂的声音。我成为一名僧侣。我斋戒。没有接触,没有进食。我的头发掉光了、牙齿也松动了。艾立尔不在这儿。我的灵魂爱着艾立尔。深沉的睡眠降临到你身上。你这么说,长着漂亮卷发的年轻人。这是上帝的睡眠,不是盲者的睡眠。一个幽灵向我耳语,上帝的幽灵。我的胡子变长、变灰,我的眼睛变得鲜红而炙热。瑞普·凡·温克尔[1]的睡眠。你们都耐心地等待,直到我醒来。加速走到结尾,这是不允许的。我在睡梦中哭泣。不知道为什么安娜要这样对我,不知道自己做错了什么。我是一个好人,安娜。瓦片上有耗子和吸血的跳蚤到处乱窜。它们轻挠着我的皮肤,将小小的牙齿刺进血肉里。这些跳蚤长着硕大的腿。它们从哪里跳过来。安娜,你不应该离开。我有权利让你站到法庭上,站在犹太教法院里:嚯,嚯,如果不是你的拉比,谁会来在那儿主持?我的身体会成为这些肮脏生物的美餐,它们会在我的尸体旁边大笑。我会用绝望而恳求的目光看着它们:让我安静地死去吧。跳蚤会猛地跳到我干枯的骨头上,吮吸耗子狂饮之后剩下的血液,它们会在我的眼睛周围,在我的

---

[1] 美国作家华盛顿·欧文著名小说《瑞普·凡·温克尔》的主人公。

眼睛里面跳舞。我的灵魂在飞走以前震颤不安。为什么要经受这么长时间的折磨，为什么我还没有找到真正的安宁。你也找不到真正的安宁，艾立尔。你的身体与灵魂都太过纯洁，不属于这个虚荣浮华的世界，它们不是对抗腐败的证据。我在大笑，艾立尔。你把一切都看得太认真了。你在寻求自己的身份，他们这么说，这是一个眼下非常时髦的行为。为什么我是一个犹太人，你问。犹太人把悲伤都压在自己身上。让他们发臭。让他们在血泊里打滚。犹太人热爱鲜血。鲜血总是围绕在他们身边，他们苦苦哀求一点慈悲。可我说：少一点鲜血、少一点慈悲。这是一个数学公式。如何做到这一点？少一点傲慢，就这么简单。你是谁，竟然将自己从所有人群中剥离出来？血统高贵的贵族吗？哈，哈，丹尼尔·阿尔特在广场的舞台上，所有的人都渴望着他的话语，向他大声喊叫。他的左边是纳赫曼·伊莱修，右边是年轻的艾立尔。年轻的卷发可人儿，我能赋予你的很多。直到现在我都保持着沉默。如果我张嘴，你们会打开眼睛和耳朵，你们会催促我：去吧，丹尼尔，把这些话拿去国外发表。这个民族迷路了。不要弄错了：刻在它脸上欢快的表情只是掩饰困惑、渴望和欲望的面具。而答案在我手里，艾立尔。如果跳蚤不再攻击我。我恳求。我的答案是利用存在于人心里的内在力量。犹太教相信有存在于人之外的力量，某种可以在他面前、在他头顶、在他背后经过的精神。这是神秘主义，艾立尔，而我憎恨神秘主义。我爱那些研究自己、衡量自己拥有多少力量的人。我吐出的血，耗子饥渴地喝下。如果有人上门，或打电话来，我还可以得到拯救。但没有人来。或许不管怎么样我可能还可以爬到电话旁边。我会用尽最后一丝力气拿起听筒，仿佛它有千斤重。就像赫克勒拉斯一样，艾立尔，宇宙中最强壮的男人。而不是像你充满同情地想，我是他们中最虚弱的男人。我的身体满是洞眼，化脓肿胀，不过耗子会用它们的小尖牙刺穿它们。感谢你们，亲爱的小耗子，从迪士尼卡通里来的好心仙女忠诚的使节。你们很快就会变成一个个小公主。感谢你们，丹尼尔·阿尔特能够活下去。一张血迹斑斑的报纸躺在地上。五个士兵昨晚被杀了。他们躺在冰冷的沙子上。悲伤的地平线上高高的沙丘。你曾说过：一条悲伤的地平线。现在，清晨时分的地平线上躺着五具残破不全的尸体。眼睛还没有闭上，嘴唇仍然张开。撕碎的衬衫，纯洁的胸膛。这么年轻的孩子被杀害，真是太悲哀了。我确定即使是安娜的国防部长也这么想。太悲哀了。他更想看到他们活着，但没有办法。不管怎样需要有人死去。我很想为你们纯洁的青春哭泣，但我的心已经冻结了。我知道这场战争将没有终点，而这一切都是安娜的错，我要杀了她，艾立尔，因为我知道你会在战争中死去，不过那时候你会在离我很远的地方死去,别人会把你埋葬。一个军队的拉比会将你从我身边带走。他们就像黑色的蚱蜢,这些拉比。现在到处都是他们的身影。我们都在他们的股掌之间。不过我厌恶蚱蜢,它们站在墓前,用尖锐刺耳的声音朗诵圣诗。我希望你埋葬的地方有高高的柏树投下阴影。善良而悲痛的人们会将灵柩慢慢地放下来,他们都和我一样,憎恨战争与军队拉比。你会得到安息的,艾立尔。我会确保这一点。光线从百叶窗的缝隙里透进来——告诉我有人正朝我打开了一扇窗子。不是安娜。她已经走得远远的,去支持国防部长的计划了,去增加他的力量。她以后会被称为:女先知安娜。哈,哈。你去参加战争,她才是罪魁祸首,你代替她献出了鲜血和生命。我在哭,艾立尔,我的心渴望看到她衣衫不整地躺在人行道上,或门边,或任何地方。她不配活着。我恨她。我爱她。光线在我身边炸开,这群小食肉动物退了下去,一阵炫目的白光让我睁不开双眼。我必须去看罗恩,我的儿子。在做最后一次努力重新开始之前,我不能死。不管安娜在,或不在。

我申请在报纸上刊登一条小广告:退休教师为学生提供私人辅导——然后是我的电话号码。"我喜欢退休这个词。"报社文员伏在桌子上——他明显是个驼背,他从厚厚的镜片后面挑起眉毛,丑陋的五官挤出一个淡淡的笑容,仿佛带着阴谋。或许是因为他的驼背和厚镜片的缘故。

在等待广告见报、电话铃响的过程中，我出发去伯特利。

我先到了耶路撒冷。我又一次觉得自己应该在那儿定居。永远。在中央汽车站，信息台的职员不耐烦地和我解释应该怎么到伯特利。一辆阿拉伯公共汽车经过很多乡村、小镇，也在伯特利停靠。我在耶路撒冷的街上走了一阵。我想：我还没有和艾立尔一起到过这儿，我很抱歉。我沿着雅法街走到俄罗斯街。我在一棵大树底下的长凳上坐下来，决定之后很多年我都不会从这儿起来。等我醒过来的时候，我就会成为这座城市的中枢神经。我闭上了眼睛，随即有一个陌生人走过来坐在我身边。我睁开眼睛。是一个年迈的阿拉伯人，穿着条纹斗篷。我看着他，他对我报以微笑。我考虑着是不是要礼节性地和他开始交谈，但我犹豫了，我不会说阿拉伯语。我觉得自己应该试着去了解他，毫无疑问在他心里，他希望弥合我们之间不可否认的距离。但我没有开口。他淡淡的微笑变成了两片张大的嘴唇，一根深深的、鲜红的食道暴露在我眼前。一阵轻微的咕噜咕噜声从咽喉中溢出。他仍然在笑，但那笑容是魔鬼般的、嘲讽的。这个人想对我做什么？我想站起身，但动弹不了。耶路撒冷曾经是个充满自由的城市，我不知道他们都对它做了什么。现在，老人唇间发出一声轻柔的口哨声，从四个树墩后面露出很多黝黑的、年轻的头颅，闪闪发光的黑眼睛，油腻腻的胡须。这些是他的仆从。他们对你做了什么，耶路撒冷？他们踏着柔软的橡胶鞋走过来，四只灵巧的老虎向我靠近，收缩着利爪。丹尼尔·阿尔特悲惨的生命是不会被涂着机油和牛粪的肮脏手指所掐断终结的。你还没有找到对的人。要掐死丹尼尔·阿尔特可不是什么英雄行为。他不值得有这份荣誉。你会被抓住扔进监狱。等等，我来告诉你丹尼尔·阿尔特是谁，然后你再决定是不是需要花这个力气。呵，呵，聚居地度过的童年，学校和纳玛尼校长，还有安娜。她忽然之间开始崇拜权力。关于安娜的故事很容易让人好奇，但实际上它非常单调、灰暗。丹尼尔·阿尔特生活的每个章节都被沉闷所包围。你大可以一直坐在那儿。你们这些人有自己做事的方法，我不知道，也不想无意中冒犯了你们。我不能给你香烟、水袋烟或咖啡，我能给你丹尼尔·阿尔特。他曾经是个诗人。而耶路撒冷曾经是一个纯洁的、处女般的城市。现在她被侵犯了。每个人都想毁了她。这不是我渴望中的耶路撒冷，不是十字军梦想的城市。现在它到处都是间谍与压迫。我不知道。阿拉伯老人的眼皮合上了，他的头低垂着。他的手指蜷缩在肚子上，在一串玻璃珠子上不停地摸来摸去。这是让四个仆从扑上来的信号。不过从最高法院的大楼里，四个庄严的法官排成一列走了出来，四个头发花白的老人，粉红的脸颊仿佛婴儿的脸蛋,眼神空洞。长长的黑袍披在肩上。他们一个个默默无声地走过,眼睛都没有眨一下。松针在他们锃亮的鞋底下吱嘎作响。阿拉伯老人马上站起身退开,惊讶地张大了嘴。你们排着队要去哪儿,以色列的法官们?为什么要选在大中午出行?或许你们会从显赫的宝座上走下来,对我和安娜进行审判,对我和艾立尔进行审判,艾立尔,他牢牢守护着他的纯洁,为自己,为一个神秘的、看不见的上帝。我愿意接受一切审判,只要你也愿意倾听我的话,只要给我一次能够让你们听见我说话的机会。但你们没有,你们钻进了黑色的豪华轿车里,司机正向你们致意,然后轿车一辆接着一辆开走了。然后我来到了中央汽车站,乘上开往去伯特利的公车。

车子很旧,座位也很硬。车子在一个个小村庄和果园中穿行。还会有军营突然出现在眼前。车上有很多阿拉伯人,除了我以外只有两个犹太人。我在这里和在家里一样显得那么突兀。有些地方的路非常窄,车子就从两面摇摇欲坠的土墙中间穿过,还差点撞上一群带着铃铛叮叮当当路过的山羊,不过留着胡子、戴着头巾的司机一点也不在意。乘客身上散发出温暖的体温和焦虑的心情。我想分享这份温暖,而他们的焦虑——也是我的焦虑。比起安娜推崇的那群摇旗呐喊的爱国主义者,我更想亲近这群乘客。我们驶过一座小镇的街道,我不知道那座小镇的名字。咖啡馆和小店里亮着灯。两个光脚的孩子追逐打闹，一个男人拉着一辆载满蔬菜的推车，车柄系在背上，有个侏儒乞丐蹲在一个大饭店的门口，一张海报展示着电影明星的照片，上面以圆润的字体印着明星的名字。

车子吱呀一声停在路边。我的邻座自说自话地当起了我的向导，他推推我说，不远了。随着延绵地平线上夕阳余晖铺展开来的悲伤，是整个国度的悲伤，也是我隐秘的灵魂背负的恐惧与悲伤。

一个戴着帽子、留着卷发的小男孩伸出手带我去安娜住的地方。"那位客人"——他这么称呼她。另外三个孩子站在房子门口，嫉妒地看着他。傍晚时分了。头顶和四周都是紫色、橙色、蓝色的光。蜿蜒的溪谷和一座座光秃秃的山丘。我对自己说：在伯特利没有上帝，或许只是因为这一切，所以人们才这般低声细语——在那些山丘深谷里，是上帝的灵魂……

我轻轻地敲了敲门，等待着。一个女人开了门。不是安娜，一个戴着头巾，穿着长袖长裙的女人。她笑了笑，我低下头说："我来见那位客人，安娜。"她让我等着，走进去说了些什么，然后过来让我进去。

房间很窄，什么都没有。粉刷得雪白的墙壁还可以闻到新鲜墙粉的味道。右手边的角落里放着一张很窄很低的小床，旁边放着一张婴儿床。左边是一张简单的木头餐桌，房间一头有一条狭窄的通道，通向一个小厨房。除了墙粉的味道，还有女人的味道。为什么没有打开窗户？安娜知道谁来了，却没有急着从坐的地方起身。她和五个女人坐在桌边，头上戴着头巾，薄薄的披肩盖在肩上，头顶上昏暗的灯泡为她们镀上了一层微黄的光晕。她们紧挨着彼此，身体靠在一起，专心地沉浸其中。屋子里只有这一盏灯，其他地方几乎都是暗的。

我走过去，她站起身来。其他女人转过头来看着她，手指仍然停在书页上，停在刚刚看过的地方。

"嗨。"我说着伸出了手。

"嗨。"她回应道，犹豫地把手伸向我。

我靠过去吻她，她躲开了。

我们沉默地站着。我个子很高，她矮一点。其他的女人移开了视线。

我打量着她。"你看起来气色不错，安娜。"我小声说。她垂下了眼睛，脸红了，把脸转向桌旁的女人。"这是丹尼尔。"她说。其他五个女人尴尬地笑了笑。

"我去给你倒杯茶，"她说，"你一定渴了。"

"不需要的。"我说。

不过她已经去了小厨房，我的眼睛追随着她的动作。她的身体比以前更丰满了,大腿更圆润,而且显得更敏捷、更有活力。

"罗恩在哪儿?"我在她身后问道。

五个女人合上了书本,说:"安娜我们走了。既然你有客人,我们不想打扰你们。"

我很想说:不要走。我是来看罗恩的。不要给你们添麻烦了。

不过安娜已经先开口了:"好吧,女士们。我很高兴你们能来。"

她们默默无语地离开了屋子,用指尖把裙子拉挺,看起来很贞洁的样子。这不是我的本意。"安娜,孩子呢?"我追问道。

她端着一杯茶走过来,把书放到桌子一头,示意我坐下来,说:"其中一个女孩带他出去散步了。他们很快就回来。"

"刚刚那些女人,都是像你一样的客人吗?"

她笑了:"所以你已经听到'客人'这个词了。"

"我到这儿的时候那些孩子是这么称呼你的。"

"他们是这样叫我的,现在是。不过刚刚那些不是客人,她们是当地人。我跟着她们学习。"

我吞下一口茶,突然之间我哽咽了,我很想说:回家吧,安娜!她没有注意到我,我又问:"你喜欢这里吗?"

"你真正想问的是我感觉怎么样。这很难回答。我来到了这里,丹尼尔。在其他地方我觉得窒息到无法忍受。不过不代表在这里我一直都呼吸着纯净的氧气。"

我似乎听到她声音中有一丝丝颤抖。风开始拍打窗户,灯泡的电线一阵抖动。

"你冷吗?"

"不冷,我挺好的。告诉我你在这儿都是怎么过的。你有些地方变了。"

门打开了,一阵冷风刮进来。一个穿着黑裙子和白色长筒袜的女孩走进屋子,手里抱着罗恩。我抑制不住激动的心情站起来走向他们,把手伸向孩子。他眼睛里闪过短暂的犹豫和不可置信,但马上亮了起来。他跳进我怀里,用小手紧紧地抱住我的脖子,扭动着他的小身体,紧紧贴着我,高兴极了。安娜站在那儿看着我们,交叉着双臂,红了眼睛。女孩急匆匆地走了。

我试图不让罗恩看见我脸上流淌的泪水,但我做不到。

孩子坐在我膝上,不肯离开我,我迫使自己不要一直盯着他看。他的头上长出了金黄色的卷发,安娜已经将它们打理成一个个侧卷,又给他戴上一顶金色的便帽。他不停地问我各种问题,我一个一个回答,我的心愈加沉重了:**我一定要带他回去。**

安娜去准备晚饭，看起来很放心让我俩单独待一会儿。与此同时，小家伙的眼皮开始打架了，等我们坐下来吃饭的时候，他已经睡得很熟了。我可以做的就只有把他放在床上，凝视着他安详的、天使一般的脸庞，心里盘算着如何将他从安娜手中抢走。

然后我们坐下来，安娜和我，开始吃饭。她准备的晚饭很简单，但我胃口很好：一盘新鲜的蔬菜沙拉、山羊奶酪、煎蛋卷、吐司和黄油、柠檬茶和甜点葡萄干。"这对我简直是皇室般的一餐。"我说。她笑了。吃完了饭，她点起两根白蜡烛。我很惊讶，说今天不是安息日，她说："我知道，不过我想这样。"我们坐在昏黄的光线里，其他地方都被黑暗所包围，两支蜡烛越烧越低，火焰也在微风中挣扎颤抖。这样的寂静让我很不习惯：没有人从街上走过，没有从隔壁邻居家收音机里传来的音乐声，只有阴沉刺骨的风在山谷里呻吟回响。

伯特利是被上帝遗弃的地方。我想告诉她，但我没有。她问我过得怎么样，我告诉她自己在报纸上登了广告，希望能吸引到几个学生。她又问我艾立尔怎么样，我觉得很惊讶，她以前从来没提过他，不过我回答说我在感情上非常喜欢他，虽然我们不经常见面，而且我时常害怕他丢了性命。一阵沉默过后，我突然开口："安娜，我觉得你真的应该回家。在这儿你就是一个客人。"没等她回答，我又继续说很多事情我都不理解，还有很多事情我现在可以用一种不同的眼光去看待，我最感到困惑的是为什么她不和我分享她的内心世界，为什么我们变成了现在这样，明明是亲密的人，却要隔得这么远，同时又被一条不可斩断的纽带连在一起。

她仍然没有回答，只是轻声说："你感觉孤单吗，丹尼尔？"

我们低声交谈着，手臂放在桌上，但没有接触。即使在那一刻，我仍然不爱她，至少不是以我理解的爱，不过在我心里，对她有一种深刻的、亲密的感情，我很想知道她是否也有同样的感觉。我突然说道："或许我应该跟着你到这儿来生活。"她好像之前已经想过这个问题，马上回答说："你不可能和上帝一起生活，丹尼尔。"我被她简单而粗暴的回答吓了一跳，没有作声。但她又补充说："也许你和你自己的上帝住在一起，在你内心最深处，因为像你这样一个人不可能完全抛弃上帝而生活，这会导致不可避免的冲突。但在伯特利，只有一个上帝！"

我又一次感到喉咙哽住了，几乎要撕裂它。我说："你是个残忍的女人，安娜。"她的脸在烛光下变得惨白。

"这就是为什么，"她轻声说，"我来伯特利。我是个需要接近上帝的女人。你对这一点一无所知！"

我想，当我提高了声音对她说她是不是在戏弄我的时候，安娜一定感到很惊讶："也许你想要更接近上帝，但你永远做不到这一点。你所有的努力都是白费。你以为我不懂你，但我比这世界上任何一个人都要了解你。你内心根深蒂固的某些东西让你永远也不能变得像你所希望的那样纯洁高贵。安娜·阿尔特，你可以用尽一切方法在你自己面前、在你长着胡子的拉比面前、在你选择的上帝面前演戏，但别在我面前。我能确切地说出你扎根在心里的东西是什么。当然你会矢口否认它的存在。不过这种否认显得那样苍白无力。它纠缠着你，侵蚀你的身体、你的灵魂。你追寻的不是上帝。不是他，也不是他的庇护。你以前不是这样的，安娜。以前你是完美无瑕的，自从战争以后，一切都变了。以前你沉浸在一个梦境里，有时候这很悲哀，我离你很远，但我知道你是一个什么样的人。不要否认人性黑暗的一面，不要为任何事而感到羞耻。现在你坐在我面前，我能真切地看到虚伪从你身体里汩汩涌出，就像绿色的、发臭的液体。我不在乎了。对我来说一切都结束了，一切都没了。但你呢？明明是一个珍贵的灵魂，突然之间她把自己变成了奴隶，迷失了自己的影像。你永远都不能扎根在这里。你永远都只能是一个客人。你不是真正的以色列的女儿，等一切都崩塌的时候你该怎么办，安娜？你还没有想过这个问题，但那一天会来的。这是一个无可回避的、合法性的原则问题。大崩溃是可怕的：一切都将解体或摧毁，看不见摸不着，却是决定性的。这就是你为什么一定要回家来，安娜。就今晚。以黑夜为掩护，带上罗恩，收拾好你仅有的东西，我们一起走。就是这样，安娜……"

她临时为我搭了一张床，放在罗恩的小床边。她关了灯，只留下蜡烛头在黑暗中闪着微光，然后动身去教堂。"你一定很累了，"她抱歉地说，"我必须去。我们今天晚上有一个演讲。有人要做一个在渴望与救赎之间的以色列民族主题的演讲。我不能不去。"

我穿着内衣内裤躺在床上，盖着两条薄薄的、散发出异味的毛毯，听着罗恩平静的呼吸声，看着忽明忽灭的烛光。小房子里非常热。我觉得身体一阵阵发热，喉咙干涩。我的手指抚摸着我的胸膛、小腹，一直往下。我的神经紧绷。我决定等安娜回来，不让自己的眼皮有合上的机会。我下床倒了一杯水，一阵突如其来的寒意让我手脚发抖。我望向窗外，看见一片漆黑，透出两块长方形的光影。我走到罗恩身边，俯下身去，把耳朵贴在他的小小的胸口，听着他奇妙的、平和的呼吸。接着我回到厨房，把玻璃杯放回原处，我的手指摸索着找到了扔在椅背上的衣服。

我仿佛发狂一般冲到房子外面。要过多久他们才会给伯特利安上灯！我的脚在黑暗中摸索前进，随时都可能跌倒在某个坑里。每跨一步都有一个深渊躲在下方，而深渊底下地狱正张大了嘴。只有两道长方形的光线在黑暗中刺出橙色的圈，但随着我迈出的每一步它们都显得愈发遥远，我知道自己永远也到不了那儿。

突然之间我到了，我大口喘着气，身体摇摇欲坠。一栋比别的楼都要高的建筑矗立在这个城市的中央。两个独立的大厅，紧闭的巨大窗户把外面的世界隔绝开来。想偷听偷看的人可以往里窥视，聚集在里面的人群不会看到，也不会注意。

现在是我在偷看。一个大厅里都是男人，另一个都是女人。他们整整齐齐成排坐着，静静地聆听两个白胡子拉比做同样的演讲。**在渴望与救赎之间**。我听不见声音，只能看。在第三排的最后坐着安娜的拉比，他的脸上神色空洞，和他的同僚一样。他们的神情没有透露出任何东西。脸色苍白的年轻男子穿着黑衣服，留着小胡子，戴着小小的无边便帽，双臂交叉着。那个老人在对他们说什么，那些我没有听见的话、关于渴望与救赎的话是什么。他们对渴望了解多少？那些拼命扇动丝绸般双翅的蝴蝶，被光亮所吸引，在追求那看不见的、无止境的、灵魂的狂喜中升腾。他们知道什么。或许我也不了解。抓一个犹太学校的男孩，剥去他所有的衣服、他汗湿的内裤，将他彻底洗脑，直到就像老话说的，他的灵魂变得赤裸，他的身体变得透明。为什么？这里没有什么是你们这些不信上帝的人可以想象的——他们会这样告诉我。

胡说八道。没有渴望也没有救赎，只有一颗石头做的心。想象一下，我拿一块石头去砸一扇黑色的窗户，闯进去，一把推开白头发的老拉比，终结他的夸夸其谈和陈词滥调，占据他讲台的位置。我用诗歌来做演讲。没有说教、词语、对话。亲爱的新信徒们，我会给你们念两三首现代诗，你们听的时候，一个你们从未见过、从未想象过的世界会展现在你们面前。这不是一个重要的世界，而是将沉睡的韵律唤醒。像你们这群可怜人不会知道诗歌能够做什么，在诗歌里隐藏着怎样强大的力量。不过我不会这么做，现在不会。

安娜慢慢推开门的时候，我已经重新躺在发臭的毛毯下面。我平躺在床上，眼睛盯着看不见的天花板，努力想穿透这黑暗的虚无——或许天花板会裂开，我可以看见星辰在头顶闪烁。我的手又在抚摸赤裸的身体，从胸膛到下体。安娜关上了门，无休止的风将门撞得乒乒作响。她脱下鞋子，蹑手蹑脚地穿过浓重的黑暗走向我们，静静地听了一会儿。

"丹尼尔，"她小声地问，"你睡了吗？"

她的眼睛什么都看得见。

"没有，没睡着，安娜。"

"快睡吧，很晚了。"

我没有回答。她走过来站在我的床头。"你在想什么，丹尼尔？""没想什么，安娜。""我知道，你在想绝望。"

"你对绝望了解多少，安娜？"

"一切，丹尼尔。"

"你一无所知！"

随后是一阵沉默。她轻轻地走到自己的角落，爬到她床上，我听见衣服从她身上滑落的窸窣声。我紧闭的双眼可以看到那具光亮的粉红色身体的每一条曲线。一种强烈的感觉摄住了我的身体，炙热而痛苦的欲望在我小腹苏醒，我的下体变硬了。我的耳朵听见床垫的吱呀声，那是安娜盖着她从家里带过来的鸭绒毯子舒展四肢发出的声音。她什么都没说，只是不自觉地叹了口气。

突然，罗恩在睡梦里短促又含糊地说了什么，我们两个人都抑制不住地笑起来。安娜，你怎么能够躺在这里，却不躺在我的床上。我对你的渴望从来没有这般炽热、强烈、无法阻挡。我一刻也无法忍受了。

"安娜，"我说，"我要去你那边。"

她说："不，丹尼尔，别这样。这是不允许的。"

"安娜，什么允许、什么不允许是由自己决定的。"

"是的,而我已经决定了。"

"你在逃避。这不是你发自内心的、真正的决定。很久以来,自从战争以后你就被锁住了。先是国防部长,然后是拉比。事实是一直以来你都被这两个人锁住了。"

她用微软的声音说道:"这不是真的,丹尼尔。请别这么说。你在伤害我……"

这份我不熟悉的脆弱,这破碎的、恳求的语气让我的欲火更加强烈。我从毯子里溜下床,一头扎进她的小床,她喘着粗气说:"不要,丹尼尔!"但她的手指深深陷入了我的肌肉。

那个晚上,她的身体仿佛不知满足,满是狂野而又猛烈的欲望。她扭曲呻吟,在小床上扭动身体,一边哭着乞求我放过她,一边又引导我的下体进入她炽热的阴道,将我上下翻弄,啃咬我的嘴唇、揉捏我的臀,要我将她带上一个她从未体验过的、我们俩从未体验过的极致的高潮。

结束以后,我回到自己床上,感觉空虚而漠然,我躺在床上,睁着眼睛。我不知道安娜在想什么,因为她什么都没说。不过虽然我们有很多晚上都躺在一起,但从来没有像那晚一样有如此强烈而绝望的冲动。

第二天我悄悄离开的时候安娜和罗恩还在熟睡当中,半透明的灰色晨曦照在伯特利光秃秃的白色房子上。这个时间外面几乎看不到人,我四处打量也没人打扰。一股愤怒的敌意涌上心头:我绝不会在这么一个地方定居,它的土地这样贫瘠,到处都是冰凉的、敌视的、冷漠的高墙。绝对不会。

中午到家的时候,一个女孩正站在门口等我。她是阿耶莱特。

"是你在报纸上刊登广告提供私人辅导吗?"

我吓了一跳。"是的,是我,丹尼尔·阿尔特。你是?"

"我想要学习。"

"你怎么找到我的?怎么找到我的住址?"我问道。

"你留了电话号码。然后我就来了。"

然后她没等我开口就跟着我走进了屋子,一点也不感到害臊。

可现在我只想一个人待着。回到内心深处,思考这个世界的未来,我自己的未来。

阿耶莱特

| 第二章 |

这就是阿耶莱特。

突然之间,她就在我的房子里了。我们两个会在客厅的小桌子旁边一坐好几个小时,她一只手托着下巴,面前摊着书和练习簿,一层光晕笼罩在她发梢,她的眼睛盯着书本,用细小而整洁的字迹抄写下书上挑选出来的简短段落。她几乎不需要我的辅导。她会背对着我而坐,任我躺在摇椅里,看书或只是望着虚空发呆。有时候我会起身走到炉子旁,把小锅里煮的肉汤搅拌一下,将收音机调到某个电台,让它播放高雅的讲座或悲哀深沉的音乐。只有极个别时候她会向我求助,就突然之间从字里行间蹦到她面前的问题让我解释,问我的看法,或让我进行说明。

那时候我的屋子笼罩在一片宁静之中。阿耶莱特很早就来,很晚才走。有时候,她从早上十点开始就坐在那儿一直到晚上十点。准备考试,她说,虽然我并不相信。我给她定的辅导费用她会按时支付,甚至多付一些,坚持说自己占用了其他学生的时间。这笔收入,再加上每个月教育部发给我的微薄津贴,可以让我勉强维持生计,不至于陷入饥荒。毫无疑问,这也是我一直以来都向往的生活:满足于这种节衣缩食的日子,安居于这间陋室,远离那些你死我活的竞争。安娜和罗恩在的时候,我必须履行自己的责任和安娜的期望。可现在坐在这里的是阿耶莱特,她没有期望。在她看来,现在的状况完全是可以接受的,这个男人不需要一大早就起来担心自己在竞赛中失了先机;他有权在床上无聊地翻来覆去,抗拒从百叶窗缝隙里溜进来的光线,而千百只小鸟在屋顶上歌唱;他看着天花板上跃动的色彩光影,将它们织成美妙的挂毯,然后慢悠悠地穿好衣服,烧了水,坐在厨房的餐桌旁,打开收音机。没有什么在催促他。他有一份正当的收入,为一个女孩的学业提供指导。每天他都可以半睡半醒地等着她按响门铃,点点头,和他说早安,然后走到桌子旁边背对着他坐下来。她不知道他的思绪会将他带到哪里。上午十一点,他可能会突然出门只留她一个人在家,他紧握的双手背在背后,迈着迟缓而刻意的步子沿着朱达·哈利维街走到伊本·加比罗尔街,或朝着反方向走到艾伦比街。一个小时以后他会回来,在她面前放下一碗汤,她不会拒绝。他自己也会坐到她旁边喝,然后拿一块湿布把家具上那层薄薄的灰尘抹掉。他还会拿起扫把或抹布打扫房间地板,打开百叶窗通风换气,在卧室里喷洒消毒水。这一切他做得多么好啊!这间简陋的、毫无虚饰的公寓是多么干净光亮。这种简陋是健康的、纯洁的,只有富裕的精神、健全的心灵,以及他们这个时代的圣者才拥有的特质。

当然她对我的自杀倾向一无所知。她丝毫没有往那方面去想。

一开始我避免问她任何关于她自身的问题:她是谁,从哪儿来。我觉得自己没有权利去盘问她,我以为她不会愿意回答这些问题,因为在她内心深处一定对我怀着鄙夷或可怜的情绪。除了学费,她不欠我任何东西。或许可以说我一点也不想知道关于她的任何事情。一开始,我只是全身心地沉浸在思考安娜抛弃我这件事情上,思考自己一路以来所有的失败,自己内心的软弱以及隐藏在身体里足以摧毁一切的强大能量,我是多么害怕引爆这股力量。我也会想艾立尔,思考自己对他避而不见这个事实,思考这些毫无作为流淌过去的日子,以及我一步步的妥协。

从意识上,我拒绝将她突然闯入我的生活看作是一件重要的事情,一件必须让我做出表态的事情。或许我也怀疑这正是她行为背后隐藏的目的:打乱节奏。我能确定她不是安娜,不是那个拉比,不是艾立尔,不是上帝派来的使者?而我下定了决心:这一次没有人能够得逞,阴谋必将失败!

她第一次转过来看着我,没有铺垫和尴尬,问我说:"你曾有一个儿子,你告诉过我,你妻子带着他离开了这个家。你怎么能这么平静?你怎么能这么轻松地接受失去一个孩子?"我表现得冷淡而疏远。

我反问道:"你说'曾有'是什么意思?他现在仍然在!"

"抱歉,当然,我就是这个意思。"她立即又把头埋在练习簿里。我感到自己的脸色变得惨白，血液涌上来，和压抑的愤怒将我吞没：**放肆的小姨子，你说了这些话，我应该把你扔到房子外面去！**我思索着应该如何处置她：打开门，把她推出去，让她再也不要回来，或是给她一个严厉的警告了事。可最后我什么都没做，什么都没说。而她背对着我而坐，完全不知道我承受了多么强烈的情感上的冲击与伤害。

突然，我远远地看到了艾立尔。那是傍晚时分，我出门在大街上散步。很多年轻人正在进行一场抗议政府对待以色列国王广场政策的游行，而他独自一人。又或者是和站在他身边那个邋遢的女孩一起。他坐在广场边缘，坐在石料地面上，伸着双腿。虽然他看起来很专心，但他显然没有在听演讲者的话；他的眼睛盯着空气中的某一点，仿佛演讲者的陈词滥调都来源于此。我想走到他身边，但我没有。我告诉自己说，现在我可以把他请到家里来了，但我没有。再说，艾立尔现在就在那儿。我呆立在原地。看到他的时候，我又一次感受到阵阵尖锐的痛楚，他的样子完全没有受到这个世界的污染。我很快又钻进了拥挤的人群，努力想听到回荡在广场上的话语，而那些声音逐渐消散在慢慢降临的夜幕之中。

那群年轻人静静地站着，形成一个个紧密的小团体，他们的眼睛转向里边，转到他们自己形成的小空间里。我没有办法融入其中任何一队。这些孩子是多么年轻，却已经要用他们稚嫩的肩膀去背负整个世界的悲伤。我不知道他们是不是真的在听演讲者的讲话。有时候他们自己说着悄悄话，彼此交换淡淡的微笑。突然一对情侣——一个男孩一个女孩——点燃了两根白蜡烛，整个人群也立即照做。我将空无一物的双手深深地插进口袋。也许艾立尔现在会注意到我了吧？我朝他所在的方向望去，看到他正和那个女孩一起笑着，还有另外两个年轻人也加入了他们。

如果这群人全都没有费心去听演讲，为什么我要听呢？我应该像他们一样抓住关键的只字片语就行了：领导层可怕的盲目将招致灾祸。衡量一个民族的力量在于道德的品质而非广场的尺寸。胜利已经侵蚀了我们的分寸，现在它会一样接着一样摧毁一切。

一样接着一样。就在我身边女孩柔软纤长的指间，她的发丝散落在男孩的肩膀。为什么她目露悲伤，而他眼神冰冷，就像其他站在这儿的人一样？他们都冷冰冰的，那些言语像冰雹一般劈头盖脸地砸过来，他们不为所动，只有我的脑袋晕眩不已，话语如酒一般融进血管，鞭打我的脸颊，捶打我的太阳穴。如果我是纳赫曼·伊莱修，我会大喊起来，让整个广场上的人都听到。我要说的话炽热而严厉。先知丹尼尔。一切的责任都在国防部长身上。你们一定都知道这一点。一个疯狂而危险的男人。他会把你们都带向毁灭，而你们不发一语。如果你们不能理解在这个广场上流动的话语,你们为何而来?有个名叫安娜·阿尔特的女人,她相信这个男人,现在她眼睛里燃烧着奇怪的火焰,身体里藏着破坏的力量。或许你们能够将她带回来,拯救一个犹太人的灵魂。并不仅仅是安娜·阿尔特。还有一群妇女正和她一起踏着模糊的鼓点前行,前行在一条不归路上。安娜·阿尔特现在才是你们所有人面临真正的危险。她热爱鲜血,热爱牺牲。而你们就是安娜和她的拉比信仰祭坛上的下一批牺牲品。在他们眼里,这个民族所有的人都被划分为信徒和异教徒。而你们,你们都是异教徒,没有一个人能够逃脱这净化的火焰。而点燃火焰的人,这邪恶的先知,或许就是魔鬼,是一个只有一只眼睛的男人。是他在拉动丝线,当拉比说上帝,他指的就是那个人,而当她的眼睛没有在注视拉比的时候,她就在幻想那个男人。

而我,在这个冰冷的、能让我的血液也冻结起来的广场,站在这沉默的人群中间,我知道下一场战争中,可怕的失败在等着我们,毁灭将会来临,而你们,你们是一根根冰柱,将被套上麻袋、撒上骨灰,矗立在一堆堆硝烟弥漫的废墟上,而你们脚下,是你们的孩子,匍匐着,眼神呆滞,被剖开了肚子。

我在这里指的是艾立尔,指的是得不到回应的爱,这份爱将永远是一个好不了的伤口——疼痛灼热、无法平息。如同爱我自己。因为现在，艾立尔就住在我身体里，很深很深的地方。不可能有两个丹尼尔同时存在，一个英俊一个丑陋。只有一个存在的空间。如果我从这个世界离开，他就会成为我在这世界的英俊代表，我的灵魂会继续存活于他体内，而这只有我们两个人知道。虽然如此，我仍然不舍得放手。艾立尔不会用他神祇般的容颜击溃我，不会将他的美貌匕首一般地刺进我裸露的颈部。我要先发制人，看着他倒在我的脚边——一位漂亮年轻人风干的尸体，他的灵魂已经进入了我的身体，留在那儿，给我新的生命，或许是永恒的青春。

还有阿耶莱特。

日复一日我坐在摇椅上，注视着她的身影。一个光彩照人的身影，用俗套的话说，轻盈苗条，充满诱惑。我问自己：**多久，丹尼尔？**不过我仍然坐在那儿，一个仪式的参与者。她突然间转向我，仔细盯着我看了一会儿，深绿色的眼里有着疑惑嘲讽的神色，然后她樱唇微启，用蜜一般轻柔的声音问我数不清的问题：我为什么一个人在这儿，安娜是个什么样的人，我过去有哪些经历，它们把我带到哪儿去，我什么时候去看自己的孩子。然而突然之间，问题转到了一个完全不同的领域：我有没有做梦的能力，或者我是否只关心当下的存在，我们所生活的此时此刻此地的存在。她自己已经有能力将人变成一只海螺，一匹有翅膀的天马，白雪公主的七个小矮人之一，甚至变成一个白胡子弥赛亚，乘着蓬松的云朵在天空飘流。如果我回答她的问题，她会告诉我她的其他幻想。

我动摇了。一开始我什么都不回答。后来我含糊地说她不会对我过去的事情感兴趣的。后来我意识到如果我用模棱两可的回答来满足她时不时出现的好奇心，她应该会不再烦我。可她固执地坚持着，我知道自己最简单、最自然的对策就是将她赶出我的生活。每天我都差点就对她说：阿耶莱特，我已经受够了。请你收拾好你的书，安安静静地走吧。

可我没有开口。

而我也知道自己说不出口。当然面对自己，我可以承认自身的软弱。我一想到第二天早晨门铃不再响了，椅子和桌子都变得空荡荡的，她散发出的香味不再充盈整个屋子，我就感到害怕。我怕再也不能凝视这个美妙的身影，这个处在成长为女人第一个阶段的女孩，失去她，我就是失去了那些美好的幻想，那些让我的脑袋发晕、融化我心的幻想。我难道不知道这不过是时间问题，最后胜利一定是她的，因为我的固执是那样孩子气，正是因为这个女孩给我带来了这么多的兴奋与快乐，才滋生了这份固执，强迫自己克制，筑起一道墙来保护自己不受这些陌生情感的影响。

还有阿耶莱特,她精明地用一种轻松的姿态,假装没有读懂我脸上的渴望,甚至没有一点暗示:丹尼尔,你可以摘下面具。她只是坚持问那些有点沉重的小问题,将零碎的信息一点点拼凑起来,直到她对我的了解超过了这世上任何一个人。她不发表任何意见,不做评判,不给意见。她只是问问题。而我的回答,一开始有点迟疑,后来则完全屈服了。或许她期望作为回报,我也会想知道那些关于她自己却还没有告诉我的事情,但我不问。随着时间的推移,我开始为这个事实高兴起来,那就是有人对我怀有真诚的、天真的兴趣,和安娜在我们最初在一起时对我的兴趣完全不同。安娜问我问题仿佛出于义务,出于惯例,而在阿耶莱特这里,她就像是要写一本关于我的书,又或者她好像在说:只有用这种方式才能表达我对你的感觉。

她的感觉是什么我不知道。很显然她不爱我,说实话在她心里,她怎么能对一个像我这样干瘪又没用的人产生爱情?如果不是爱,那是什么?显然是一种特别的、难以理解的情感上的弱点,比如吸引,比如……爱。

一天早上她从椅子上站起身,说:"我建议我每天花点时间来做家务。像你这样的人不应该让你自己做这些。费用上我们会做点安排。"

我还没来得及回答,她已经卷起了袖子站在窗户旁,手里拿着抹布,一个泛着肥皂泡沫的水桶放在脚边,开始对着玻璃窗和窗框又抹又擦。然后她转到厨房,把厨房门一关开始干活,把厨房收拾得干干净净整整齐齐,比之前还要整洁。从那以后,她一丝不苟地将她的时间划分得清清楚楚:学习时间和家务时间。我对她说:"你把我变成了一个连自己房子都不会收拾的废物了。"而她说:"你不是为了干这个而生的。"我问:"那为了什么?"她回答说:"为了做梦,为了思考这个世界的出路和生命的秘密,积聚力量,走到外面,把人们聚拢到你身后,领导他们,很多很多人。"

我惊奇极了,如果她以前问我,我为什么而生,毫无疑问我会这么回答:很简单,为了抓住你纤弱的手臂,紧紧拥住你花一般绽放的身体,拥抱你不放手,去感受你狂热的颤抖,它在祈求更多、更多,而我会屈从于它的请求。

你说,我是为了领导众人而生的,但我要的只有你。我的身体因渴望而疯狂。但我一定不能让自己的情感流露出来。因此,我必须非常精明、非常小心地计算好我的每一步行动。装成冷淡疏远的样子,透过我厚厚的镜片,远远地、仔细地研究你真正的意图。

现在我看到她越来越疏于阅读和学习。她每天都来得很早——通常都会把我从梦中吵醒——打开百叶窗,让阳光将温暖与明亮洒进屋子。然后打开收音机,让钢琴和管弦乐的音符流淌进客厅,我仍然躺在床上,而她忙进忙出,抑制不住的欢快让她的身体几乎跳起舞来。有时候她经过卧室的门,我吃惊地看到她的身影一闪而过,几乎没有接触地面、接触这个世界。突然她又转到厨房里,烧水给我准备一杯咖啡,端到我窗前,弯下腰,微笑着,做出一些其他动作让我一下子绷紧了欲望与痛苦这根弦。然后她宣布说:"现在我要去用功了,你赶紧起来洗漱、穿衣服、做运动。然后我们吃早餐。"

她真正的意图我不知道。虽然整间房子都充满了她的身影,她充沛的活力,她的舞动,抹布和扫把的窸窣声,煎锅和盘子的碰撞声,她咯咯的笑声,她无休止的提问,她散发出的香气以及单薄的衣裙飘动的声音,我没有明显的理由怀疑她要接管我的生活、掌控我,把我像陶土一样在她充满艺术气息的手指中重新塑形。她说话的时候并没有看我,我怀疑她自己一个人的时候也是这么说话。

按照安娜的嘱托,我去塔妮娅阿姨现在待的养老院看她。我没有义务一定要去,但还是去了。一个铁栅栏环绕的小院子,一条用大块碎石铺成的走廊,四处弥漫着一股破败的味道,粗壮阴凉的柏树。房子很旧,墙壁都已经破烂不堪。入口连着的客厅又小又暗，尽头有一个台阶，通向一条又长又窄的走廊，走廊里光线更加昏暗，两边所有房间的门都开着。

一个满脸皱纹、神情肃穆的老护士到走廊上迎接我，她轻声问了句什么，还没等我回答就马上把我领到了塔妮娅阿姨的房间。房间里有两张床，不过她的室友那天出去看望家里人了。阿姨是这么说的，然后泪水立刻模糊了她的眼睛。她没有说自己无处可去。她一直说，我看着她。她说邪恶的人正在摧毁一个美丽的国家，波兰，他们对她强取豪夺，那儿有壮阔的河流和茂密的森林，还有农场和绿色的田野，一到冬天就会被厚厚的积雪所覆盖，雪花让灵魂和身体都冷却下来。波兰是一个可爱的国家，一个骄傲的国家。为什么那些坏心眼的人要这样折磨她？

她瘦得很厉害，非常憔悴。眼窝和涂了粉的脸颊都深深地陷了下去。她大部分头发已经掉光了，只剩零星几缕花白的发丝贴在脑门上。她的牙齿也掉光了，没人给她装假牙。她坐在又矮又深的椅子上，嘴里一边说一边拄着拐杖走来走去。她很孤独，脑袋也糊涂得厉害，她唯一的愿望就是重新让悲惨的波兰恢复昔日的荣光。

或许我应该给她洗脸梳头，换上干净的衣服，把她带回家，到我家里，给她时间慢慢康复，慢慢找回已经失去的笑容。所以我思考着自己到底有多么慷慨，而她继续声泪俱下地讲述着要重新唤回那令人痴狂的美丽,如同瓷器一般脆弱,需要最小心最温柔的手指来收藏、保护。她说话的时候没有看着我,我怀疑她即使一个人的时候也是这样说话。

我说:"安娜向你问好,塔妮娅阿姨。你需要我给她传什么口信吗?"

她把手拢在耳边:"你说什么?"我提高了声音:"安娜是你侄女。她走了。她让我向你问好。"

现在她大声痛哭起来。"安娜是个好孩子,是个特别的女孩子,现在她离开了,在这个世界危险的阴影里,谁来替我照顾她?安娜只有五岁,最多八岁,只要看见她就足以让所有的眼睛都恢复光明。如果她在这儿,穿着她白色的蕾丝裙子,两条长辫子在风里飞舞……但是在波兰,现在一切都乱了,或许她经历了一场严重的地震,我不知道。我坐在这栋摇摇欲坠的房子里,可是透过窗户,我看到一栋栋房屋坍塌,被红色的火焰所吞噬,就像整个波兰都着火了。我知道自己快到终点了。不过我并不是为自己的命而哭。不要以为我不知道,我什么都知道。我是为你们的命而哭。为绿色的小波兰。为可爱的安娜,我被宠坏的孩子。我爱她,也爱你。"

她向我伸出双手,张开透明的手指,想要从椅子上站起来抚摸我的脸颊,甚至也许想亲吻我。但她没有力气完成这样的动作，双手停在空中，以一种乞求的姿态。

她就以这样的形象定格在我的记忆中。出于某种最后的、绝望的信仰，她慢慢地起身走向我，想要拥抱，却没有碰触到我。她的脸燃烧着白色的火焰，嘴唇周围深深的皱纹刻在变黄的、几乎透明的头颅上。每当这段记忆袭来，我会蜷缩起来躲在卧室黑暗的角落里，命令阿耶莱特不要开门，橙黄色光线在我四周跳跃晃动，迫使我的眼睛穿透隐藏在白色石膏墙壁下面的裂缝，那一个个小孔通往一个浓烈的深蓝色世界，我觉得在一种强烈的喜悦与解脱中，我可能就会留在塔妮娅阿姨的小房间里，裹一条散发着过期消毒药水味道的毯子，等待矮矮胖胖的护士板着一张僵硬的面孔走过来，替我擦洗身子，嘴里含糊地嘟哝着。和塔妮娅阿姨一样，从早到晚我的眼睛都灼热刺痛，我的嘴唇上吐出白色的唾沫。为什么就只有塔妮娅阿姨是这样？

我不时地去探望安娜和罗恩。要不是为了孩子，我是不会去的。自从他母亲将他从我身边抱走的那天起，我就意识到他曾在我生活中占据了多么重要的位置。他在这儿的时候，看着他在我们房子的地板上又滚又爬，我不止一次地觉得这个孩子是强加给我的。当然我知道自己应该多爱他一些，因为看着一个婴儿慢慢长大是生命里最伟大、最激动人心的一份喜悦。书上这么说，每个人都这么说。当然我也爱罗恩，毫无保留地爱他，但这孩子从不和我亲近，这个从我的肉体诞生的生命。安娜没有提过这点，也没有埋怨。也许她因此对我有意见，又或许实际上她很高兴看到孩子这么依恋她，把所有的信任都给了她，而和我保持着距离。但他不在我身边的时候，我无时无刻不在想念他，所以有时候我会去伯特利。不过我再也不会长途跋涉到那里去，而且我会避开耶路撒冷，因为它对我而言已经变得陌生，令我痛苦。我也知道每次傍晚回到家里，阿耶莱特都会等着我。不过我不确定这点究竟让我开心，还是烦恼。

每次我去，安娜迎接我的时候眼里光芒闪动，那是一种真心的喜悦，至少在我看来是这样的。她没有明确地说出来。她的话很少很短，基本上不超过正常见面打招呼的范围，但她的双眼却表达了另一种意思。有喜悦，也有悲伤。这份悲伤钻进她带笑的眼角，为了什么？是对我的渴望，还是因为她和我、罗恩三个人在一起的几个小时？或许是因为她在伯特利处于严重的孤立状态，或是因为她错误地跟着那个拉比来到这里，把自己困住了，而捆住她的锁链太强大，像她这样的女人无法从中挣脱？她会请我留下来和他们一起吃饭，我答应了，可与此同时，我又不断暗示自己是因为要看罗恩才来的,我对她的生活已经再也不感兴趣了。而她在我看来,很想延长这顿饭的时间,想要对我敞开心扉。但我非常坚决不愿接受:曾经的一切都回不去了,安娜。

罗恩会用兴奋的欢呼声迎接我,我把他抱起来,紧紧地拥在怀里,觉得抱多久都不够。他叫着"爸爸",我哽咽了。他还那么小,却已经那么懂事,知道自己是被强行从我身边带走,带到这个吹着邪风的地方。母亲给他的关爱已经习以为常,现在他想念渴望的是他的父亲。

我只能和他在一起待几个小时,他会使出所有力气黏着我,不愿和我分开,他不断地重复一个词语,珍珠般珍贵的词语:"爸爸"。

我应该将他带回家。我所有的直觉都告诉我安娜在伤害他,即使是出于无心。而我,在终于得到了平静与安宁之后,必定会在他身上花足够的时间,给他所有应该享受的快乐,所有喜爱与关注,赋予他自信与轻松。不过我没有这么做。我没有把孩子抢走,比方说我没有把他带到聚居地,带到他奶奶和尤纳坦面前,将这些奇怪而又令人羞耻的衣服扯下来,换上其他孩子一样的衣服,他很快就会跑到田地里,光着脚踩在松软的泥地里,像其他孩子那样,用温热的小手紧紧抓住这片美好的土地,这是他注定要劳作的地方。然后他洁白的小脸会晒成棕褐色,肌肉变得坚实起来,身体焕发出蓬勃的活力,不像他父亲丹尼尔的身体。他会成为丹尼尔和尤纳坦的综合体。一个美妙的结合:像丹尼尔一样高,像尤纳坦一样宽厚壮实。他脸部的线条会变得坚毅果决,同时又敏感而迷人。夜晚,他会朗读诗歌,但不会像他父亲那样掉进它们的圈套,他的人生之路将没有曲折,顺畅无阻。不过我不会绑架自己唯一的儿子;我只是在傍晚带他出去走一走。一幅悲伤的画面——罗恩与丹尼尔,在伯特利的街道上散步。嫩绿的草尖从褐色的土壤中钻出了脑袋;很快这些光秃秃的荒凉山丘就会披上绿色。罗恩也会长大,会说一种他父亲听不懂的语言。在很小的时候医生就会要求他在白皙的鼻子上架一副眼镜,拉比不许他剃掉唇边青涩的绒毛,他必须日夜都坐在书本前,挖掘一个个字母,他必须躲着太阳,因为阳光会让他迷失在这些荒山组成的地平线外,或是融入他最直观的本能,引诱他质疑自己精神上的义务。他的身体会变得虚弱,骨骼变得柔软,他的脑袋里会塞满各种神圣崇高的符咒,这些他的父亲永远无法理解。

午后风刮得愈加猛烈,搅动起漫天黄色的尘土,伯特利清一色的白色房屋排成整齐的短排,风拍打着玻璃窗户。这风让人们出不了家门。而现在,我必须离开我唯一的孩子,回到自己的家,我的精神也随着夜晚的降临而低落下去。

战后的第二个冬天冰冷而干燥。雨迟迟不下。我和阿耶莱特坐在窗边,玻璃上凝结着一层半透明的水珠子,阿耶莱特笑着从椅子上站起来,扑向玻璃窗,在上面写上她的名字,或画一些非常孩子气的小人图案:一个圆圈是脑袋,另一个圆圈是身体,火柴棍一样的手脚。我微笑地看着她。屋子里光线很暗。阿耶莱特的桌子上亮着一盏灯,还有一盏灯在我的摇椅边。我用毛毯盖住脚。天非常冷。我点了一个小油炉,我的经济状况只能做到这一点。收音机里播放着轻柔的音乐,我催阿耶莱特回去继续学习,她需要在这方面更加专心一点。我垂下眼睛看着地毯,注视着这块米黄暗灰条纹相间的粗布。一个个影子在墙上忽隐忽现,我们两个人还有家具的影子。昨晚我在读一本法国小说,故事就设定在十九世纪末巴黎的一间小公寓里——木质地板,小炉子,冒着水蒸气的水壶。这遥远而忧郁的场景触动了我的心。晚上一家人坐在一起,就着烛光看书。外边风呜呜作响,一个女人放下书抬头问道:这场大风会把邪恶的灵魂也带到这间房子里来吗?我想着:我们也坐在这里,我和阿耶莱特,坐在刺骨的冰冷中,孤独、饥饿,渴望面包和一点点温暖,外面下着雪,马车从街上经过。在某个角落里,一个无家可归的乞丐正一点点被冻死。这一切真的只能发生在巴黎吗?为什么不在这儿,在特拉维夫?

看起来我很快就要换更厚的镜片了。我用力想看透眼前的黑暗，连着浴室和卫生间阴暗的走廊里，一个身影站在那儿，脚下是一摊血。这是谁的血……

我和阿耶莱特，我们的生活仿佛按照某个不成文的协议在过下去。她学习，我帮助她，作为回报，她操持家务。不过她已经放弃了一些我不喜欢的习惯——在深秋的时候，她试着想变成这个房子的女主人，现在她放弃了。

晚上她睡我给她准备的小床，就放在封闭的阳台上。晚上十点以后屋子里就归于寂静。我很早就上床，我的身体很容易累，不过我并不是总能马上入睡。有时候邪恶的念头和病态的幻想会折磨着我：比如那个拉比晚上闯进安娜的屋子，一身酒气，头发凌乱，他走向她，满是欲望，不肯退让，他舔她的脸，解开她衣裙的纽扣，揉捏她丰满的乳房。所有这一切都当着罗恩的面。又或者，我躺在家里的地毯上翻滚扭动，因为某种皮肤病——或许是麻风病——布满了我整个身体，将它一点点吞噬。阿耶莱特跪在我身边，或哭泣，或大笑。她不敢碰我。不过慢慢地，她的形象变了，她成了圣母，在我头上扭着双手，仿佛我是十字架上受难的耶稣。在她身边，七只粉红色的小猪跑来跑去。

不过我极力不让这些幻想主宰自己的生活。

有时我早上醒得很早，又睡不着，我就从枕边的书架上拿一本书看，直到听见楼上的邻居，艾尔贝兹太太走到浴室的声音。我向阿耶莱特描述我幻想中的场景,她笑了:那位夫人脱下了睡衣,赤裸地站在浴室里,丰满白皙,她审视着自己的身体。一开始她微笑,接着又叹气,最后开始哭起来。痛苦地对自己喃喃自语,或许是绝望的低语。这位夫人想,生活,对她并不友好。如果可以,她今天就想翻开一页崭新的篇章,可她不能。

我看的都是关于逻辑学和冥想的书,它们都试图解开生命的秘密。我用一种近乎绝望的固执,苦苦追寻所有我加在自己身上的各种问题。我特别喜欢古希腊哲学家的书:亚里士多德、柏拉图。他们的书语言晦涩复杂,但他们的智慧简单而深刻,这样的组合我没有在当代思想家的作品里找到。

有时候我打开《圣经》,从《旧约·预言书》中挑一篇看一个章节,然后闭上眼,将我的思考转向这段文本的含义上来,思索每一句话、每一个字关键的含义。毕竟,我曾是一名《圣经》教师。

我和阿耶莱特之间起了一次争执。我告诉她自己想到外面去找份工作,因为我给她的辅导并不是一份名副其实的工作,或许可以看成是一份爱好。

她问:"谁这么认为?"

我犹豫了,我想说,在社会的眼里,不过她肯定会反驳说:你告诉我说所有的思想和行为都应该只遵从自己的意愿。

于是我说:"不管怎么说,这不是一份让人满意的全职工作。我需要的不止这么多。"

她说:"说实话,我不相信。我觉得现在的情况对你很好,很合适。你真正的使命就是坐着对生命进行思考。就是有这样的人。"

我说:"那我们就当你说的是对的,但我能这样思考多长时间?"

她说:"直到珍贵的启示降临那一刻,你为所有人把路照亮。这一刻值得所有人长久地等待。"

"我不喜欢你说这种话。我觉得很生气,你在胡说八道。不管怎么说,我已经决定了要去找工作,哪怕是兼职也好。"

她说:"随你,我不拦你。"

她记得很清楚,根据我们之间默认的协议,我自己的行为和命运只能由我自己负责。

我们之间还有一个小小的分歧,很小,但会让我们俩都情绪激动,外人看到这一幕一定会觉得又有趣又好笑。阿耶莱特想把所有百叶窗都打开。她需要充足的光线和新鲜空气,认为特拉维夫白色的光芒和带着咸味的空气能够让她心满意足。我觉得让百叶窗半合半闭,整个屋子半明半暗才让我舒服。光线让我感觉压抑,让我对阿耶莱特产生不安和烦躁的情绪。"特拉维夫这个城市不懂幽暗小巷的魅力,这点已经够糟了。在我自己家，我一定要享受光和影的游戏，秘密就躲在黑暗的角落里。只有这样，想象和沉思的翅膀才能把你带到任何想去的地方。"可是她一脸惊讶，甚至气愤："不对，当一切都敞开的时候，思想才能自由地飞翔！"

和往常一样，她妥协了，不过我不知道她现在心里有多恨我。

在我眼里，特拉维夫是个奇怪的城市。

这里的冬天简直如同春天。白天，天空蔚蓝而高远，一丝云朵也没有，温暖的空气中弥漫着生动的色彩，无从得知它们从哪儿来。而这个城市的人不会躲在房子里而是会走到街上，坐在咖啡馆里，漫无目的地闲逛，如同在寻找永远也找不到的隐秘宝藏——在这里是找不到的。这不是一个神秘的城市，这是一个扁平的城市，敞开在所有眼睛面前。如果有人在它身上看到了秘密，他们知道看到的只是自己想象中的影像。比如，我看见一条宽阔的大河穿过特拉维夫，弯弯的石拱桥横跨其上，沉重的柱子支撑着桥身，一只灵巧的手在上面刻上了花朵图案。低沉的灰云在碧蓝的河水上投影下丑陋的绿色帷幕。在巨柱的脚下，在凹进去的地方，躲着无家可归的流浪汉或在此躲避俗世虚荣的怪人。他们中间坐着一个小女孩，瘦骨嶙峋，衣衫褴褛，她有一双黑色的眼睛，燃烧着呆滞的火焰，如果她能挨过这些寒冷的夜晚，或许她会长成一个漂亮的女人。不过这样的机会很小。在河的两边有很多狭窄的街道，铺着黑、白、灰三色的石头马赛克。房子之间离得很近，几乎挨在一起，用黄褐色和橙色的砖头砌成。窗框粉刷成白色，窗户玻璃被蕾丝或是彩格窗帘所遮掩。红瓦房顶，穿着长袖长裙的小女孩在门口偷看。交错的巷子中间是一个广场。广场中间矗立着一尊生锈的铜像：一匹战马驮着一位骑士，身着银甲，对着太阳舞动长矛。而圣母在这个城市的高天上飞翔盘旋，双手交叉在胸口，眼睛望向更高的地方。她的肩上坐着光溜溜的小天使，他们露出梦幻般的微笑。这里也有小教堂，教堂尖顶上立着灰色的金属十字架。在一个教堂后院，一位身着黑袍的牧师正撩起一个乡下女孩的裙子，她是到镇上赶集的，牧师揉捏着她圆润的臀部，将火烧的舌头伸进她的嘴唇。她又惊恐又恶心，想要躲开，但他不放手，而最后，她带着一个感激的微笑屈服了。事后，牧师会跪在她面前乞求原谅，用他毫无生气的眼睛朝她一眨，然后走进教堂的忏悔室，倾听其他人的罪过，给予他们宽恕。

　　我就这样一直做着白日梦，直到下午，阿耶莱特和我走到大街上。天空依旧清澈高远。冷风拍打着我们的背，却不吹来一丝云彩。伊本·加比罗尔街上的咖啡馆在我脑海里以香草冰激凌的味道连成了一张密不可分的网，那甜蜜而又令人心安的味道，就像客人脸上喜气洋洋而又轻浮调皮的表情一样。我和阿耶莱特提到这点,她不知道我说这些是出于批评还是欣赏。"都不是,"我回道,"只是我爱特拉维夫,不过我也对它抱有怀疑。一座奇怪的城市。可能我在这座城市里仍然是个陌生人。"

我问她:"如果让你按照自己的想法描绘它的样子,你会怎样画?"

她笑起来:"在海面上展开一张魔毯。不要碰着沙子。因为沙子会将它冲进海里,海水会侵蚀它里面的房屋。不过如果是栖息在漂浮于空中的魔毯上,它就能永存。"

我的手指因为欲望而紧缩,渴望她瘦小的臀部。

我在阿耶莱特面前是个很严格的老师,我们回到家后,我严厉地说:"现在,阿耶莱特,不要找借口。你应该要准备好关于第一圣殿之毁灭的章节。"

"哦,"她迟疑地应着,想拖延时间,"或许我们可以换个讨论话题,就说说第三圣殿的毁灭,就要轮到它了,不是吗?"

我坚持道:"够了!我就想知道你有没有看过这些材料!"

她看过,可是已经忘了。她只记得故事的主要框架。比起《尼希米记》,她更喜欢《以斯拉记》。她觉得犹太人一直在为自己寻找一条其他民族都不曾想过的道路。这一点让她着迷,同时也让她排斥。我开始失去了耐心:"我没有问你的意见，或听你这一大堆富有哲理的废话。我只想要听到准确的事实、数字和事件。"

一开始她还想抗议："为什么你要对我这样说话？"她的眼里浮起了泪水，"这么伤人、刻薄，这不适合你！"

可我突然想维护自己的权威，这种感觉很陌生，我冷淡地回答："那你走吧，给你自己换个老师。"

她没有回答，只是默默抽泣，可我不为所动："下节课以前，我希望你知道流放巴比伦以及留在耶路撒冷的犹太人精确的数目。你还要画一张那个时期的中东地图，准备一篇短文探讨在巴比伦的犹太人他们的经济状况和生活来源，还要准备一篇关于尼希米生平的短文，他在王室中扮演的角色以及他对犹太人生活的参与。"

新一轮的眼泪涌上来。"你和我的高中老师一模一样！"她叫道。我看得出来，她开始后悔我们之间的协议了。

有时会从海上吹来一阵风，拍打着玻璃窗发出哀鸣，将灯泡吹得摇来摇去。虽然房子关着门很安全，但还是会让我们起鸡皮疙瘩。这样的夜晚，安娜会靠近我，虽然我们两个人都裹着毛毯，我还是看见她的身体一阵阵发抖。我问："你害怕吗？"她说："现在不怕了。现在没事了。"我坚持问道："你在害怕什么？"她小声说："我不害怕，真的。"我笑了。

特拉维夫的冬天也有这样的夜晚。空气冰冷干燥，突然之间，一阵风从海上吹来，房屋变成了被黑暗和荒凉包围的堡垒。巨大的海浪从海底深处翻涌上来，毫不留情地抽打着，誓将房屋冲毁成碎石瓦砾，躲在里面的人望进黑暗里，费力地睁大眼睛想要寻找一丝闪烁的光线，可所有的光都熄灭了，只有树在叹息，从树枝上传出夜鸟含糊而又绝望的哀叫声。

灯泡晃动着，突然之间，阿耶莱特再也无法忍受了。灯光熄灭，又亮起，一次，两次。她的喉咙里发出一声微弱的叫喊——每一刻的黑暗里，都出现了一个幽灵，穿着白色罩衫，脸从惨绿变成紫色，再转成蜡黄，嘴唇颤抖着，因为疼痛而扭曲变形，双手张开伸向阿耶莱特——也许是在等待告诉她什么，也许是在寻求救赎，也许打算将利爪陷入女孩的脖子……

阿耶莱特闭上了眼睛，用手指塞住耳朵，想要压抑住尖叫。突然间，一个男人的笑声回荡在屋子里或楼梯上，深沉又可怖的笑声。伴随着笑声，她堵住的耳朵也听见了疾驰的马蹄声。一切都无可挽救了。没有地方可逃。房子里的每一个房间都挤满了幽灵，他们在每一个角落里静静地等她，用刀片一样锋利的指甲抓她，发出魔鬼般的尖笑。她别无选择，只能缩成一团躲在毯子里，寻求我的保护，向我靠近，几乎要触碰到我。

我闻着她头发的香味，看见她卷发折射出的光泽，听着她的呼吸，感受着她颤抖的身体起伏的曲线。她几乎在我怀里——几乎。

那个冬天，几乎每个夜晚我都努力想要入睡，渴望睡眠所带来的安宁，却总是失败。最后我绝望了，只好睁着眼睛，望着眼前的黑暗。然后我起床，本来想去浴室，却发现自己在房子里游荡，好像在找寻什么。渐渐地，我的眼睛适应了黑暗的环境，能够看到东西的轮廓。我很冷，却不急着回到床上去。残酷而恐怖的景象在那儿等着我。安娜躺在那里浑身抽搐，她的膝盖抽动，胸口随着沉重而绝望的呼吸一起一伏，她的手狂乱而充满欲望地抚摸着自己的身体。床单被血浸透。她的嘴唇做出说话的动作却没有发出声音。她在祈求什么，一定是在乞求帮助。突然，祈求化成了一个微笑，仿佛她的身体正在发生某种变化，而她正在细细品尝。可血还是继续在流，她宽厚的手指把鲜血涂满了整个身体，手指深深地插进了她黝黑而温暖的阴道，身体更加疯狂地扭动起来。她没有注意到我，我站在门口惊恐地看着她。她时不时地把头从枕头上抬起来，仿佛直勾勾地看着我，朝我哭泣，无法大声表达她想对我说的话，但这只是我的臆想。安娜没有看见我，不然一定会急忙遮盖好她流血的裸体。然后她的头又倒在了枕头上，眼睛定定地看着一个光点，屋顶上有一道裂缝，一尊耶稣受难像悬在上面，一具消瘦的裸体，被铁链锁在木头十字架上。他慢慢走下来，身后跟着一群小天使，粉嘟嘟的小家伙，金黄色的卷发，唱着纯洁的、天堂般的颂歌。

现在我也笑了。一个微妙的、可爱的、天使般的微笑。然后我离开了她，走到厨房给自己倒了一杯水。我坐在桌边，打量这个小小的厨房，喝了几口水，觉得再也不能待在这个屋子里无所事事了：我一定要找份新工作。一个男人如果不能养活自己，就无法拥有自尊。我不会再回去教书，但特拉维夫有很多其他工作可以选择，我也没有很多要求，我可以去报社当编辑。这是个好主意，这么一来我就会被迫看到那些自己一直极力逃避的新闻，每天我都会知道安娜的国防部长的一举一动。如果人家认为我不适合这份工作，我会找别的活。我准备好接受任何特拉维夫愿意提供给我的工作。而现在，特拉维夫在这方面非常慷慨。

深沉而安宁的寂静填满了虚空，我静静聆听。我把玻璃杯放进水槽里发出轻轻的碰撞声，在厨房里回响，令人不快。然后我向客厅走去，我最终的目的地是睡着阿耶莱特的小阳台。客厅是我最喜欢的房间，安娜走了以后它就完全属于我了。我站在客厅中央，一阵轻微的、几乎不可察觉的晕眩向我袭来，一种妙不可言的快感。这证明了在身体里、灵魂里所有不寻常的事情都在发生。当然安娜会说像我这个年龄的男人这些都是可以预见的症状。我应该再去看她一次，请求她的原谅，找那个拉比来一次男人之间的对话。可我该对他说什么？在我紧张而充满敌意的情绪里，我一定会语无伦次。我唯一的选择只有挥动拳头，往他脸上结结实实地揍一拳——但我不是故意的，我没有想这么做。他会倒在地上，脸色惨白，鲜血直流，连胡子上也沾满了血，口中不住呻吟。或许他会死。我会大叫着冲出去，安娜会跑进来，其他人也会冲进来。六个穿着长风衣的男人留着胡子戴着帽子，他们围住他跪下来，嘴里含含糊糊地说着祷词，不知道该怎么做才能救他。安娜也在他们中间，穿着我从来没见过的裙子，一条褐色和橙色的花裙子，围着绿色的长头巾。然后安娜尖叫起来，声音是我从来没听到过的惨厉：做点什么，看在上帝的分上，你们为什么像木乃伊一样蹲在这里等奇迹发生。我会溜进她的房间，抱起孩子，拿什么把他裹住，紧紧贴在我心口跑到路上。我会带他回家，照顾他、珍惜他，给他一切需要的东西。或许现在他已经像天使一般睡在阿耶莱特身边了。过一会儿我就要去看他。不过首先我要打开抽屉拿出相册。这是安娜抱着罗恩，这是罗恩和我，这是罗恩自己——在公园的秋千上，在海边。在这本镀金相册里还有我和安娜婚礼的照片，她勉强的笑容让我看得很难受，我唇边别扭的苦笑对她来说一定也一样。有一张照片我全家所有人都围在安娜身边,坐在她的婚纱上,她手里拿着捧花。就连父亲也被她的美丽所震慑,觉得尤纳坦才更配得上她,又或者她才更配得上尤纳坦。如果安娜碰到的是尤纳坦而不是我,一切都会合适得多!可是安娜恰好碰到了我,而奥斯娜特恰好碰到了尤纳坦,如果不是父亲的诅咒,我们肯定还幸福和谐地生活在一起。事实是,究竟选择和谁结婚共度一生其实没什么差别,如果没有诅咒悬在他们头顶,那么一对夫妇可以一直生活在一起,即使他们之间的吸引力已经枯竭了,一开始的时候那种美妙的魅力已经变成了一种灰色的、没有形状的物质,仅仅成为呆板的存在。

这是安娜孩童时期的照片,镶着金边。一个穿着白色短裙的女孩,坐在房子前面的草坪上。为什么她总是一个人?或许我要给自己一个新任务:调查安娜的家庭历史,把它们都写下来。为此我需要去国外寻找那消失的过去,在积满灰尘的文档里,在被人遗忘的阁楼上成堆的信件里翻找。最近这样的活动非常流行。为什么不去调查安娜的家庭呢?而且在写了其他家庭的历史后,我就能成为一个作家了。所有写过的书,从《圣经》时代到现在,难道不是这种或那种形式的历史吗?而阿耶莱特也会满意的,知道丹尼尔找到了一份工作。不过她也会感到失望:难道她没有哀求我耐心地、静静地等待某些事情的发生吗？我必须安下心来等待，有些事情会因为它内在的能量而发生。或许它已经发生了，或许这就是我的宿命：去写书。

寂静包围着我。我把相册放回抽屉里，走出去站在小阳台上。街边路灯的灯光洒在阳台上，像给阿耶莱特铺上了一顶华盖。我眯着眼睛看着以前放小床的角落，可现在他不在这儿。女孩的肩膀露在外面，肌肤泛着光泽，她的头发散落在枕头上，遮住了她的脸颊。谁知道她的梦境将她带到了哪里。阿耶莱特做着离奇的梦。我应该马上离开这儿，不然我一定会蹲下来把她身上的毯子掀开，凝视她睡梦中的娇躯，我的双手仿佛有自己的意志，带着急迫的渴望摸索、抚弄着眼前的一切。她会惊醒过来，但已经太晚了。

现在她在小床上翻来翻去，唇边挂着微笑，嘴里发出婴儿般的呓语，突然，我的脑袋快速转动起来。我不能趁她睡着的时候扑在她身上，我不能吓着她，撕破她的梦境。我可以看，仅此而已。又或许，现在是时候掐死她了，我想，我的手指已经迫不及待地僵硬起来，可是杀死一个睡梦中的人在我看来是一种无耻的举动，特别是一个我从未想过要伤害的人。

晨曦的灰光透进屋子，一切影像都消失了。现在我可以躺下来休息了。

突然母亲和尤纳坦来了。他们来之前没打招呼，到的时候是中午，我和阿耶莱特刚刚吃完她准备的中饭，和往常一样，餐点里永远有让你意想不到的东西，有时候一顿饭所有的菜都是安娜完全不知道如何准备的菜色。那天阿耶莱特在面团里放入肉馅，在上面淋一层美味的土豆泥肉汁，又抹上碎干酪放到烤箱里烤十五分钟，把冒着热气的这道菜端上来，又从她衬衫领口上扯下一朵花放在菜中央。我大声笑起来，几乎就要去吻她。我那段时间胃口很差，但为了她我还是努力去吃饭。我甚至还在她的劝说下就着酒把这顿饭吞了下去。吃完饭后我们仍然坐在那儿，严肃专注地看着对方，仿佛要看谁先忍不住笑出声来。

接着门铃响了，阿耶莱特跳起来去开门，门外站着尤纳坦，他面前是一架轮椅，母亲坐在里面。

我没有急着起身，我太惊讶了。阿耶莱特轻快地鞠了一躬，那段时间她特别活泼好动，她挥手做出一个皇室般正式的邀请动作，给他们让路。"欢迎！"她喊道，"尤纳坦还有母亲！"他们好奇地望着她，尤纳坦笑了。他们当然有权对她的存在感到困惑，不过尤纳坦只是问她："你怎么知道我们是谁？"

"我什么都知道！"她挑逗而俏皮地歪着脑袋。

他们进了门，我站起来迎接他们。如果我知道他们要来，一定从一开始就换上一副合适的表情，不过因为他们是不请自来，我的情绪肯定摆在了脸上。我觉得自己想做和阿耶莱特完全相同的动作，请他们离开。我的眼睛落在他们身上的那一刻，他们的存在就让我无法忍受。当然我爱尤纳坦，也尊敬母亲，上一次回聚居地，看到她佝偻着缩在宽大的椅子里，我觉得她很可怜，决定自己必须请她找个时间到家里来，因为父亲在世的时候，她从没来过这里。

我还觉得很愤怒，特别是对尤纳坦到我家来，我觉得他来的目的是窥探和干涉我的生活。我知道这样怀疑他很不对，尤纳坦是这样一个厚道直爽的人，可是在我看见他站在门前的一瞬，憎恨在我心中翻腾，虽然我立即就后悔了，但我无法驱散这种感觉。

可是我却说："你们真让我大吃一惊！真高兴你们来了！"我和尤纳坦握了握手，没有看他的眼睛，又靠向母亲把脸颊贴在她脸上，但没有亲吻她。母亲已经是个苍老的女人了——并不是说她消瘦憔悴，或是满脸皱纹、皮肤蜡黄，只是出现了一种新的神态，换上了一副新的面孔，既动人心魄同时又让人感觉不祥。因为双腿软弱无力，她坐在轮椅上，不过我从未见过她像现在这么挺拔。她的头发向后梳起来，紧紧贴着头皮，从中间分开盘成一个圆髻悬在颈后。她的脸色苍白，但那柔和的、没有皱纹的白给她平添了一份庄重，她一对黑眼睛里燃烧着幽深的火焰，为她注入了一种新的生命力和不息的能量。好吧，我没有亲吻她，虽然我很想，但我只是问她："母亲，你怎么样？"她挑起眉毛，微笑着想说什么，尤纳坦急忙在我耳边轻声说："她现在说话很困难。"声音很小，她没有听到。

我真的应该怜悯母亲，也怜悯尤纳坦，显然他们都处在一种困难而痛苦的处境当中。现在母亲正聚集身体里剩下的最后一点力量与死亡抗争，正是这种抗争给她的身体和精神带来了如此巨大的变化，给了她动人的光辉和重生的纯净，同时又保留了她原来的样子，一个活在其他世界、其他时间里的人。至于尤纳坦，如果他这个样子来到我家，说明他心里背负着沉重的悲伤，在他无忧无虑的年纪从没有品尝过这种悲伤；这个肩膀宽厚的强壮男人突然朝里面看去，看着自己的身体和灵魂，心里充满了恐惧。

不过我不愿可怜他们。我在他们面前坐下，阿耶莱特急匆匆地跑到厨房，端回来一些玻璃杯和一罐满满的橙汁，问他们是否还需要咖啡。母亲努了努嘴，示意我靠近一点她可以在我耳边说话，不过尤纳坦知道这么近距离的接触对我是一种折磨，所以大声说他可以做她的传声筒，因为他现在已经能够看懂她所有的暗示和动作。

所以母亲问了一些尤纳坦也想问的问题，与此同时，我在一个从来没有过的距离上注视着他——很可能是因为我最近生的那场病——我确信尤纳坦也变了很多，这种改变本应该唤起我的喜爱之情，但事实上加重了我们之间的疏离感，甚至还点燃了敌对的火花。

比如母亲问安娜怎么样了，实际上她想问的是阿耶莱特是谁。她问我现在做什么工作。她问自己这个奶奶什么时候能再见到罗恩，因为知道自己正在一点点衰弱下去，所以说不定是最后一次见面了。我尽了最大的努力来回答每一个问题，尤纳坦作为中间人，声音听起来深沉而含糊，仿佛从很远的地方传来，而我自己的声音清晰地在我空洞的脑袋里回响。对话进行得缓慢而吃力，不过似乎没人介意。母亲在轮椅上坐得又挺又直，如同一位高高在上的女王，同时又像一个可怜的哀求者。阿耶莱特将一杯咖啡放在她颤抖的手指间，我们看着她慢慢地喝着，担心她把咖啡倒在裙子上，那高贵的裙子。

一切都很遥远，仿佛发生在另一个时空里，在我体内有个旋涡在翻腾。尤纳坦、母亲和我正驾驶一辆敞篷吉普车开在宽阔明亮的旷野上。尤纳坦坐在驾驶员的位置，穿一件灰色的背心，肩膀晒成了深深的古铜色。母亲坐在他旁边，穿着一件红色的长裙，我坐在后座，任风鞭打我的脸颊。尤纳坦和母亲说了很多话，不时发出阵阵大笑，可我不明白他们在说什么，这一路有什么这么好笑。我知道他们实际上也不想让我明白，为此我很受伤。有时候我因为恐惧而颤抖，生怕尤纳坦没有控制好方向盘或者他转头看母亲的时候撞上什么东西，不过我没有朝他喊出声来，让他小心一点；我把自己的命交到他手上。在这样的旅行中，一切都有可能发生。从贫瘠的荒原我们突然之间开到了沙龙的大街上，朝聚居地驶去。烈日炙烤的沙路变成了狭窄的小道，黑色的柏树在小道上投下自己棱角分明的轮廓阴影。在柏树带的后面是果园。我认识它们，我认出了父亲的果园。但我看不见它们了，尤纳坦把车开得飞快，就好像他一定要及时赶到某个地方，不然就会失去他最珍贵的东西——生命。尤纳坦的眼睛在母亲眼里寻找自己存在的证明，他的眼睛出卖了一切。现在他们载着我以疯狂的速度带我环游这个国家。他们知道我病了。他们为此更高兴。因为他们觉得我死去比活着更好，而这次旅行会让他们免受任何良心上的痛苦折磨。这片土地真的很美好，丹尼尔，但也存在很多丑恶，所以不要因为你快离开它了而过于伤心。快让你的肺呼吸果园中醉人的空气，让你的眼睛享受眼前的景色：加油站，拉车的驴子，村子里的乖乖女孩站在门边满怀渴望地等待，集体农庄里的水果摊，巨幅牙膏广告上大笑的女孩。种满桉树的街道、监狱以及四周环绕的高墙，突然出现了一片点缀着野花和碎石堆的荒原。一个瓜摊，果园旁边狭窄的神秘小径，已经开垦过的田地无聊地等待着。花圃上遮盖着透明的塑料板，白玫瑰、粉玫瑰、红玫瑰。阿拉伯照看人。破烂的蓝色道奇车，两个男人坐在驾驶室里，后面堆着小山一样的甜瓜，还拴着三头小牛犊。转角处有座阴凉的电话亭，亭子又小又窄，却很幽深，有人隐藏在暗处，一张邪恶的黑色面孔。卖花的人坐在十字路口等待。一个眉目如画的女孩——一对乌黑的杏眼，两条长辫子，对所有路人露出天真的微笑。聚居地的入口，白色长方形的房子，屋顶上的瓦饱受日晒雨淋。两头奶牛安详地注视着西斯金德家的房子和迪诺维茨家的牲口棚中间的公共地带。在高处有邮递员迈克尔的儿子们搭建起来的鸽舍。那家商铺周围一直有一圈又软又潮湿的泥潭，可是孩子们还是不断地闯进来，因为伊弗列姆·利特巴克可以允许赊账，虽然他的妻子伊莱沙巴已经警告过他不许这么做。老波特诺家的蜂房，老头已经搬去了耶路撒冷，把他的那块地租给了一个陌生人，一个真的非常奇怪的人，在一个晴朗的日子里闯进聚居地，所有人都不愿和他接触——父亲和尤纳坦也一样。那座最高的红色房子是伊齐基尔·奥尔巴哈建的，据父亲说他的钱来路不正。现在已经可以看到聚居地宽阔的边界了，那尘土飞扬的车道。然后，或许你可以闭上眼睛，不要着急睁开，你会想：母亲和尤纳坦带我乘敞篷吉普去兜风，我们去旅行。

我们是在前进还是后退？这件事永远没有尽头。在达到终点的渴望中，在徒劳的追寻过程中，路会越变越长。母亲、尤纳坦和丹尼尔。暗下来的天空掩盖着可怕的欲望，渴望某些永远得不到的东西。以前就应该懂得、接受这一点，但要接受这个现实很难。不可能。如果这种关键的、没有明确定义的东西是不可得的，任何事情都会失去意义。不过旅行本身是愉快的，因为有风的爱抚，而在日暮时分，太阳耀眼的光辉分解成零星的微弱光线，非常愉悦，让人平静，解除了所有的紧迫。或许我们会到达海法，或许不会。我们在前进，可实际上是在向后退，退向光秃秃的荒原，一切都始于荒原，包括生命，所以母亲打算回到那里去，将我们也带回去。那遥远的过去强烈地吸引着我们。一路上尤纳坦都身子前倾，使劲踩着油门，他一缕缕黄色的头发垂下来。风吹起了母亲的裙角，她在风里努力挣扎，她从手提包里取出一块头巾绑在头发上。她想要和尤纳坦说什么，但声音被风吹散，他转向她安抚地微笑道：一切都会好的，我们一定能安全到达。可他担心我会打破他们之间融洽的关系，我叫道：我们不会安全抵达的。我们无处可去。我们每个人都要去不同的方向，每个人也都知道自己到不了。你醒悟得太晚了，尤纳坦。你现在深陷在巨大的危机之中，你无法忍受自己，因为生活没有让你准备好应对这样的情形。你现在讨厌我了。我看见你靠向母亲。可我不需要你。相反，我想要一个人待着，离得远远的。不要和你有牵扯，不要有接触。

离海很近的地方开过来一列火车，汽笛呜呜作响。我们赶紧开过去。尤纳坦一直都被强迫达到某个地方，可这一次他做不到了。而我已经身处在布满海草的深海里。在海床上，沙堆和泡沫像云朵一般漂浮着，我让自己裹在里面，又哭又笑，推开母亲和尤纳坦的手，透过玻璃隔窗，他们向我咧开嘴露出扭曲的笑容，我听不见他们的声音，不想听见，不想看见，用尽力气将自己紧紧裹住，再也不知道任何事情。

一阵风吹来，给身体降温，也吹干了汗水。不是每一个夏天我都这么爱出汗。或许是的。或许去年夏天我也是这样的，但是我忘了。阿耶莱特走过来，坐在床沿上。她静静地坐着。或许她想说我对母亲和尤纳坦态度很不好，但没有开口。她一定也很热。有一股特别的风是经过了附近老街区的窄巷吹到特拉维夫来的，然后吹到城市北边，来到四通八达的宽阔大道上。我非常爱它，特拉维夫的风，不过我渴望着海之外的其他地方，我从未到过的地方。

我碰到阿耶莱特的脚指头，挠了挠。她笑了。

"你感觉怎么样?"她问。

我在思考死亡,思考死亡之后是什么,我问她的意见。

她说:"来吧,我们出去走走。现在天气很舒服,你会感觉好一点的。"

我不理解为什么她要在这个时候离开家,我们终于触碰到了对方,因此也比以往更加贴近彼此。

我们出来走在朱达·哈利维街上,她说:"谁知道死亡之后是什么呢。"第一次我感觉这栋房子是一座我不能失去的堡垒,我想着朱达·哈利维这个中世纪诗人,早在学生时代所有我们要求学习的作家里他就是我的最爱,这个男人有一种敏感细腻最贴近我的心,他怀有巨大的渴望,而渴望在我看来,是一种治愈,一条通向完整的途径。我们没有走到艾伦比街,而是钻进了各种各样的小巷子里,这些小路在艾伦比街、辛肯街以及乔治国王大街之间蜿蜒穿梭。阿耶莱特对这个地方非常熟悉,他们家曾经就住在这里。现在她知道这些街道尽头都有大海在奔腾拍打,一点点噬咬着它们直到崩塌。但小的时候,她以为这些小巷是没有尽头的,以为整个世界就是一张由各条街道组成的复杂而压抑的大网,而特拉维夫就是整个世界。曾经她想要逃离,去一个新的城市,或者至少走到这个城市的边界,走到这些房子的尽头,可是她不敢。还有一次她闭上眼睛的时候,感觉自己好像身处于一个只有在死亡以后才能到的地方。一切都太过美丽。五彩斑斓的山峦，天空也布满了缤纷的色彩，草地上长满羊齿，还有桑葚和小红莓树，中间有小溪流穿过。那里一个人都没有，也听不见任何声音，只有三四只鸟简短而单调的鸣叫。而她知道自己来到了一个死亡以后的世界。突然之间，她心里升起了一种巨大的冲动，想要用拳头打破这包围她的透明墙壁逃出去。她感受到一种无法忍受的渴望，渴望这个世界之外的所有东西，这种感觉是那样痛苦，想到她可能永远也回不到她所熟悉渴望的地方和亲人身边去，这个念头让她恐惧，她身边所有的美景都显得那样残酷，成为一种折磨……

在寰格拉比广场我们买了沙拉三明治，看着一张巨大的海报，宣传的是现在正在上映的一部电影。有人恶作剧地用红笔在明星脸上画得一片狼藉，海报上一男一女毫无激情地抱在一起。一群群男孩坐在铁栏杆上，一层纯洁的光辉仍然笼罩着他们的眼睛。他们没心没肺地笑着，但实际上他们对自己的存在、自己的身份没有信心。

阿耶莱特轻声说："我爱他们，与此同时我也恨他们。"

有一瞬间我仿佛看见艾立尔在他们中间。

我们走到艾伦比街，走到约拿哈纳维街。或许我们会在海边坐一会儿。阿耶莱特用轻柔安静的声音讲述着她的幻想，我盯着商店的窗户，观察在暮色四合时分回家的人群。他们并不着急,仿佛家里只有一成不变的、灰色的沉闷,而街上流动着新鲜的活力,一些作用于感官的、无法定义的东西,的确诱人。我走神的时候撞上了一位壮实的妇女,她提着篮子从商店往家里走,身子像鹅一样摇摇摆摆。她看着我,我也看着她。我的视线集中在她脸部的线条上。她身上有什么东西吸引了我?为什么她没有指责我,只是对我微笑?我说:"对不起。"阿耶莱特问:"你刚说什么?"我赶紧回答:"没什么!继续说!"

她继续说下去,但实际上只是在和自己说话,因为我双眼微闭,沉浸在黏稠的空气中,空气里有海水里的盐分,人行道上的路灯灯光,另外里面还有一种特质——特拉维夫的夏天温暖黏稠的特质。阿耶莱特还在说话,显然她在谈论我的母亲。她说,她是一个用薄薄的骨瓷做成的女人,这看起来很美好同时又让人不安,因为只要手指轻轻一碰它就会摔裂、破碎。"而且我觉得她里面已经碎了,如果不是这样,她肯定要问那些应该问的问题:你怎么样,这个住在你家里的女人是谁,还有安娜怎么样。她应该说自己很想念罗恩,想趁现在还来得及,见他最后一面。可是她一直保持沉默,只用眼睛问问题,脑袋像挂钟一样从右边摆到左边,勉强地笑着,有时候抬起头看着尤纳坦,仿佛想从他脸上寻求支持。不过尤纳坦看起来也像一个和现实世界失去联系的人。事实上我喜欢这样的人，可所有和尤纳坦有关的事情我知道自己应该感觉悲哀。我告诉你他们回聚居地待着这是一件好事。在这里，在特拉维夫，人们正和这座城市一起变得支离破碎。你在崩溃，我也一样。不过你母亲可能会比我们都强大，即使她是用骨瓷做的……"

突然我看见了艾立尔，他在人行道上向我们走来，离我们只有几十米的距离，仿佛他从海里升起来，乘着海浪来到我们身边。他穿着泳裤，站在暮色中，陌生而美丽。现在我要叫住他，他会过来的。这一次我绝不能犯任何错误！

现在他坐在我的房间里，声称我发生了某种变化，阿耶莱特也同意。一种突然的美出现在我身上，我脸部的线条上。他们不知道怎么回事。实际上什么都没变：同样的鼻子、同样的嘴唇、脸颊、眼镜——但整体的样子就是不同了。

我笑了："或许是看不见的疾病引起了这种变化。中间坍塌了，外部就会被一种新的、莫名的美丽所照亮。"

在客厅里，他们两人会坐在我对面，就好像在一张光幕下依偎在一起，同时又彼此保持着距离。艾立尔趴在地毯上，靠着手臂，一言不发，眼睛睁得大大的。阿耶莱特靠在椅子里，一般穿着同一条飘逸的长裙，有时别几朵花在发间。他们听，我说。现在我体会到这是我人生中最快乐的一段时光。

那时候我身体里积聚起了巨大的力量，相信自我以及自己思想的力量。我的身体是沉重的，同时又是没有实体的。不过当然我也知道这些上天恩赐的日子不会持久。艾立尔一般晚上来，在学校做完一天的工作，回到小阁楼里休息一会儿，他会散发着肥皂和海风的香味到我家来。他留了蓬松的卷发，看起来更高更结实了。我看到他走进来的时候阿耶莱特瞪大了眼睛，痛苦刺穿了我的心脏。不过他们两个并没有走得很近，或许是因为怕伤害我。我知道自己的忧虑是非常自私的，因为很显然艾立尔和阿耶莱特注定相遇，而我这个注定要让他们相遇的人，发现我无法展现出应有的大气和精神上的崇高。

一切都协调而清晰。这个秋天带着橙色与褐色的温和色彩。人流与车流的动作看起来更为缓慢，似乎因为要细细品味某种简单的快乐。阿耶莱特从厨房端来水果和冷饮。邻居艾尔贝兹太太突然敲门进来，又马上道歉，说她并不想在我有客人的时候打扰我，只是过来问点事情，不过她不急，会找另外时间再过来。她匆匆忙忙地走了，虽然阿耶莱特在她身后解释说她并没有打扰什么，如果愿意她也可以坐下来听。

我谈到可以通过阅读《圣经》来学习基本的道德形态。它们的伟大在于经受住了时间的考验，最漫长的历史的考验。我还谈到那些最简单的故事里包含的动人魅力，谈到那些古老的主题催眠般的力量。亚当和夏娃，该隐和亚伯，雅各布与以撒，扫罗和大卫，约拿单与大卫。很显然在这之后就没有什么可说的了。不过我也知道人不能离开故事而生活，我自己就想白天黑夜一直坐着讲故事，一直讲下去……

有时我会让他们随手翻开《圣经》。暮色四合，温柔而模糊的光线流淌在房间里，我的眼睛几乎看不清书上的内容，但我让他们不要开灯，让夜幕落下来。我们这些包裹在其中的人，不应该挑战他的统治。我会大声朗读，似乎我的朗读把阿耶莱特和艾立尔都迷住了。我并没有提高自己的声音，但我的嗓音里有一种张力，通过克制的表达将古老故事中引人入胜的部分发挥得淋漓尽致。

读完后我把书放下来，房间里几乎都陷入了黑暗，但我仍然可以看到他们的眼睛注视着我，用充满爱意的眼神爱抚着我。

"你读得多么美！"阿耶莱特叹息道。

艾立尔没有说话。或许他比阿耶莱特更加震动。

我笑了，泪水涌入眼眶。他们没有看见。我让他们对刚刚听到的故事发表自己的看法，艾立尔先开口。他说得很慢，有些迟疑，他原本想说故事里明确及隐含的意义，不知不觉中他开始说起了自己的生活，那些自从他有意识以来就如影随形的明确与隐藏的东西，我并不总能跟得上他的思维活动，虽然我努力让自己跟上。而且,他的话语似乎经常成为我自己思想波澜起伏的一种背景音乐。是的,这是我一生中最幸福的日子。阿耶莱特和艾立尔他们都在我羽翼的庇护下,有时候他们两个合成了一体。

有时候他们一起存在于我体内,有时候我存在于他们体内。我给他们带来宁静与力量,他们以流动的魅力回报我,这些魅力在我血管中奔流,重新唤回我的青春。可担忧从未远离我的心:我问自己,如此美好的日子,一个男人能够享受多久呢?

风吹打着特拉维夫,傍晚我们三个人一起出去,裹着灰色的外套,把衣领竖起来,再戴上黑褐色格子的布帽。我们走向贝尼丹旁边的公园。在公园里,一种疯狂的兴奋感占据了我们的身心,我们爬上了运动场上的爬杆,我第一个,艾立尔紧跟其后,阿耶莱特大笑着看着我们,然后她也跳起来,还爬到了最高的木板上。她也站直了身子,很危险的高度,她发出印第安战争一般的叫喊声,艾立尔站在她旁边伸开双臂,万一她掉下来好接住她。可她摆出一个引诱的姿势,然后我们三个玩起了捉迷藏的游戏。每个人都互相追逐着另外两个人,大笑着,快活得透不过气来。阿耶莱特舞动着手脚倒在一片稀疏的草地上,艾立尔也跟着她倒下去,既然没有别的选择，我也照做了。我们三个趴在草地上打滚，一个紧挨着一个，一个叠在另一个身上。我们的呼吸交缠，身子紧靠在一起，直到大笑变成了压抑的、愉悦的喘息，细枝条粘在我们的大衣上，缠在阿耶莱特和艾立尔的头发上。她躺在中间，平躺着，笑得止不住声。她闭着双眼，艾立尔躺在她左边，我，丹尼尔躺在她右边。我们侧躺着凝视着她，神情严肃而尴尬，因为我们两个人都为她的美丽所着迷，都渴望去触碰、去侵占。可我们只是看着，看着那嘟起的嘴唇，如此纯洁，如此痛苦，看着起伏的曲线伸展开来，从胸口凸起的乳头到可爱的双脚。我们靠得更近了，她仿佛晕了过去，唇边带着一个几乎不可察觉的微笑，听着沉重的呼吸声，或许还闻着肉体散发出的体味，但没有睁开双眼。等待。阿耶莱特，我的美人，你在等什么。你在渴望什么？我们难道没有赤裸地躺在公园里吗？我们每个人都感觉到长外套下面自己的身体，外套是为了欧洲的秋天而设计的，和特拉维夫的秋天不同，可我们坚持穿着，没有把它们脱下来。我还听到身体里有个声音——当然只是耳语般的微弱声音，它让我站起来逃走，不是为了安娜的缘故，是为了我自己。我不能让自己靠得太近，成为他们中的一部分，让我们三个人成为一体。我没有能力做到这点，或许这也是安娜离开我的原因。我总是向往最亲密的关系，可又无法处理好这种关系。我会因为最实在的身体感觉而退缩。看见阿耶莱特和艾立尔一起躺在公园里已经够我受的了，躺在柔软的草坪上，赤裸着身体——我甚至没有看见他们是怎么脱衣服的，他们的动作变得更加兴奋狂乱……

可是这一次他们没有把我排除在外。他们强迫我也成为这个三角身体的一部分。于是我们三个躺在那儿，四周的空气被涂上了一层诱人的粉红色。一切都镀上了一层虚幻的、浪漫的薄雾，不是我们一开始预想的那种挑逗邪恶。所以当艾立尔突然跳起身，我松了一口气；他疯狂地跑起来，嘴里兴奋地大喊大叫，我们跟在他身后，不知道他要带我们去哪里，直到我们看见他穿着衣服跳进了雅孔河里，可是已经太晚了，下一刻我们也已经到了河里，水花四溅，大叫狂笑。欢乐的气氛包围着我们，可是在阿耶莱特的眼角，我已经读到了一切结束的迹象。在一瞬间，一幅景象在我眼前展开：我的手指脱离了大脑控制，跟随着它们自己的意愿紧紧掐住了他们俩的喉咙，用很慢的动作，耐心地、刻意地越掐越紧，直到他们的身体沉到水底，没有鲜血、没有残酷暴行的痕迹，只是沉下去，然后再浮到水面上，漂着。阿耶莱特和艾立尔。

我知道自己必须离开。我凝视着屋子里的家具，它们已经失去了安娜在家的时候那种光泽。我靠在摇椅里，以一种慵懒的姿态观察着周围的物体。首先是褐色的柜子，雕花的柜脚。透过柜子上的玻璃窗我看到安娜费心收集起来的陶瓷小饰品，它们正呆滞地盯着我——僵硬的微型铜像、我们从未用过的水晶杯、她放在那儿的彩色相片：罗恩和安娜，罗恩和丹尼尔。曾经那儿还放着一张安娜和丹尼尔的照片，不过，哈哈，有一天照片就神秘失踪了。柜子左边是一个小书架，放着几本书，大多数都是我的书。我很想买很多书，每周一本，不过很早以前，有一次安娜为此嘲讽了我几句，于是我马上停了下来。不管我从上面拿起哪本书来看，泪水都会模糊我的双眼，因为每个故事都必定会打动我迅速消沉下去的心，也让我回想起最初和安娜在一起的日子，那时我仍然觉得命运给我安排了和其他人类似的生活。

我还想继续巡视整个屋子，观察一下电视机以及墙上的图画，还有安娜挂在窗户下面的绣品，不过我的视线转向了艾立尔和阿耶莱特，他们沉浸在自己的世界中，周围包裹着一层潮湿的雾气。

我知道自己必须离开，因为最后的旅程摆在我面前，而我必须独自踏上旅途。阿耶莱特正在说着现在我应该给自己找份工作，不过她也知道这不过是个没用而荒唐的主意，她知道丹尼尔·阿尔特会在他破旧的背包里装上一两本书，一些生活用品，一根行路拐杖——细长干瘦的桉树枝做成，然后出发。艾立尔和阿耶莱特会站在门口，挥舞着手送行直到他从视线里消失。他们也会在分别的时候说：你要平安回来，丹尼尔，我们会等你，我们的思念与你同在。不过他们俩和我一样，知道我不会再回来了，我甚至不会走很远，因为很快我就会用光所有力气，我也没有童话故事中的魔鞋，能把我送到遥远的地方去，送到另外的世界。所以很可能过不了多久就会有人发现我冰冷苍白的尸体，躺在铁轨旁边，或是躺在某间半成品房子里的一堆木板中间，又或者直接躺在艾伦比街中央。那时候艾立尔和阿耶莱特会感到难过，或者高兴——我不知道，我永远不会知道，所以也无关紧要。

我知道自己必须离开，因为甜美而忧伤的秋日已经快到尽头了，我的身体在暗示我，这个冬天将有狂风暴雪，有无休止的、毁灭一切的电闪雷鸣。艾立尔和阿耶莱特将不会平静而安详地躺在这儿，空气中的电流会流进他们的身体，驱使着他们狂热地紧紧拥抱在一起，而我无法忍受这一点。即使现在我也能看到他们眼中闪动的火花。

我双眼微闭，他们以为我已病入膏肓。接着他们开始动起来，就像被注入了生命的泥人，一会儿前进一会儿后退，朝我微笑眨眼，已经近得就要触碰到我，用火热的嘴唇在我耳边低语。落入我耳中的话语刺穿了我的肉体，我的肉体在冷汗中开始消融。他们觉得我应该被关进某些机构。这个词不断从他们光滑的嘴唇里滚出来——咝咝作响犹如毒蛇吐芯。突然，安娜说或许已经太晚了，死亡会抢先一步。不过从他们的微笑里可以看出，很显然他们不打算等待这个自然过程的完成。就在我眼皮底下，一个阴谋正在成形：阿耶莱特是谋划人，艾立尔是执行者。不过我会用尽最后一丝残留的力气命令他们离开。立刻、马上，两个人都离开。唯一有权力做任何谋划的人现在只有我。静静的、秘密的阴谋，特别是谋杀。如何谋杀。如果你想要先向我动手你会大吃一惊。我会站起来，摇晃着，挥动手指警告并下令：出去！够了！我已经受够了你闪光的、挑逗的、虚假的美。我要的是安娜。我已经准备去找她，安娜才能给我安宁，或许这种安宁是无聊的，但它是固定的、有序的。整个秋天你们都让我头脑发昏。现在冬天要来了。而我很害怕。我看到你们靠在一起小声说话。有爱有恨。你们之间的是爱，对我是恨。在我自己的房子里。我不能忍受这一点，我不允许……

眼镜从我鼻尖滑下来。阿耶莱特给我端来一杯热牛奶，里面放了一勺蜂蜜。几分钟前，她给我披了一条毛毯。我的脑袋耷拉在肩上。牛奶从我嘴唇上滴下来，仿佛我是婴儿一般。艾立尔坐在我脚边，他看到牛奶好像要从颤抖的杯子里洒出来的时候，他赶紧抓住了我的手帮我拿着杯子。他也拿了一条毯子裹住了我消瘦的身体,我呛住的时候拍我的背。我们听见外面下雨的声音,这个冬天的第一场雨。他们两个片刻也不离开我身边,可是突然之间,我仿佛觉得他们已经消失了,我不知道他们去了哪里。或许两人已经逃到了花园里,或是躲在卧室里,好在四下无人的时候做自己的事情。

月光给房间里洒下白色的咒语。我望着窗外的大街,街上空空荡荡。大街也笼罩在白光里,但那白色是邪恶的、病态的,这就是为什么没有人敢出门。只有在第四栋房子的门外坐着一个蜷缩的人影,好像被套在麻袋里,挣扎着想要在最终窒息以前从里面挣脱出来。我觉得这是一个被扔在大街上的女孩。我应该鼓起力量与勇气,站起来向她走去,可我害怕极了。天空中有道道银光闪过,一闪而过,如同某支具有魔力的火炬射出的光束。一切都美丽而令人恐惧,一切都属于另外一个世界。不是特拉维夫。应该有人走出来,将这咒语从它身上抹去。

我从床边转过头来,看见阿耶莱特坐在书桌旁,好像什么事都没有发生过。阿耶莱特,我低语,过来看那高悬在街道上的诅咒。而她连眉毛都没有抬一下,按照我的要求走出去,消除了咒语。

艾立尔在浴室里,我在施了咒的白光里眯着眼看包围着自己的宁静。我呼吸着它,它让我所有的感官都清明起来,一直到濒临爆炸。这间房子里所有的物体都在我面前排好了队，就好像它们突然被注入了生命一样，站得笔直，跃跃欲试、骄傲万分。红色的公鸡小雕塑、柜子窗户后面的水晶杯、银盘子、椅子的扶手——它们全都站了起来，在房子里走来走去，接着又开始疯狂而兴奋地跳起舞来。我不知道艾立尔在里面干什么待了这么长时间，不出来自己看一看。我笑了，一开始声音很低，渐渐提高了音量，眼前的景象让我觉得有趣极了。大多数人永远也不会有幸看到这样的一幕。或许只有我有这份特别的恩赐。我应该问问艾立尔。当然他在等其他事情发生，让他甩掉这灰色的平庸。啊，他来了，半裸着身体从浴室出来。他有慢跑的习惯，跑完后洗了个澡。如果他在街上跑步的时候白光已经遍布了整个城市，他肯定应该已经把这受诅咒的光吸入肺里，感觉自己正在长出翅膀，他的双脚离开了地面，他的身体向白光飘去，光芒在他体内流动、膨胀，经历着一生难得一次的身体与灵魂的变形。

　　我想问他发生了什么，而他难得地展现了淘气的一面，甩了甩头发，水珠子甩到我额头上，我笑起来，也没有问他，只是等着他坐在我身旁，而不是我的脚边。我仍然迟疑着，于是问他这个国家最近都发生了哪些事，因为刚刚过去的这几天，我一直没能看看报纸或是听听广播，我觉得自己被孤立了。

他说:"我告诉你的任何东西都会是不准确、不完整的。你需要自己出去,和别人见见面,自己去看。从别人那里听简报不是学习的好方法。"

我的声音沙哑而虚弱:"别逼我,我现在不能出去。告诉我你认为重要的东西,什么都行。"

"人们说我们现在的处境比以往任何时候都要好。他们是对的。战争是一场革命。所有的一切都发生了改变。"

"艾立尔,"我打断他,"这一切不用你说我也知道。我是说刚刚过去的几天发生的事情。"

"好吧,"他说,"如你所愿,这就是最近的新闻:特拉维夫的一个小纺织厂着火了,三个阿拉伯工人被烧死了;他们在地下室里睡觉,没法逃出去。埃及人正在组织大规模行动为我们在运河上的同胞争取权益。萨达特也来看表演,说现在他有能力把所有犹太人扔进海里。在特拉维夫的滨海区一个吸毒的妓女被杀了。总理在国会发表了一次非常重要也非常无聊的演讲。她说我们渴望和平,但如果他们主动攻击,我们也不会叉着双手干坐在那里。她还说了很多别的东西,不过我睡着了!我很抱歉。在沙龙的田地里,一个犹太人强奸了一个采桑葚的阿拉伯女孩。很有意思的故事。艾斯卡兰有个婴儿掉进了井里。他们以为他死了,结果他活了下来——那时候他已经在井里两天了。天堂送来的奇迹——你喜欢的类型，丹尼尔！参谋长发表声明说以色列的国防军是人民的军队。莱博维茨教授在一次学术会议上说，最可怕的罪行就是统治另一个民族。新的选美小姐冠军来自本雅米纳。国防部长和迪岑哥夫街来的一个高级妓女有牵扯。昨晚，他在一个犹太人联合会慈善晚宴上发表讲话，宣称阿拉伯人没有机会能和我们作对，然后匆匆赶往下一个神秘的场地。"

艾立尔

| 第三章 |

我早上醒来的时候，艾立尔已经不在了。就连带着诅咒的白光也消退了。我揉揉眼睛，希望那些情景能够再现，但朱达·哈利维街上一切如旧，所有事物都和前一天一模一样。我匆匆赶到阿耶莱特的床边，她还在那儿，沉浸在清晨的睡眠中，这样的睡眠既深又浅。她的肩膀露在外面。我感到一阵强烈的冲动，想要掀开床罩，窥探她的胸部，可是我没有这样做。我想叫醒她，问她什么时候回家的，艾立尔去了哪里。我想，他一定在家里等到她回来，那时候我已经睡着了。然后他们会躺在她的小床上，彼此轻声耳语，一开始谈论他们自己——所有挑逗、引诱的亲密话语，然后他们会谈到我，这个早就该离开这个世界的男人，因为他所需要扮演的有限角色早就已经完结了。

我走到浴室，洗脸、刮胡子。然后一个人在厨房里喝咖啡。我觉得自己应该再重新开始写诗。这是唯一的出路。把这个女孩从我的房子里赶出去，拔掉电话线，反正也没有人使用，不再去安娜那里，把我自己关在家里，把所有百叶窗都关得紧紧的，然后写诗。

突然之间，她出现在我面前。穿着非常暴露的内衣和T恤。睡眼惺忪地伸了个懒腰，微微一笑，打了个小小的哈欠。早上好，她说，我确信她正在等我问问题。不过我什么都没说。是时候表现出一点适当的坚决和冷淡了，来告诉她我很生气，很受伤。

然后她走进浴室，梳洗完毕换了一条透明的裙子走出来，给自己倒了杯咖啡，或许还朝我眨眨眼，微笑着，心想我的行为是多么幼稚，然后转向她的书桌，就好像这个早晨和以往任何一个早晨一样。

我小心翼翼地放下茶杯，她竖起了耳朵，听着杯底触碰茶托的震颤声。不过她马上又转回到了练习簿上，我知道是时候和她对质、朝她大喊了，让她马上离开这个屋子，永远也别再回来，我再也不能忍受她的存在。我把杯子重重地扔在水槽里发出砰的一声，虽然我并不想这样。我知道她所有的神经都紧张起来。我走向她，站在她面前，突然问道："你昨晚什么时候回来的？"她转过椅子面对我："差不多两点。"我仿佛不受控制地叫道："为什么你不叫醒我！你出去难道不是因为我让你去看看镇上都发生了什么吗？你是带着我给你的任务出去的！为什么你回来以后不叫醒我？"她平静而镇定地回答我的话，让我眼里涌入了气愤的泪水："我只是不忍心叫醒你，丹尼尔。我知道可以等早上再告诉你。你身体不好，丹尼尔，为什么要叫醒你呢？"

"还有艾立尔，"我浑身气得发抖，"他在哪儿？你们俩凌晨两点见面以后都做了什么？"

"哦，艾立尔，"她对答如流，"我回来的时候他已经走了。我不知道他什么时候走的,也不知道他去了哪里。"

"还有这座城市,"我绝望地喊道,"这座城市看起来怎么样?你答应过我的!"

"你自己出去看!"

"哦,上帝啊,"我滚倒在地板上,抽泣着,用拳头捶打地面,想要咬她赤裸的双脚,想听她发出痛苦而憎恶的叫声。为什么是我?为什么受折磨的人总是我?

快到傍晚的时候我决定自己必须离开这栋房子。她仍然坐在桌边,书本摊开在她面前。我说:"我要出去。"她立即转向我,说:"去哪儿?现在?"我说:"我就是出去走走。很快回来。"她抗议道:"你现在不能出去。你身体不好。任何医生都会这么说的。"我愤怒地反驳说:"我想出去走走,你有什么权力阻止我?"她无视我的愤怒:"如果我不关心你的健康,丹尼尔,谁会关心?"不过在我看来这不仅仅是关心的表现,也是试图控制我的表现。我必须把事情都放回它们应该的位置。

她立刻从座位上站起来,站直了身子挡在我面前,脆弱的高度,胸口对着胸口。她小小的胸脯挺得直直的,脸涨得通红,握紧了拳头,她绛紫色的嘴唇想要说些什么,但没有开口。我冷笑一声,直直地盯住她的眼睛,却只能轻声说:

"你已经逾越了一切界限,阿耶莱特,你疯了!"可是就在那时,突然间她的一只小拳头手指张开绷直,抡起手臂,我的脸上挨了一记热辣辣的巴掌。我惊讶极了,向后缩了几步,我的眼睛仍然盯着她的双眼。可她看不见任何东西,因为她已经大声哭了起来,脸上淌下羞愧的泪水。当然,她没有想过要这么做,她不明白自己是怎么了,我一定要原谅她,有时候一切都不对劲,我必须理解,她颤抖的身体已经想要在我的拥抱中寻求安慰和原谅,她只想让我的臂弯拥抱这团燃烧的、炙热的火球,它就叫阿耶莱特。

可是我转身把背影留给了她,走了出去,带着一种愤怒而严厉的决心,连我自己也感到惊讶。我狠狠地甩上门,直接去了纳赫曼·伊莱修的家。

过去几天里他的脸发生了变化,他眼里的光仿佛已经完全消失。他坐在床沿上,看起来比以往更加邋遢,穿着破烂的条纹睡裤和开裂的拖鞋,他虚弱地抬手请我坐在旁边的凳子上。他的唇边没有微笑,也没有挥动手臂,他的身体整个耷拉下来。

"我是一个病人,"他的声音微弱沙哑,"一个病人不是健康人,你明白的……我曾经是一个健康的人,热爱生活,为自己身边的人注入生命力。你看见了那些街上的人以前是怎么和我说话的,因为我给他们微笑和希望。他们离开我的时候精神充沛，在夜里也能从黑暗中看到光明。可现在我经常哭，因为我不能给他们应得的东西。我一直都被各种或大或小的力量所击败。我说的小力量是很多在我脑子里的声音，它们从内到外一点点啃噬着我，因为它们，我吃得很少，喝很多酒，抽很多烟，以此来缓解疼痛。你不知道。这种东西它慢慢地吃掉你的身体。我晚上很少能睡得着觉，总是睁着眼睛躺在那里，我身体里有小东西到处乱跑乱戳。我哭泣。打开窗户，整片天空很干净，星星朝我的方向坠落，直接掉到我手里，光点散落得到处都是。这给我带来了巨大的快乐。然后我笑了，接着我又哭起来。你不应该看着我。我整张脸都因为哭泣变得丑陋而疲惫。摧毁我的巨大力量就是战争，还有那些热爱战争的强壮男人。他们说自己讨厌战争，但你不要相信。只相信纳赫曼·伊莱修，在他还活着的时候。可能明天他就走了。现在这个世界不再需要他了。没有人需要一个生病的纳赫曼·伊莱修，他收集星星，让它们从他指缝间滑落。没有人需要一个快死的纳赫曼·伊莱修。只有上帝需要，而上帝会降临，将他带走。"

纳赫曼·伊莱修很虚弱。但我很怕他，因为我看见他阴暗而绝望的眼神后隐藏着巨大的残酷。他的胡子留得这么长，没有人会怀疑他。或许我也应该留胡子。

"最近我看见一个年轻漂亮的女孩一直在你家进进出出。

新生活的开始,我说得对不对?"

"是的,纳赫曼,一个女孩进进出出。不过我想毁了她。今晚,我打算杀了她。"

他张开了厚重的嘴唇,他无神的双眼看着我,仿佛这是最后的注视:"杀了那个漂亮的姑娘?为什么,丹尼尔?"

"不是所有的问题都有答案,纳赫曼。"

"你一定是太爱她了。你指间握着一朵鲜花,可你不敢碰!"

"闭嘴!"我突然喊叫起来,"你这条老疯狗!"

"放轻松,丹尼尔,告诉纳赫曼·伊莱修发生了什么。"

"什么都没有发生。她觉得这座房子是她的,我是她的,一切都是!"

"那就让她走。我以为是你邀请她来的。我觉得这样一朵鲜花是最美好的东西!"

"我不能让她走。我只能谋杀,我想要谋杀。拿一把刀在手上。我没有力量把她赶出家门,可是我会找到力量掐死她。"

"我会帮你。如果你告诉我一个可爱的女孩为什么这么年轻就要死去,我会帮你。"

我警觉起来:"我不会解释,你也不要来帮忙。"

纳赫曼·伊莱修想从他床上站起来,站到我面前,手指抓住我的衬衫，曾经这些手指如同钢铁一般，现在它们冰冷空虚。他想这么做，但做不到，他轻轻地说："你想杀的人是你自己，丹尼尔，你自己已经在这个女孩身体里扎根了，在这具洁白、干净的身体里，甜美得像刚刚成熟的小苹果。"

我脸色变得惨白："你怎么知道？你就像一个邪恶危险的巫师，纳赫曼·伊莱修，你脑袋里装满了小恶魔。"

他很平静："今晚她会睡得很熟，我和你一起去。你掐死她，我帮她换上寿衣。然后我们在地上挖一个洞。没有人会知道。"

"不，"我叫喊着，"她是这世间最美丽的天使。一朵从未凋零的玫瑰。她必须以这样的姿态保存起来。风干。没有血，没有皱纹。再过一年皱纹就会出现。我不想这样。所有的人都犯了一个很严重的错误，他们想要在青春消逝以后继续生存下去。所有人都觉得他们应该看着自己的身体一点点衰败分解。为什么人们要这样纡尊降贵，任凭时间玩弄？时间是魔鬼。他穿着黑袍，露出牙齿微笑着啃噬，一点、一点。然后站在一旁，狂笑着，耐心而平静地等待。直到他消化了所有吃下去的东西。人们应该在时间恶魔碰到他们的前一分钟、前一秒结束自己的生命。"

纳赫曼·伊莱修阴郁地沉默着，然后慢慢地说："曾经人们是那样好。是时间都不曾触碰的白玫瑰。可那只是曾经。

我很快就会被召唤去见上帝，不过你，丹尼尔，不想毁灭那个女孩，只想毁灭你自己……"

他的话很柔和。眼睛不再想看到任何新的东西。我说："或许你是对的。很多年来我一直想离开这个世界，可我还不敢。"

"你爱这个女孩，丹尼尔？"

"深爱，纳赫曼，而我已经再也无法忍受了。还有一个男孩我也很爱，艾立尔，一个卷发少年，有着一双忧郁的眼睛，天使的体格。"

纳赫曼·伊莱修笑了，我不确定他听到了。他的眼睛闭上了。不过最后他轻声说："那个叫艾立尔的男孩你也想保护，对吗？"

"是的，"我说，"那个叫艾立尔的男孩也一样。"

"一个男孩和一个女孩同时住在你这样一具枯瘦的身体里！"

"或许他们住在那儿，或许他们以前住在那儿。"

"告诉我，丹尼尔，在你眼里谋杀是一种罪吗？"

"不知道，纳赫曼，我希望我知道！"

纳赫曼·伊莱修在我走之前就已经倒在了床上。我轻手轻脚地走出去，关上了他家的门。我的手表显示现在快到午夜了。

在家里，女孩阿耶莱特正坐在台灯下写信，创造一个文字的世界，乘着蓝色梦幻的翅膀飞翔、升腾，她嘴里咬着一支铅笔。我可以选择一条又长又绕的路回去，不用着急。

夏日的雾气从特拉维夫的海上升起来，弥漫在这个城市的大街小巷。每盏路灯都像一轮月亮，周围散发出一圈朦胧的光晕。我可以右转拐到艾伦比街，去海边那些亮着红灯的小酒吧，可我的脚转向左边，走到了伊本·加比罗尔街。因为雾的缘故，我很难看清任何东西。生平第一次我想要在午夜，站在这个城市的心脏上高声喊叫，因为纳赫曼·伊莱修，这个没人注意、备受邻居们嘲笑的男人，他让我精神极度亢奋，思维错乱，我想着，如果我喊出来，能够找回一点平衡，可是我担心那些仍然坐在咖啡馆里的人会抓住我不放，直到警察到来。事实上，我非常希望能够和警察来一次面对面的会晤。在警察局里，坐着一个身材健硕的高大男子，一张方方正正的脸，古铜色的皮肤，留着稀疏的黑胡子，他穿着一件浆洗过的浅色警服，胳膊上汗毛浓密，放在一张大桌子上面，桌上堆满了浅绿色的玻璃。墙上挂着一幅总统或警察局长的肖像。我没有谋杀任何人，我微笑着说。警官挑起了眉毛：谁提到谋杀了？只不过是在公共场合扰乱秩序。阿尔特先生，丹尼尔·阿尔特。而我狂笑起来，哦，抱歉，警官，没人提到谋杀,正是这样。可是已经太晚了,因为那位警官按下了对讲机上的按钮(如今他们使用的是多么精密的设备啊!)把他的助理召了过来,助理又矮又瘦,穿着明显过大的警服,显得非常滑稽;警官命他把我带到楼上另一间屋子里,窗帘都拉上的黑屋子,在我的眼睛适应昏暗以前,一个显然没有形体的声音在对我耳语。一个轻柔的声音,一个礼貌的、精心计算过的声音,甚至还带有点奉承的意味:请坐,阿尔特先生。我们并没有想对你做什么。你所说的一切都是出于自愿。我们希望你把一切都告诉我们,根据你自己的思路,用你自己的话说出来。这起谋杀案非常有意思。一个男孩、一个女孩,这么年轻,这么有魅力……

我会脸色转白:老天,你到底在说什么?我和他们有什么关系?

他会说:当然、当然,我希望你坐下来,放松一点儿。你不是我们怀疑的对象,是一个和你住得很近的人,纳赫曼·伊莱修,他精神有点问题。有人看见你最近出现在他房子里。或许你可以给我们提供些信息。你没有被怀疑,阿尔特先生,当然了,一切都说不准……

冷汗浸透全身。所以你们想把罪名加在纳赫曼·伊莱修头上,你应该称呼他为伊莱修先生,你这个声音像蜜蜂一样的审问人。这太令人气愤了,你们这么快就得出这样的结论。

没有比栽赃一个疯子更容易的了,不过纳赫曼·伊莱修是个圣人,星星在这个男人的头顶闪耀。我不会给你任何东西。他在监狱里连一天都挨不过。我宁可自己认罪!好了,我认罪。他甚至从来不认识阿耶莱特和艾立尔。哦,万能的上帝!你是在给我下圈套。你一直都知道谁杀了他们,可你决定采用迂回的方式。好吧,行了,就顺了你的心意。我承认自己的确拜访过纳赫曼·伊莱修。我们友好地聊了聊。我是一个病人,他是一个疯子,很好的组合,对不对?我们见了面,谈话内容很疯狂。所以把我们关起来吧。我们两个一起。先关我。我会为自己辩护,这是我的权利,我也不会给你们任何信息,我没有这个义务。你才是那个失了分寸的人。没有拘捕令、没有基本的证据,就逮捕一个像我这样的人,这是赤裸裸的羞辱。我命令你立刻释放我。我不是纳赫曼·伊莱修。

审问人是一个矮矮胖胖的男人,脸色红润,声音温和:没有必要这么激动,阿尔特先生。我们完全知道你是谁。我们只不过想问一些关于你邻居的信息,仅此而已。你是个敏感的男人,拥有诗人的灵魂。一个自我封闭的人,故意选择一种平庸的方式生活,一种现在看来比一般人都要低的生活水平。一个禁欲主义者,拥有当僧侣的倾向。你的婚姻生活出了问题,你的妻子安娜被救世主般的幻象所引诱。你知道那种疯狂从何而来，你觉得必须要趁自己还活着的时候摆脱它。认识你的人都觉得你去当老师一定会大有作为，你一定能够成功地找到直达学生心灵的途径。可是你选择了逃避自己的工作。慢慢地，你的理想实现了：避开这虚荣的俗世，过一种和你身边的人不一样的生活。不过实际上你变成了一只水蛭，一只寄生虫。我没有立场来对你做出评判。这是你自己和良心之间的问题。有一天你会需要思考一下这个问题，或许甚至要做出判断。我只是在你面前把事实勾勒出来。一只寄生虫，丹尼尔·阿尔特。一只可爱的寄生虫。不是让人心生厌恶的那种。相反，人们会用一种可怜和同情的态度对待你，会对你宽容地点头。你的生活由一个女孩在照顾打理，用我们的话来描述就是她在很不清楚的情况下住进了你家。她向你支付报酬，你却没有给她任何帮助。她的动机仍然是个谜。我们还需要调查一下。不过你一定不会否认这些事实吧，阿尔特先生。你可以闲坐着什么都不干，还有固定的收入。这真是太好了。谁会拒绝这样的安排呢？现在你有时间坐下来写东西了，比如写诗，可你不写。你只是坐着，思考问题，或在街上散步，做梦。回到家，女孩已经做好了午饭等你。而谁在享受这种奢侈的生活？丹尼尔·阿尔特，一个注定只能过着卑下、奴隶般生活的人。命运开的玩笑。事实上，你要比在世人面前展现出来的形象更加狡猾。这个禁欲的僧侣是只幸运的寄生虫，拥有大把时间自怨自艾——哀叹逝去的青春，并不存在且从不存在的美好。安娜的残忍。艾立尔，他逃脱了你的控制，嘲笑你，而没有和这个女孩一样成为你的仆人。是的，是的，一个男孩一个女孩，他们两个人都非常美丽，都是你的仆人，为什么不呢。所有的努力，如果你懂我的意思，可以说都是因为你爱他们两个。希望他们的出现为你的诗歌带来灵感，你需要他们在精神上与你亲近，或许还不时有一些小心的、下流的抚摸。当然，没有暴力，绝对没有，丹尼尔·阿尔特只是为了小心的碰触、理想的情景、美好的意愿而生的。他不会使用暴力，也不会强迫。他不会伤害一只苍蝇，更别说是这个让他怀有某种畸形、病态欲望的女孩。他如同毛头小伙子一样备受爱的痛苦折磨。他爱他们，也爱这种折磨。这一点非常荒谬，甚至令人恶心：你这把年纪的男人，丹尼尔·阿尔特，日日夜夜只为了一个目的而努力——为了和一个男孩一个女孩的身体和灵魂融为一体。不是为了谋杀，是为了融合，为了共生。多么愚蠢，多么不切实际！被蒙蔽了双眼的人是最危险的，也是最狡猾的。现在他们都把定罪的手指指向了那个生病的疯邻居。谁知道真相？丹尼尔·阿尔特！全部的真相，没有其他，只有真相！

你到底想要暗示什么，警官？

他身子立即向后一仰。声音拔高发出刺耳的尖叫，苹果一样的圆脸上血管凸起仿佛随时要爆炸一般，手指敲打在桌面上发出刺耳的声音——一切都回到了那个甜美的、开放性问题上来：我想要暗示什么？太可笑了。我只是在做自己的工作，一个地方审问员。我只想帮助你。其余的就要看你自己了。谁谋杀了女孩阿耶莱特和男孩艾立尔，丹尼尔·阿尔特先生，谁杀了他们？

抗议！你是在把自己的话强放到我嘴里，让我无法收回。我没有谋杀他们。我可以证明，我有人证。我爱他们，更胜于爱自己的独子。我抗议这种不合法的拘捕，抗议你们的行为。我是因为在公共场合扰乱秩序被带进来的。我已经承认了，已经道歉了。这就是我能够做的全部了。这太令人愤慨了，警官，把一个男人关在这样的房间里，像把动物关在笼子里一样，这绝对是一种暴行……

他红润的圆脸上浮现出一个淡淡的笑容。

放轻松，阿尔特先生。没必要发脾气。你是个自由的人，没人要拘留你。看，门已经开了……

他伸出一只白白胖胖的手朝门口一指，我走出去的时候这张脸还浮在空中，那淡淡的笑容还挂在他红润的唇边。

我继续拖延着不回家。我走进一家离以色列国王广场不远的酒吧，里面光线昏暗，衣冠楚楚、活泼友好的人们坐在木头吧台前喝啤酒，一个胖男人趴在吧台一端，慢吞吞地一杯一杯倒掉玻璃杯里的白兰地和威士忌。

学校的数学老师塞比·马龙和我说起过这家酒吧。他告诉我："在那儿你看不到烂醉的酒鬼，只有微醺之人。酒鬼让人怜悯或反感，微醺的人散发出具有感染力的欢乐情绪。"

我从来没喝过酒，完全不知道如何分辨微醺与烂醉的界线，所以还是不要去尝试的好。

酒吧服务生惊讶而好奇地看着我，这里所有的客人他都认识，出现新面孔不一定是好事。我无视那窥探的目光环顾四周，打量着这个地方和这里的客人，想给自己找个隐蔽的角落。可是这个穿得五颜六色的年轻服务生继续盯着我不放。他手里擦拭着玻璃杯，眼睛却一直紧紧盯住我的背。我很想转过头大喊一声：你不觉得可耻吗！这样盯着一个可怜的男人，他只是想进来喝一杯。你是谁，警察吗？哦，对了，我懂了，那个审讯员，他叫什么来着，他把你乔装打扮，穿上这套可笑的衣服让你跟踪我。可这是一个自由国家，我不会让任何人妨碍我的自由。可我什么都没说。我只是安静地坐着，他走过来问有什么可以帮我的。我问是否可以要一杯柠檬茶，他笑了："这可不是他们会在这里喝的东西。我最多给您一杯茶加伏特加鸡尾酒。"我告诉他自己从没尝过这种东西,要不我还是直接试试不加茶的伏特加吧。我们俩都笑了。接着他给我端来一杯液体,说如果我以前没喝过,我应该要谨慎一点,一个男人要为自己的行为负责……

对面的小桌旁坐着一个壮汉,圆圆的脸上挂着微笑,原本有些昏昏欲睡,这会儿来了精神。我想我第一眼就挺喜欢他的样子,看着他友好的面孔,对所有人散发出善意,就连彻头彻尾的陌生人也不例外。他的笑声响亮而富有活力。"这就像失去第一次一样,"他说,"第一次喝酒就像是撕掉那层美好的薄膜一样。你一定要非常小心,哥们。"

那位我一开始很反感的年轻服务生现在也变得越来越讨人喜欢了,他站在我们中间,被那位壮汉的活泼劲所感染,也说:"我倒是很想知道您的第一次是什么时候丢的。"壮汉大笑着回答说:"你真逗,年轻人,觉得我还能想起来这是什么时候的事。不过我的确记得自己是什么时候第一次品尝了处女的味道。"

我和那位年轻人都迫切地想听下去,可他发出了一阵剧烈的笑声,接着又是叫又是打嗝,把酒洒得到处都是,差点就呛着自己了,有一会儿那位酒吧服务生看起来真的很担心他的身体。

毫无疑问他也想思考,想说话,可是在一阵打嗝和呼噜的间隔声中,我们只能听见类似"这我绝对不会忘记,绝对不会忘记"这样的话。

我也笑了,笑声让我的眼睛起了一层雾,透过薄雾我看见这个带着红色领结的年轻人在给我倒第三杯,或许是第四杯酒。我明确地示意他停下来,可是他好像看不见一样。我发笑主要是因为那位壮汉神奇的快活劲深深感染了我,不过也是因为我自己笑得停不下来。我想停下来,可我做不到。我请那个男人过来,坐在我身边,因为我有一个重大的秘密要悄悄告诉他,可是每次他耳朵贴近我的时候,新一轮的笑声又来了,又把他推到一边。可他很坚持:"到底怎么回事?快点,快告诉我,像个大男人一样。"我拍打着胸脯说:"我是个大男人。"我知道只要把笑止住,我会告诉他世界上没有"罪行"这种东西,即使是谋杀这种行为也能从各种不同的角度去看待。

然后这位壮汉的笑声变成了哀叹声,有一种自我沉溺的愉悦在里面,又流露出真切的难过。"你不需要和我讲这样的事情,因为在我心里,良心一直在刺痛着我。当一个男人的良心在作痛的时候,说明他有邪恶的念头,说明他说的和他想的不一样,他做的和他渴望的也不一样。我不需要听你讲的这些事情。你是个戴着眼镜的男人,说明了你脑袋里装满了各种狡猾而特别的念头。我是个小男人,我喝酒也是为了逃避。你明白吗?你不明白。在家的时候,我会觉得所有的血液都冲向我头顶。不是所有人都是幸运儿。我的心一直都是好的，可是不知道怎么回事最后结果总是坏的。我老婆大多数时间都病恹恹地躺在床上，或许这是我的错。情况一天天恶化。她脸色越来越苍白，嘴边流下的口水也越来越多。我不应该说这些。都怪你我才说了这些话。她和别人的老婆不一样。我希望她能够像别的母亲那样对待我们的女儿。我真的不忍心看着我女儿，我心爱的、唯一的女儿安尼塔，这么小就因为她母亲的疏忽走向坟墓。这不是一个伟大或重要的故事，可是我已经想过很多次：现在我再也不能忍受了。我随时可能做一些事情，一些可怕的事情，我老婆就躺在地板上，一切都结束了。或许我会在监狱里过完自己剩下的日子，或许那就是一个小一点的地狱。你不明白。在我脑海里，这个女人已经有很多次都躺在地板上，衣服被撕碎，身体残缺不全，好多鲜血一直流。这不是像我这样的男人有能力做的事情。除非突然之间他感觉不到自己在做什么，完全是出于无心，是住在他心里的小恶魔在替他行动。"

酒吧里一定还有人也听到了这位壮汉大声的抽泣，可是他们把背转向我们，或许是由于尴尬，或许是害怕卷入和自己无关的事情里，又或许是因为他们今晚的寻欢作乐被我们打断而气恼——他们静静地继续自己的谈话，两三个一起，而那位可爱的服务生专注地用力擦拭着玻璃杯，年轻的脸上明显露出不安和烦躁的神情。

或许我也感觉到了一点不安。因为一杯接着一杯地喝了很多烈酒,我没法准确地判断自己的感觉,只觉得一层雾气模糊视线,头像铅一样沉,摇摇晃晃,随时都有可能瘫倒在这张小塑胶桌上。可是,在桌子上方,这个男人剃着板寸头的大脑袋已经耷拉下来,他肥胖的脸颊贴着桌子,颤抖着发出阵阵有节奏的、揪心的呻吟。

我在他耳边轻轻地说:"我不认识你,不过显然你是个很不快乐的人。上帝应该帮助你这样的人,而不是一直都把注意力放在那些幸运儿身上。"

在眼泪和呻吟中,他冲我笑了,仿佛一个第一次看到阳光的孩童一般,我抚摸着他粗糙的脸颊,而吧台后面,年轻的服务生双眼炯炯有神地看着我们。接着,我慢慢地用双手捧起了他疲惫的脸庞,直到他的眼睛直直地看着我,接触到我眼睛的时候他的瞳孔收缩扭曲,有一点被吓到了。突然间,我们两个一起大笑起来——没有原因,只是因为酒精让我们发笑,别无其他。我们的脑袋几乎要碰在一起,我们闻到彼此带着酒气的呼吸和身上不讨人喜欢的体味,我们用手指抚摸彼此的脸颊,虽然我感觉到酒吧里其他客人隐隐不安的情绪,我不能告诉这个男人这一切都有点过分了,相反,出于纯粹的喜欢和兄弟般的亲近,我告诉他自己现在已经准备好站起来，和他一起到他家去，不管他想怎样做我都会帮他：抓住那个女人，脱光她的衣服，不论他让我怎么对她我都会照做，按照他认为合适的方式毁灭她——砸碎她的脑袋，或是在她脖子上缠一根细带子，或随便其他什么方法——然后处理掉她的尸体——埋在地下，或抛入海里，或是丢在垃圾场里，没有人会知道，永远也不会。我会帮助他，因为我看得出来他是多么需要帮助。

我说话的时候他一直在笑，笑声响亮，声音越来越大，他甚至抓住了我的胳膊，潮湿的手指给我注入真正的温暖。突然，非常非常突然，他脸上的神情急剧变化，他的眼里布满了血丝，嘴唇因为巨大的愤怒而扭曲，他鼻孔张大，恶狠狠地喘着气，他铁一般的手指抓住我疲惫而滚烫的头颅，唾沫吐在我脸上，语无伦次地吼出一连串咒骂，非常气愤像我这样一个戴着可笑的眼镜、脸色苍白的蠢货竟然建议他做出这种可怕的事情，他心爱的妻子是他最珍贵的宝贝。那个小服务生可能想来劝架，可是已经太晚了，这个男人开始用他巨大的拳头打我，首先打我的脸，然后又打在我软绵绵的肚子上，直到我趴在肮脏的地板上，他还可以继续踢我干瘦的身体，让我在桌子和椅子底下滚来滚去，就像一根没有生命的木头一样。

第二天早上我醒过来的时候发现自己在床上，阿耶莱特坐在旁边的椅子上，脸色苍白地看着我。一开始一切都模模糊糊的，我想不起任何事情。我的头很晕很沉，胃里一阵阵剧烈的恶心，我感觉四肢虚弱无力，使不上一点劲。

我又闭上了眼睛，茫然地伸出一只手。阿耶莱特赶忙握住了我的手，十指交缠。我眼前闪过很多情景，我徒劳地尝试睁开眼睛。

阿耶莱特轻声唤我："丹尼尔！"

我摇摇头，听见了她的声音却开不了口。

她还想说什么，但一阵哽咽。我低声说："我一定是病了。我起不了身。"她急忙跑到厨房端过来一个大碗。我还是紧闭着眼睛。

"你为什么哭？"我轻声问。

她没有回答。上帝啊，我想着，我现在和这个女孩靠得多近啊。绝对的亲密，灵魂与灵魂的接触。我看不见她，她和我在一起，就在我身体里。她就是我。如果我现在睁开眼睛看到她的眼睛，她就会消失不见。

所以我没有睁开眼。我再也不想把眼睛睁开了。我已经走到了路的尽头，我的感觉和精神告诉我，把更多生命力强加到我身上是一种残酷的折磨。

阿耶莱特颤抖着："你怎么哭了，丹尼尔？"我不能、也不想回答她,我又摇了摇头。

可是我哭得越来越大声,最后变成了号啕大哭。阿耶莱特真的紧张起来,我透过包围着我的沉重雾气感觉到了这一点。她靠过来,靠得非常近,用一只潮湿的小手抚摸我的前额和头发,轻轻地说:"我去叫医生来,丹尼尔。"但她没有动,而我说:"我想去死,现在。马上。我再也看不见了。我非常想死。帮帮我。我不需要活着,我受不了了。"

再醒过来的时候显然已经到傍晚了。我先听到了一阵鸟叫声,我闭着眼睛笑了。然后我让阿耶莱特给我从厨房倒一杯牛奶,这是我唯一可以忍受的饮品,她端来了满满一杯,叹息着说:"我真担心你。现在你觉得好点了吗?"

我没有回答她,而是让她坐到我床边,手指再次握住她的,凝视着她的眼睛。

她顺从了,自从她第一次闯进我家,我想象到、感觉到她的心第一次感受到了宁静。不再苦苦定义和我之间的关系:好奇、某种吸引、喜爱、控制的混合体。只有接受,或许还有后悔,自知,还有爱?我不知道。

我们很久都没有说话。我们需要克制,彼此都有千言万语要说,但最终保持了沉默。

那一晚,阿耶莱特没有抵挡住我的欲望,可我不确定她是不是也有同样的想法！我的身体因为昨晚遭受的重击依然疼痛不已，可即使带着伤痛与羞辱，我仍然感觉到它硬了起来，感受到一种从未有过的力量和迫切的欲望。或许这一切正是因为在那么长的时间里，我浑身是伤地躺在血泊里，那个男人肮脏的唾沫吐在我身上，他踢打我干瘪的小腹和胯下，我透过酒吧里其他客人的笑声，听到那个好心的服务生苦苦哀求："求求你，别打了，看看他都已经被打成这样了！"

或许阿耶莱特会说："昨晚你跌到了最低谷，遭受了最深沉的伤痛，所以现在你可以开始一段新的旅程，自我净化，去实现精神上的升华。"

可我没有让她开口。我解开了她单薄的内衣，她小小的身体包裹着一层天使般的贞洁光环，我用消瘦的手指摸索抚弄——然后我们合为一体。在阿耶莱特体内，也有火在燃烧。一开始她徒劳地想要保持几分冷静，做出一些克制和抵抗的表现。可她的身体一下子屈服了，滑落在我指间，炽热而湿润的欲望驱使她扭动翻滚，让我深深地刺入她体内，用一种我从未想象过的方式满足我和她的渴望。

我们醒过来的时候天已经快亮了，闭着眼睛，我再次听到了鸟儿的鸣叫声，还伴随着阿耶莱特的笑声。

空气中弥漫着黎明之前的明澈纯净，四周一片平和与宁静，我的头脑沉浸在一种崭新的、不同的清明之中。

阿耶莱特蜷缩着身子，依偎在我身上，她小小的乳房靠在我苍白的胸口，头发散落在我的嘴唇和鼻孔周围，她并没有想要打破这份宁静，但我想让她说话。

她说："是的，清晨宁静的时光是一种恩赐。你可以看到白色的小帆船行驶在宁静的海面上，从波涛的泡沫里升起了一群小天使，他们围成一个个圈，跳着舞飞出来。他们飞过一座座房屋，闯进卧室里，熟睡中的人们不会察觉。蓝色的天使在空中跳舞，人们在下面做梦，直到他们醒过来，而这一切好像从未发生过一样。不过如果有蓝色的小天使在睡梦中走到他身旁，抚摸过他，虽然没有真正接触到，只是一种意图而已，那么他醒过来的时候心情就会变得很不一样。"

我笑了："你真可爱。"

她继续说："这样恩赐的时光是绝对宁静的时光。只要稍有响动，蓝色的天使就会消失，哪怕只是一只不请自来的小鸟。归根结底，他们能够自己支配的时间是非常短暂的，有时候只有几秒钟，而他们在这么短的时间里要做那么多事。"

我情不自禁地问："谁要求他们的，他们是天使，不是吗？"

她笑了，仿佛我的问题难住了她："这是一种内在的使命感。你明白吗？"

有什么东西在我心头一震：一种内在的使命感，如果我能明白……

"天使们要走了，我想要去海边，乘上白色的帆船。"

"当然，去吧，可是目的地在哪里？"

"首先，去很远很远的地方，到地平线以外的地方。每个人都要打破自己内心的地平线。"

"你走到了地平线以外会怎样？"

"我走在彩色的地面上，通常是红褐色的，在我脚下，一颗颗小星星闪着绿色的光芒爆炸开来，而即使是爆炸本身，也是灿烂的，如果你懂的话。"

"我不懂，不过不要紧，继续说。"

"我走在那儿，我集中所有精神，让自己专注于一个事实，那就是在这些小路上，这片布满星星的红色大地，在银色树干和镀金色枝蔓的丛林里，有一种别的力量在支配这一切。它有自己的律法，又或者说不是律法的律法。没有什么是一开始就注定的，没有什么是主宰。有决定权的人是我，我可以涂上色彩，创造不同的形状，取消吸力和斥力，消除所有阻隔与障碍。找个时间你自己也试试。在一种完整的、绝对的状态下做一切事情，完全从意识的束缚中解脱出来。你为自己积蓄力量，然后将力量倾注在看不见的事物上。你把它们暴露出来，你创造它们。不要让所有时间都困在'存在'的边界里,不要屈从于它们。只要你闭上眼睛。就这么简单,丹尼尔。"

我笑了:"真的很简单,阿耶莱特。"

"我走得更远。没有什么阻止我。我已经不是我了。一只看不见的手用魔杖一头轻轻点了我一下,我就像是陶工手中的泥土一般。一个人形的生物在揉捏中变化成了其他物体:一个粗粝的球体,由很多不同形状的钻石组成,一条喷射毒液的触角,或者某种黏稠的物质,一种面团,混着这个森林长出来的坚果碎末,或是其他我叫不上名来的美味水果,它们不存在于这个宇宙里,你和我的宇宙。而且还可以更进一步,丹尼尔。轻轻一碰这根魔杖,我就变成了一种从未存在的物质。或者,如果你愿意,可以变成一种看不见的物质。空气中的微粒,但又不是空气,那就是我……"

我说:"你太可爱了,阿耶莱特。现在你随时都会从我眼前消失,乘着蓝色天使的翅膀。"

或许她真的想这么做,可是另一只鸟,显然是一只黑鸟,发出一声啼鸣,盖过了第一只晨鸟的歌声。

新的一天。一阵阵剧烈的咳嗽让我喘不上气来。我开始对阿耶莱特失去耐心。为什么她不走?我仿佛被一层越来越厚的浓雾所包围,我不明白她为什么要待在这里。这世间注定了一切都有结束的时候。每朵鲜花都会被安排到某个地方生长开花。而黄金一般美好的阿耶莱特并不是为了被锁在我的书桌前而生的。不需要人扶持，也不需要被扶持。所以去吧，阿耶莱特的爱慕者，做你要做的事，因为夏天已经到来，海边所有的男孩子都像带刺的蜜蜂嗡嗡作响，随时准备着，只等你的到来。而我已经什么都不指望了，只希望把一切都结束。

"可你是我的老师，丹尼尔。"

我朝她吼道："那你做了功课没有？你读过《以赛亚书》的第五章了吗？我是个严格的老师，我会鞭打我的学生来惩罚他们。"

我从床上跳下来，一边唾沫飞舞猛烈咳嗽着，一边想找根鞭子来打她，可在厨房里只找到一块脏围裙，我拿着围裙开始在屋子里追打她。

"哦，你这个可怜的人！"她担心地看着我，又哭又笑，躲避着我的鞭打。

最后我筋疲力尽地坐倒在床上。我泪眼蒙眬地道歉说："原谅我，真的，我现在是寺庙里的僧侣，我有必须要履行的义务。"

我如同一片枯叶倒在床上，呻吟哀叹，用毯子把自己从头到脚都盖住，翻滚扭动。要是我能够冲破这份折磨我身体的可耻的欲望，自慰直到所有的力气都耗尽，那该多好。可是我不能。这个女孩在这里,我无法摆脱她。

我还是起来了,不知从哪里来的力量,我朝她吼道,声音仿佛不是出自我的喉咙:"现在让你看看我能够做什么!我要把桌布扯下来,把两只烟灰缸和这个花瓶打碎。还有这个柜子,没有什么比把它推倒在地上更容易的了,地毯上会撒满玻璃碴子,安娜所有粉红色的小雕像、所有从那个旧世界买来的水晶杯都会碎掉。然后我要把安娜亲手缝制的窗帘扯下来,还有它们的轨道,掉下来的时候它们会把墙上的石膏粉也剥落下来,落满她花了所有积蓄买回来的毯子,然后我要把所有地方都浇上煤油,点上火。呵呵。用地毯和窗帘在胖安娜家里生一堆篝火,她整夜整夜和一个浑身恶臭的拉比躺在一起,可他不懂如何干她。一个女人不是一本神圣的书,一个女人是一具鲜活的肉体,在你指间蠕动,一具柔软可口的肉体。这就是安娜,从不给丹尼尔机会证明任何事情,因为她蠢,她没有感情。抱歉,安娜,请原谅我,我并不是故意要伤害你。我只是想要留点胡子,因为我在戴孝。为我自己戴孝。一个下贱的蠕虫一般的男人,没有权利活在这世界上。现在我死了。不要觉得我还活着,阿耶莱特的爱慕者,圣人安娜,事实是我不存在。轻飘飘的,但不是空气。而现在我想要完成最后一项使命。找到那个男人,带回他的家。他的妻子正在恐惧中等待,而我会帮助她。我会帮助他们俩。

他一定会很年轻就死去,只留下她独自一人。谁会来帮助她抚养那个小女孩,安尼塔?这是一个多么悲惨的故事,而我是这方面的专家……"

她密切关注着我的一举一动,可我还是成功逃了出来,我必须去见艾立尔。走到卧室,偷偷溜进厨房,再到阳台上,爬过一扇开着的窗户,没有发出一丝声响,我已经到了外面。一个自由的人!像鸟一样自由!我在太阳下走了五分钟已经浑身是汗,不住地咳嗽,人们纷纷转过头来看我。疼痛愈加强烈,我不住地喘气,咳出一口一口绿色的浓痰,把路人吓了一跳。最后,我的力气用光了,我的头重重地撞在一根电线杆子上,瘫倒在地上,我紧闭双眼,耷拉脑袋。我像空气一样轻盈。呵呵。

过了一会儿,我站起身,摇摇晃晃,迷迷糊糊,我就像一个喝醉酒的人,蹒跚着向我以前教书的学校走去。或许他在那里。在体育馆,训练那群年轻的男孩子,让他们准备好参加下一场战争。

我从后门走进去,躲在树干后面,环视四周。在操场边有两个小女孩正在玩球。左边的角落里,一个学校看守员正在垃圾堆里挑挑拣拣。现在正在上课,教室里坐满了人。谁取代了我的位置?谁在向学生们解释他们并不想听的东西?

现在谁正在经历类似的羞辱？不用太久他们就会受不了。

教师办公室。透过矮窗，我可以看到里面的情形。要是哪个老师看见我了，肯定会引起一些不好的骚乱。还是继续往体育馆走比较好，那是艾立尔的神殿，战争男孩们的神殿。可是我的好奇心占了上风，我把眼睛贴在窗户一角。房间里几乎是空的。三个老师坐在那里，还有校长纳玛尼先生。显然他正在和其中一位老师——离他最近的那一位，解释说因为某些原因他必须请他年底前离开学校，关于具体原因他不想展开来讨论细节，也完全与他个人无关。

一切都没有变。送餐车，没有洗的脏茶杯，总统和总理的照片，国徽。老师也还是那几个老面孔。阿里尔，文学老师；大卫，数学老师；希默尔法布，语言老师。或许他们已经经过了处理，如果我走得近一点，可以看到一张张僵硬的、光滑的、石膏般的面孔，永远地保存了下来。

有什么东西在我内心发痒？我是不是想要敲敲门，然后不等有人回答就推开，走进去站在他们面前，宣布道：**是我，丹尼尔·阿尔特！**然后心情愉悦地看着惊讶的纳玛尼先生又窘又慌的样子，他从椅子上站起来迎接我，向我伸出双手，脸涨得通红，嘴里嘟囔着道歉的话。第二天早上，我回到了孩子们身边，回到了冷清的教室，站在黑板边上，我内心的本能驱使我去纠正这个世界的错误，这种本能被一层又一层其他腐蚀灵魂的物质所覆盖。是真的，有东西在我内心发痒。

现在要去体育馆。我感觉膝盖发软。如果他们告诉我艾立尔不在这儿工作了——纳玛尼校长把他开除了，又或是有一天他自己宣布说他打算横渡海洋，又或者他发疯了，或者一颗敌人的子弹将他的灵魂送去了天堂，该怎么办？要是他在这儿，但转身不愿意见我，该怎么办？我不认识你，你这个奇怪的老男人。或者：我以前的确认识你，你这个丑陋的怪人，不过即使那个时候我也一直想让你看到我有多么受不了你。又或者：很高兴再次见到你，丹尼尔。不过请你见谅，我这会儿很忙。

我又躲在窗户一角，摘掉了太阳眼镜，让自己看得更清楚些。一群男孩正在各种练习器械中跑跑跳跳，他们都穿着蓝短裤、黄背心，站在中间的是他。只有他，没有别人。活着的、有呼吸的、会移动的。他控制一切，发号施令。艾立尔不再是一个年轻人，却仍保留着一种纯洁的、梦幻般的美。但他已不再年轻。

他需要做的只是吹响口哨，宣布几条简短的指令，这些小孩就会在他的权威下低头。他们从来没想过要反抗他的命令。他站得笔直，动作有点生硬，但带着威严，而他们这些四肢像火柴棍一样的微小生物相信他会将力量与坚毅注入他们的体魄，让他们变得又高又壮，将整个世界都顶在自己指尖。有一小会儿我的眼里盈满了泪水，我颤抖的手指抓紧了窗框。接着这种感觉变成了憎恨。我恨他骄傲的举止，他天生的自信，他孔雀一般炫耀的步伐，他发号施令的威严，他的美、他的力量、他的精神如此和谐平衡，给了他神的姿态，仿佛是不朽之身。

我不知道该怎么做——我应该走进去抱住他的脖子还是等待课间休息，又或者转过脚跟，回到阿耶莱特身边，回到床上，把头埋在枕头里，哭泣，等死。我没有走进去，也没有等课间休息。我躲在两株茂密的灌木中间，直到下课，然后跟着他。我看着他，他看不到我。他走路的时候一蹦一跳，穿着短裤和布胶鞋，沿着林荫道，小书包随意地垂在肩头，他的思想已经去了很远的地方，周遭发生的事情、地球上发生的事情，都让他提不起一点兴趣。

在平思克街和波哥拉沙夫街的转角，他家附近的地方，一个女孩从花店里出来，他停下脚步和她打招呼。他们交谈的时候站得很近，我听不清他们在说什么。有些时候他们靠得非常近，我想：他一定会邀请她去小阁楼坐坐，而我应该满脸羞愧地走开。不，他们走进了附近的咖啡店坐在吧台附近的高脚凳上，背对着我。我可以进去找个地方坐下，可我没有。我看见他们发出阵阵笑声，两个人的卷发几乎要碰在一起，我甚至觉得他似乎把胳膊放在了她腰上，不过我不是很确定。

突然他们走出了咖啡店朝不同方向走去。她回花店，而他像只灵巧的猫爬上了阁楼。

我步履蹒跚地跟在他身后。我的身体开始不听使唤，喘着粗气，头晕目眩。咳嗽从早上开始已经停了，可是现在又蠢蠢欲动地想要袭击我、暴露我。窥视者和被窥视者。

我站在门口，心怦怦直跳，心里天人交战。我应该要敲门进去，落入他温暖的怀抱，与他分享这个甜蜜的小秘密：从中午开始我就在捉弄你，我一直跟在你身后可你没有察觉。而他，会露出他独特的笑容，艾立尔式的招牌笑容：哦，你这可恶的老东西，这么大年纪了还和我玩这种孩子气的游戏！我没有敲门。

有声音从里面传来。现在他要给自己弄杯喝的，看看书或者洗个澡，然后上床睡觉。或许他有其他计划，我在这儿也是白等。

突然我注意到在墙壁的通风扇旁边有道很小的裂缝。如果把一只眼睛贴在缝上可以清楚地看到整个房间的内部情形。我看到：和上次一样的小房间，磨得光秃秃的地毯，矮脚柳条椅，床，书橱，那幅小孩倚在窗楣上哭的画。我哆嗦了一下，觉得羞愧难当。这种僭越的行为真是不可忍受。一个男人在自己房间里走来走去，以为只有自己，可我偷偷地潜入了他的领地。

可没过多久我的眼睛再一次经受不住诱惑贴了上去，窥视着这个可爱的年轻人坐在床边，手里拿着一个杯子，里面只是咖啡，注视着虚空，脑袋跟随收音机里飘来的音乐节奏轻轻晃动，沉浸其中。然后他站了起来，脱了衣服只穿着内裤开始做一系列锻炼活动。一张一弛。肌肉，肺，脚趾，精神。然后他连内裤也脱了，赤裸着身体就像出生的时候一样，继续进行锻炼。然后他站直身子，摆出立正的姿势，闭上眼睛，皱着眉头，神情专注，他低下了头，保持这个姿势很长时间，仿佛有一个世纪这么久，他所有感官的触手都向内伸展，伸向心灵与灵魂。突然间，他的嘴唇也加入了这个仪式，默默地念着什么。

这又唤起了我心里强烈的好奇心。可是接着，他缓缓睁开了眼睛，手指伸向书架拿了一本小书，随手翻开一页，大声朗读起诗歌来。就这样，他仍然光着身子坐着，继续朗读。这些诗歌把你带到哪儿去，艾立尔？一定是在我的诗里无法看到的景象。如果我没有让自己落到这么可悲的境地，现在你读的就会是我的诗了，你会拉着我的衣角，跟从我。而现在，我是不是已经太迟了？还来得及吗？你会不会接受我？

现在他看起来有点心不在焉，摊开四肢躺倒在床上，手里仍然拿着书，那干净又纯洁的身体在我眼前舒展开来，一种完全放松的状态。他的手指摸向红色灯罩的床头灯，按下开关，小阁楼陷入了黑暗之中。

接着，我的身体慢慢地倒在了阁楼门口的台阶上。通向街道的门半开着，我可以看到外面已经黑了。虽然还没有完全暗下来，但已经可以看到第一颗星星在夜空中眨着眼睛，天空是浓烈的深蓝色，正逐渐变黑。在脑海中，我希望自己跟随着最后一丝微弱下去的余晖，或许随着它们的消失而走向死亡。我想：这一刻，暮色落在了艾立尔的圣殿上，而我一直凝望着圣殿的门槛，直到自己不再存在，还有比选择在这个时候离开这个世界更适合的吗？可是我的眼皮垂了下来，看见安娜穿着一条宽大的蓝色长裙，裙子上缀满了宝石，走进了一个洞穴，四周的墙壁是鲜亮而黏稠的蓝色，她嘴里一直发出狂笑，我从来没有听过这样的笑声，她高举着双臂仿佛女祭司正在举行某种神圣的仪式，时不时地转向我狠狠地看我一眼，或者停下来让我跟上她的脚步，然后摸摸我的头发就好像我是个孩子一样，在我耳边轻声细语，仿佛是母亲的宽慰，又带着女人的诱惑。可是她突然扇了我一巴掌，我跌倒在洞穴潮湿光滑的地面上，我双手护着脑袋，可不是为了抵抗安娜，她已经退了下去，是因为一个暗影出现了，它脸上戴着面具，只露出眼睛和嘴唇，为了更清楚地看到我，为了更准确地将尖牙刺进我的身体。它在我身旁弯下腰，发出一阵魔鬼般的笑声在洞穴中回荡。我乞求它放过我，但它伸出一只强有力的手抓住了我。我们从洞穴中突然来到了一个布满蜿蜒小道的地方，这个地方都是石头建筑，一片荒凉。它并不属于这个世界，或许这实际上就是我爱的耶路撒冷，它曾经唤起了我心中多少的热爱，可现在已经变得冰冷而残酷，难以碰触。在这里，这个暗影决定卸下伪装，以真实的面目站在我面前。他是我的父亲，我以为他再也不会来纠缠我——因为我看不到他这么做有什么意义——可现在，他对我又是乞求又是解释，恳请我不要拒绝他，甚至大声哭起来。一开始我很坚决，态度冷淡，但他坚持向我做解释，用他温暖的身躯拥抱我，甚至想要亲吻我。我把他推开，他倒在地上呻吟着，血从他身体里涌出来。他向我，他的儿子丹尼尔，递来恳求的绝望眼神。可我居高临下地站在他跟前，穿着柳钉靴子，告诉他应该去求安娜的拉比，因为他是唯一能够拯救他的人。而安娜站在我身后，穿着同一条裙子，只是现在涂成了粉红色，发出一声狂笑，听起来就像我可怜的死去的父亲扮成的暗影所发出的邪恶笑声。或许在她眼里，我仍然是一个愚蠢的小男孩，值得她同情，可我向她伸出一条长长的红舌，上面有小光点在闪耀跳跃，就好像我们在聚居地挥舞的魔法火炬一样，而她大声宣告：你是如此强壮的男人，丹尼尔，比那个拉比还要强壮，比耶路撒冷还要强壮。我想

要你侵占我可怜的、忧郁的身体。我需要感受你闪着星光的舌头放在我干涩的唇间。我勃然大怒,将安娜推到一个脏水潭里。她没有沉下去,她大笑着,可是水里混着褐色的血液,阿耶莱特坐在床沿上,穿着白色的护士服,将一块湿毛巾放在我滚烫的额头,说出来的话却没有声音。我要她大声一点,可是她指了指隔壁的床,塔妮娅阿姨光着身子躺在上面,苍白干瘦得像一具骷髅。我看见他们对塔妮娅阿姨表现出更多的关切,心里十分气愤。可阿耶莱特没有在听,她的眼睛注视着很远的地方,直直地盯着开裂的天花板。我也应该往那个方向看,这样你就不会察觉到我脑袋里只有一个念头:如何与你上床。你在把你自己的思想放到我脑子里。你爱丹尼尔·阿尔特,你所有的幻想其实都是同一个:丹尼尔·阿尔特赤裸着身子躺在床上,而你在他体内、在他身下、在他上面。但我想占有的不是你,是安娜。非常轻柔地,一边对她轻声细语,先是舌头,舌头总是第一个,长而邪恶的舌头,摸索着,闪着点点星光;在她身上蠕动:小腹,然后继续向前。舌头总是第一个。

通常先是坠落,如同重重的一击,整个脑袋。然后醒来,从混沌的深渊升起。四周一片漆黑,突然有人开了灯。拖鞋碰撞摩擦的声音,台阶,平斯克和博格拉沙夫的转角,艾立尔。是他走下来了吗？不可能。如果他打开门，被我绊倒了，这个趴在他家门口的肮脏乞丐，他一定会对我又踢又骂，把我赶走。可是为什么他一定要这样？他可以蹲下来抚摸我，可怜我，将这条被遗弃的老狗拥在他臂弯里，接受他。可是从他家里传来了脚步声。表明他醒了。说不定他会出来，一定不能让他发现我在这儿。从他家门缝中透出光线。他打开台灯，坐起身来。现在他揉了揉眼睛要去浴室。或许我还是会去敲他的门。因为现在应该停止玩这个捉迷藏的游戏了。我会觉得解脱，同时还带着失望，我还是希望能够在他看不到的情况下看着他。

我走到屋子前面，躲在灌木丛里，等着他下来。他的身影出现了，我跟在他身后。

雅孔河旁边的酒窖里有一个小俱乐部。我待在外面，透过地窗朝里面看。一小群人坐在那儿，密切地交谈着，艾立尔也在其中，在他们中心，至少从我的视角看过去是这样。

傍晚的风吹了起来，我的身体一阵发麻，我抱紧了身体站在那儿，没有人注意到我，坐在里面的人，从外面走过的人，都没有。我平静、专注而难过地继续看、继续听里面的动静。我多么希望自己也在里面，是他们中的一员。他们是一群年轻人，举手投足间、面部表情中都透出一种自在，让我心驰神往。我什么时候也有过这样的神态？

艾立尔坐直了身子，双手交握着放在小腹上，他皱着眉头，锐利的目光中透露出一种距离和警醒，跟随着讨论的节奏。不过吸引我目光的不止艾立尔。中间还有一个红头发女孩，非常活泼漂亮，似乎在座的所有人都为她的魅力所着迷，被她的调皮所感染。在她看来，为了达成目标，需要利用一切可以利用的捷径，她可怜那些犹豫不决的人，他们认为晚间聚会主要的目的是为了向公众传播他们的智慧，在众人面前证明造物主赋予了他们多么明辨是非的思想。而目的是迫使政府参与到政治谈判中来，同时又有时间让它无法获得"铁板钉钉的事实"，而是驱使它和已经被我们征服的人开始对话——她是这么说的。"他们比我们更失败，这说明了一些事情（他们都笑了），所以下一个安息日我决定要带着大喇叭爬上一辆卡车，即使就是我一个人——但你们要和我一起，阿夫纳，我希望你来开车——第一站到总理住的地方，然后去找国防部长，我不知道安息日上午他会在哪里，和谁一起（他们又都笑了），然后慢慢沿着迪赞加夫开，发动那些仍然关心这个国家的每一个人，让他们也到卡车上来，我们一起去，我不知道去哪里，去纳布卢斯、去拉马拉、去希伯伦，告诉他们，我们的希望——也就是他们的希望，仍然是存在的，只要他们不做出任何冲动的行为去破坏它……"

就这样，直到这个团体的主席和众人一起笑着，让她

（她的名字叫萨阿拉）也给其他人说话的机会，特别是阿姆农，后来我发现他是一个年轻英俊的政治学教师，也被认为是一个"精神和政治导师"，他的话让人醍醐灌顶。主席（一个叫西姆里克的年轻人）是这么说的，自己微笑着。

这个叫阿姆农的知名年轻教授说辩论的精髓不在于结果，而在于方法。"在我看来，我们是一个抗议活动的核心，就像几年前欧洲出现的团体一样，我们的行为必须受到某社会文化制度的指引，换句话说，这个国家需要的是改变整个社会气候。我们已经变成了一个崇尚军队与力量的国家，一个军事化国家，在这样的背景下政府更容易采取他们今天的所作所为。在国家被围困的情况下这是一个很自然的过程，但这种情况并不是必须的，而且不许我赘言，它是非常危险的。明天或者后天，我们就会看到，我们国家的军队不再只负责防御，而是主动出击侵略。这样的气候已经形成了……（显然气候是他很喜欢用的一个词，特别是不用在天气上的时候。）"

"所以我建议（他的声音里有一种克制的，或许稍显柔软的语调）我们按照'运动'这个词真正的、充分的含义把我们自己组织起来，建立分部，开展示威游行（萨阿拉："是的，是的，游行！我会带很多朋友过来。"）然后着重关注大范围的教育项目……"

他说完后，西姆里克转向了阿维沙·普拉特，他介绍说普拉特是一名诗人。听到诗人这个词，我顿时感觉到一阵尖锐的嫉妒。而这位阿维沙·普拉特，又高又瘦，一双深邃的黑眼睛，棱角分明的鼻子，说得很轻很慢，我几乎忍不住高喊出声的冲动，求他把声音提高一点。

我想他说的是，爱是折磨换回来的，虽然我弄不清他指的是哪一种爱，然后他谈到了千里之行始于足下，又谈到理想与政治之间的差异是多么残酷而令人失望，最后他终于请大家允许他朗读一首诗，不是他自己的作品，千万别这么想，而是一位阿拉伯诗人的作品，他在战争结束以后就和这位诗人保持着友好的关系。

阿维沙·普拉特读完了诗，每个人都鼓起掌来，他鞠了一躬——代表他自己，也代表那位阿拉伯诗人，然后他看起来似乎因为某些原因尴尬了起来，涨红了脸。这种尴尬我是多么熟悉啊，这难道是每个诗人必备的特质吗？我问自己。

然后我看见艾立尔开始讲话。我的眼睛跟随着他嘴唇的动作蒙上了一层雾气。他说车轮不可能再倒回，童贞女的处女膜一旦被撕破就再不能缝合（他的原话），如果他说第三圣殿的毁灭是不可避免的，人们也不应该扔石头砸死他。

强烈的虚弱感再次向我袭来，我的思想开始模糊起来。我告诉自己必须拿出我仅剩下的可怜力气，不能在离家这么远的地方倒下。我听见艾立尔说他就像一个流放在自己家园里的人到处游荡，抗议活动在他看来只是一场幼稚的游戏，是在逃避真正重要的东西，从个人情感上他对这中间任何一个人都没有意见，但他什么也不相信。突然之间，一种不可抗拒的恶心感从我喉咙里涌出来，我猛烈地咳嗽起来。一切都完了。现在我一定会暴露自己，然后游戏结束。与此同时，艾立尔在说没有对实现和平的痴迷的恐惧（正是痴迷这个词！），所以每一天那些受害者都是白白牺牲了，大部分士兵是盲目的，不管什么都全盘接受，要不是这样，早就会出现一次全国性的大起义，第三圣殿的起义……

我用尽最后一点力气压制住即将爆发的猛烈咳嗽，然后便无力地倒在了原来站的地方，艾立尔出来了，他走在最后，和其他人拉开了一点距离，我再也忍受不了了。

"艾立尔，"我抽泣着，"我在这儿，一切都结束了。"眼泪和咳嗽让我说不下去了，我颤抖着，身上被枝叶刮得到处是伤，还沾满了泥巴。

他一开始吓得往后一跳（他后来告诉我，他完全没有认出是我，不知道是谁在叫他），有一瞬他犹豫着不知该过来还是走开，可是我又轻唤了一声："艾立尔……"

他弯下腰看见了我："丹尼尔！上帝呀，你在这儿做什么？你是怎么来的？发生了什么事？"

我想要克制住眼泪和疼痛,可我做不到。

路人在我们身边停下来,有些人看了一会儿就走开了,还有人问是否需要帮忙。但艾立尔摇了摇头拒绝了他们的好意。我从他眼里看到了震惊、痛苦,还有巨大的困惑。

我想说点什么,可什么都说不出来,只是更大声地哀哭起来,最后变成了呻吟。

他想要让我平静下来:"没事了,现在这些都不重要。来,我带你去我家。"

我想要拒绝:"不用了,我回家吧……"

他说:"不行,我可不能听你的!今晚不行。你需要人照顾,在我家没问题。"

他伸手将我扶起来,抱着我往前走。我想要这样,却又不想这样。我哭着说:"我很脏,艾立尔,我浑身都是泥巴和刺。"他没有听到。

我不知道他强壮的臂弯抱着我有多久。一开始我蒙眬的双眼看到星星飘在天空中,我的身体昏昏沉沉的,陷入了一种从未体验过的喜悦。我的手臂垂在身体两侧,我的唇边不自觉浮起一个微笑,一个投降的微笑,虚弱、感激。

我没有在那个小阁楼里待很多天。或许三天,或许四天。我躺在床上,艾立尔在地上放了张床垫打地铺。我求他让我走,我没有权利在一个人都嫌窄的房间里占着他的床、霸占他的位置,难道他看不出来我已经好多了,而他把我强留在这里让我感到万分尴尬吗?

但他坚持:"你待在这儿,就这么定了。"

我太虚弱了,没有力气和他争辩。

我们都没有提阿耶莱特。我知道她一定很担心。她一定是害怕我把自己伤得很重,或者发生最糟糕的情况,她又不知道去哪里找我,去医院还是停尸房。可能她已经去报警了,不过我觉得不太可能。她一定很害怕把自己也牵扯进来。而我的良心无休止地折磨着我。我躺在艾立尔的阁楼里,接受他无微不至的照顾,与此同时阿耶莱特一定跑遍了这个城市的大街小巷,撕扯着自己的头发和衣服,不知道该去问谁,不知道该和谁分担她的焦虑。或许安娜可以。她们都会为我担心的。阿耶莱特了解安娜所有的情况,但她的骄傲不允许她去找安娜。在她看来,安娜只存在于一段已经被抹去的历史。不,她不会在去伯特利的路上。

如果她去找了警察,他们肯定已经展开调查,追踪几天前的一个晚上是哪个年轻人抱着一个男人从雅孔河向某个未知的目的地走去。如果她去报了警,那个审问员现在一定兴奋地搓着双手,拍着自己红润的圆脸。是的,摆在我们面前的案子非常有意思:受害人在寻找凶手。呵呵。听起来就像是一出希腊悲剧。是什么驱使她这么做——爱？恨？复仇？担忧？

我的良心折磨着我。我应该打电话给她：我没有失踪。我没有被谋杀。不要问任何问题。几天后我就回来。可我没有打。

我可以下床在艾立尔的桌子上留一张纸条：我回家了。谢谢你做的一切，感激万分。我们很快就会再见面的。丹尼尔。可我没有起身。

咳嗽已经平息了。身体在好转起来。我又重新恢复了精神。我有什么权利住在这儿，躺在一张不属于我的床上，放任自己，不赶快离开？可是我屈服在这位年轻人的权威下："我会根据你的身体的恢复情况决定你什么时候可以下床。"我还给自己编织了一个幻想，沉溺其中，给自己一个留下来的理由：这是一张有魔力的床。躺在上面我就会变得完全不同，我就是一个健康的丹尼尔。如果我起床，魔力就会消失，我会再次倒下。所以我一直躺在那儿。

艾立尔很早就会起来，从床垫上跳到地下，冲到小浴室里梳洗一番，给自己煮一杯咖啡，匆匆忙忙地收拾好自己的公文包（显然，即使是体育老师也会给自己配一个公文包），然后出门。而我放任自己游荡在各种离奇的幻想里，特别是让自己感觉良好的幻象：聚居地的老街上弥漫着一层粉红色或黄色的烟雾。一只看不见的手重塑起它们往昔的尊严，每样事物都漂亮整齐，刚刚粉刷完毕，这边土地上所有的房子都是彩砖砌成，排列得整整齐齐——就像你在玩具店里看到的那样。雾气散去，湛蓝色的天空缀满了金色的星星，天幕下我正在路上走，一个笑眯眯胖乎乎的小男孩，穿着母亲给他新买的水手服，而她走在我身边，也穿着漂亮的新裙子，紧紧牵住我温暖的手指，散发出宁静而愉悦的光彩。

接着，艾立尔的床变成了一张宽大柔软的婚床，一张皇室用的床，铺着层层被单和一个个枕头，丝质流苏光泽闪动，只要躺在上面就能重新回到美好的青春时光。

在幻境中，尤纳坦出现了，穿着深黑色的商务西装，戴着棕色的领结，手里是一只崭新的黑皮箱，优雅极了。他仍然离我很远，可是我心里充满了恐惧，害怕他不承认我是他弟弟，或许他心里还是因为过去的事对我怀恨在心。可是尤纳坦走过来，露出灿烂的笑容，说他有个极具诱惑力的提议：让我和他一起作为某个大型旅游公司的代表，进行一次环游世界的旅行。很快他就要被任命为这个公司的总经理，他可以给我弄一个非常不错的职位，这样我就终于可以实现自己真正的梦想，环游世界，逃离这令人窒息的沼泽。那父亲呢，我问，他会怎么样？尤纳坦在墙上撕开一个洞，有个男人从洞里走出来,尤纳坦向他鞠躬——正是父亲,他穿着紫色的长袍,戴一个有波点的领结,红着脸,抱歉地说:这都是沾了你的光,丹尼尔。今晚我们会举行一个隆重的欢迎会。然后在我额头印上一个潮湿的吻……

大概十点,我打开小百叶窗,洗漱,给自己倒杯热饮,然后赶紧回到我床上,他床上,我应该这么说。然后打开收音机。某位学者正在向采访者解释世界市场上油价上升所造成的真正的重大影响。以色列已经对这个地区的所有国家都形成了挑战,他解释说,留给他们最后的有效武器就是石油。而总有一天我们会意识到自己犯了一些根本性的错误,他宣布说,但没有进行详细的解释。可采访人没有气馁:"这是在给世界大战找借口吗?"那位学者非常惊讶:"我没有提任何世界大战的话题。只是在说选择克制和让事态不断扩大之间的问题。"采访人紧追不放:"所以我们不能忽视这样一种可能性,那就是地区性的冲突有可能会扩散,从而上升到全球性战争的程度。"那位学者在我看来有点进退两难了:"好吧,是的,所有的可能性都是开放的,我不会事先否认任何一种可能。不管是谁点燃了火药桶上的引线,都要对结果负全部责任。"

我恼怒地关上了收音机。

然后我开始思考死后的世界。我听到过人们谈论这个话题，也读到过这个题材的东西。显然，这是一个不可接受的想法。毫无疑问，肉体和灵魂是一个整体，如果肉体湮灭了，其余的都不可能剩下。不过一个人也有权利偶尔跳出正常的逻辑界限来思考问题。我现在正是这样做的。我告诉自己，如果人死后真的还会去到另一个世界，那么死亡就不是死亡，至少它和我们的理解是全然不同的。而死后的生活，如果它和我们现在的生活是不同的——显然它一定会不同，因为如果毫无改变的话，那么死亡也不会成为一个转化点、一个十字路口了。那么它到底是一种怎样的存在？我还会是我吗？我的感官会继续为我服务吗？我会去哪里？和谁生活在一起？以怎样的形式？……

比如，我可能会在那个世界里见到父亲。这是我想要的吗？是，又不是。不是，我已经因为他的缘故在眼下的这个世界受够了折磨。是，或许这样我就能一下子把我没有说出口的话说给他听。又或许，他会成为另外一个人，和我记忆中那个粗矮强壮的男人完全不同。在那个世界，他穿一件白袍，脸色苍白平静，永远挂着一个温和的、安抚的微笑，他眼里有后悔，有慈爱。或许我把他描绘成这样的形象，是因为人们一般都会这样想象去往天堂的故人，可事实是还有其他很多种可能。

如果我有勇气走近他，和他打招呼，我应该说什么？我会告诉他这么多年来我都在躲避他的怒火，他自己对整个世界心怀愤恨，而我因为是这个世界的一部分，所以也承受了这份怨恨。他会说：我非常后悔，丹尼尔。原谅我。

现在该轮到我变得冷酷与残忍，你，我会咄咄逼人地回答说，是你让我的有生之年过得如同地狱一般，我不能原谅。

他又羞又愧，说：等等，让我们像男人一样好好谈谈，让我们用一种冷静和理智的方式讨论你对我的各项指控。

而我不耐烦地说：现在？为什么你那时候没有想到呢？或许那时候你这么做还会有点意义。

他会敦促、哀求。而我一把抓住他的白袍，撕扯下来，重重一拳把他打倒在地。鲜血从他体内喷溅出来，他的脸因为恐惧而扭曲，而我残酷而漠然地狠狠踢向他的小腹和胸口，发出魔鬼般的笑声。

又或者，我会摆出宽宏大量的姿态。你想要讨论这个话题？随你。当然这一切都晚了，不过迟到总比不到好。或许这样我也能感觉轻松一点。或许这样我就可以免于第二次跌入地狱。好吧，我想我是你愤怒情绪的受害者。是我，不是尤纳坦。我这么说你不会明白。你希望我先听听你是怎么说的？不。这么多年来我总是被迫听你们的话。特别是你的默默无声。一个父亲不知道该怎样与儿子交谈，只知道用目光恐吓他，让他无所适从。现在你希望我能够理解你。当然！

在你严厉的外表下,你是爱我的,只是不知道如何表达。少来这套陈词滥调。不,你不爱我。你不会爱。这就是你为什么要诅咒我温和的灵魂。而现在,这个心结要怎么解开?又哭了,父亲?你的确是一个可悲的人。我因为你的悲伤而悲伤。如果在你心里多一点点温柔、信任和爱,我们彼此的生活都会变得大不一样。为什么你在那个世界里没有想到这一点……

他把台阶蹬得砰砰作响,就像着了魔一样,我从一个彩色的梦境里飘出来,立即将梦里的情形忘得一干二净。

他一进门就欣喜地喊道:"我担心你走了。抱歉,我被拖住了好一会儿。你今天感觉怎么样?想不想喝什么?"

"你真好,"我说,"等等,我还没有完全醒呢。"

"对不起,我真是担心坏了!"

上帝呀,我想,这的确是爱。爱的一种。可明天我必须离开,让一切仿佛从来没有发生过一样。

我们笑起来。他煮了茶,一定要我喝。"我想要问你一些事情。"他说。

"我先来。我想知道你刚去了哪儿。"我的话让他感到意外。

"哦,我和别人有约,一个女人……"

我心里有点不舒服。

"我们这个圈子的秘书。我们需要决定各种各样的事情,他们想要在这个国家各地成立分会。他们在这点上把我治得死死的。"

而我想要转移话题:"你说你有事情想问我……"

他想了起来:"我在回来的路上想到一个问题,我想问,在其他国家,人们也像我们这样做这么深刻的自我反省和思考吗?我觉得对他们来说,你自身以及你生长的地方,这两者之间的联系是不言而喻的……"

我说:"这是自然。其他国家没有一个与我们有相同的经历。我们拥有一个完全不一样的历史。"

而他似乎早就知道了这个问题的答案:"有没有可能确定地说历史与**精神上的痛苦**,哪个更早出现?**是先有历史还是先有痛苦?**或许从一开始我们就有一种对痛苦的自然倾向,就是这样才导致了我们遭受到各种迫害。"

我轻轻地说:"或许吧……"

然后他激动地叫起来:"这正是让我害怕的地方。因为毫无疑问我们会一直这样下去。在我们周围他们都会活得安宁、平静、自信,而我们永远也做不到。"

我糊涂了:"可是你在这里出生,在这里长大,这个地方显而易见就是你的,不是吗?"

不经意间，我重重地叹了口气。

他警觉起来："怎么了，丹尼尔？"

"哦，没什么，不重要。"

他坚持道："告诉我，你是不是在想念谁？"

我说："也许吧……"

"你的妻子，安娜？"他让我吃了一惊。

"倒也不是。我想念我的孩子，罗恩。"

"一点也不想念安娜吗？"

我抗议道："别再说了，艾立尔。"

他似乎因为某些原因而激动不安，他的脸颊发烫，极度亢奋，我不知道这样的情绪从何而来。我心里疑惑不安。这不像他，他平时很克制，谦虚得近乎谦卑。

突然他建议道："你想不想出去走走？我们去散步吧。或许这正是你需要的。"

"不了，"我回答说，"我现在不想出去。如果你想的话，你去吧。"我又补充说："我现在正在想谋杀的事。"话一出口我就后悔了。

"你说什么？"

从床上，从下往上看，我看到他的脸变形、扭曲，变成了一个黑暗的、没有形状的面具，他的嘴唇张开，喃喃地发出极其微弱的声音，或许是几个字眼。接着我的身体也开始抽搐扭动，他伸出手想要抓住我，每一个动作都非常缓慢，他的眼睛从眼窝里凸出来。我多么想回答他，告诉他事实：谋杀。但再一次我的喉咙无法发出任何音节。

现在他真的紧张起来："你病了，丹尼尔。我带你去看医生。"

他让我在床上坐起来，然后坐到我身边，支撑着我的身体。慢慢地，我觉得又能够开口说话了，眼前的景象也变得清晰起来。"我现在觉得好多了。没事了。不要紧了，真抱歉，有时候我会突然这样，最近……"

他递给我一杯水，我出了一身汗，慢慢放松下来。

"你知道自己之前说了什么吗？"显然，他这会儿笑着问。

"我说了什么？"

"就在刚才，你躺在这儿，不知道自己怎么了，你说你正在想谋杀。"

我笑了："就是，我有时候会这样。"我立即补充道："关于谋杀——你觉得谁是受害人？"

他说："你可能觉得意外，不过我想我知道。"

我很惊讶。抓住他的胳膊摇晃着他，命令道："告诉我，你必须告诉我！"

他直直地看着我的眼睛，眼神冰冷得让人脊柱发麻：

"我知道。你想谋杀的人,是我。我是你自杀的替代品。如果你杀了我,就等于杀了自己。很简单。都在你的眼睛里……"

早晨我起床以后离开了。他已经出门了。我在一张小纸片上留下了几个字:谢谢。丹尼尔。

夏日清晨的太阳耀眼的光线让我睁不开眼睛,但我没有让它阻挡我的脚步。

我知道,从现在起,艾立尔会开始提防我。或许他觉得我太虚弱了,不能对他构成威胁,不过一切再也不能回到过去了。

我想念我的小公寓,昏暗的卧室、我的睡衣、小厨房、浴室、阳台、客厅的摇椅、收音机里播放的音乐——

还有阿耶莱特。

我颤抖的双手拿着钥匙哆哆嗦嗦地找钥匙孔。门一下子被推开。我吃力地想让双眼适应屋子里不同的光线。这是小客厅,所有的一切都展现在我眼前,空荡荡的。每样东西都在它原来的位置,分毫不差。还有桌子,她的书桌,总是堆满了书、便签条以及各种各样散发着幽香的小东西,可是现在桌子上干干净净的什么都没有。

万能的主啊，她不会离开了吧！

我开始疯狂地在屋子里到处跑——先是卧室，然后厨房，浴室，小阳台以及每一个昏暗的角落。

都没有——女孩不在这里。

我在客厅中央蹲下身哭起来——不是短促的哭喊，而是长时间的号叫，然后大声哭泣，最后只剩下微弱的、绝望的抽泣。

我不知道该怎么办。我只知道一点：我必须找到她，不管找到她以后会怎样。

我走进浴室，洗了澡换了衣服。走到冰箱想要拿杯冷饮。里面有一瓶苏打水，我拿出来，找了个杯子，在小餐桌旁坐下来。在桌脚上，烟灰缸底下压着一张小纸条，上面是她纤细的字迹：我走了，不会再回来。永远不会。我不会再见你。阿耶莱特。

我把字条读了两遍，下一刻我冲了出去，跑到炎热的大街上，大喊大叫，撕扯着自己的头发。

我先跑到纳赫曼·伊莱修家门口，拿拳头使劲砸门，高喊道："纳赫曼，你一定知道她去了哪里。你什么都知道！"里面没有回应，旁边另外两扇门开了，邻居家的女人穿着敞开的晨衣，向外看去。"你在喊什么？你疯了吗？大白天的你喊什么？"其中一个又说道："他不在这儿。他们把他带走了。"

"你在说什么？谁带走了他？"我吼道。

可是两个女人已经关上了门，我冲下楼梯，跑到了街上可嘴里还一直喊着："你见过她吗？她叫阿耶莱特。很漂亮的女孩，上帝呀，我没有伤害她。"

我狂乱地奔跑，路人在我身后盯着我看。我就要这样跑遍整个特拉维夫，大喊大叫直到她听见为止，或哪个认识她的人听见，又或者直到我用光所有的力气。因为我不是一个强壮的人。很快，我的想象就占了上风，或者说占据了我的大脑，烈日正将我的思想慢慢融化，我再一次跌倒在燃烧的火红地毯上，我周围的人听不懂我的话，我也不懂他们。为什么他们听不懂？毕竟我的话非常简单：一个女孩从我家里消失了，她叫阿耶莱特。一个可爱的女孩，金发碧眼。一定有人认识她。特拉维夫是个小地方。他们围着我上下打量，有些人眼里带着笑意，有些看起来很担心，很尴尬。他们在说一些悲惨严肃的东西，可我听不懂。接着，围观的人群退去，两个穿白大衣的人走到我身边，抓住我把我拖到他们脚边。我拼命抵抗："你们不许带我去医院！"我拳打脚踢，可他们力气比我大，拿绳子捆住我的四肢，将我推进了救护车里。观众们大笑着鼓掌。我只来得及看见有一个女人，只有她站在那儿用手帕抹眼泪。

半夜的时候我醒过来,身边是一片忙乱的景象。白炽灯的强光从天花板射下来,刺得我睁不开眼睛。我躺在一张白色硬床上,有一道帘子将我隔离开来。我在哪儿?

我试着起身,可发现身体被绑在床上。穿着医生护士制服的人从我身边经过,来来往往。

我喊出声:"这是什么地方?为什么没有人来管我?"

一个老人的抱怨声从帘子另一边传来:"你喊什么,你疯了吗?这里又不是只有你一个人。"

我大叫:"把这些绑带给我拿开!你们都疯了!"

突然一个身材高大的护士站到了我身边,她身上的护士服浆洗得笔挺,她说:"请安静,先生。你不能在这里喧哗。你会得到所有需要的治疗。我必须要求你停止喊叫。"

她向我俯下身来,我闻到一股消毒药水的味道:"我想你一定都记不起来了,阿尔特先生,因为你处在一种非常混乱的状态,我们已经给你打了一针,会对你的睡眠有帮助。当时你躺在伊本·加比罗尔街的人行道上起不来。我们想帮助你。你看看能不能告诉我们到底发生了什么事,我是说,你怎么会突然倒在大街上?是突然觉得虚弱吗?以前有没有这样的情况?围观的人说你当时大喊大叫,但是完全听不懂你在喊什么。一定发生了什么事,你必须告诉我们。我们会帮你。这是我们的工作。"

到了早上,我已经待在一个单人间里。屋子很小,四周是黄白色的石膏墙,我躺在一张很高的床上,床单浆洗过,散发出消毒剂的味道,我身上盖着一条薄薄的灰色毛毯。屋子一角摆着一个洗脸盆、一块毛巾和一个矮柜,我的衣服和凉鞋放在上面。

他们对我做了什么?他们对丹尼尔·阿尔特做了什么?为什么我所有的感官都那么迟钝、模糊?那个石像一样的高大女人,昨天她说我打了一针。即使现在我也感觉到有种奇怪的物质在我血管里流动。谁会来把我从他们手中解救出来,谁会帮我?谁知道我躺在这里?安娜在遥远的山丘中,艾立尔在学校里,提防着我,而阿耶莱特——谁知道她在哪里?

"早上好!"一个严肃又带点忧郁的声音从一个护士口中传来,她中等身材,脸上虚假的笑容立即让我觉得一阵恶心。她手里推着送药车,胳膊下面夹着一沓文件。她要记录我的脉搏、体温和血压。她还有些小事情叮嘱我,不过我没有听。

我问:"让我一个人待在这个房间到底是什么意思?我这个病人有什么特权吗?"

她带着同样僵硬的笑容回答说:"昨晚医生是这样吩咐

的。你可以问他们。我真的不知道。请起来吧,我要整理一下床铺。"

我问:"我有什么问题?把一个健康的人绑在病床上是什么意思?"

她的眼睛亮得出奇:"你瞧,他们不会无缘无故把人带过来治疗的。"

我问:"这是什么药?"

她露出一口大龅牙:"这是晚上医生给你开的。只是镇静剂。大部分人第一晚都会打一针,让他们适应……"

我猛地把药吐到了盆里。

她吓了一跳,退后一步,匆匆跑了出去。一定是去叫医生了。丹尼尔·阿尔特是个麻烦的家伙。

可下一个来看我的是一个穿着护士服的女孩。她几乎还是个孩子。我瞪大了眼睛:她一定是阿耶莱特。我的阿耶莱特,她乔装打扮了一下。一样的眼睛、颧骨,一样轻盈的动作。她给我送来了早饭。她把餐盘放在我床头,我抓住了她的胳膊,紧紧地盯着她的眼睛,然后松开了手,失望极了。"不,"我低声说,"对不起,我很抱歉。我认错人了。一个好女孩逃走了,到现在都没有回来。"

她微笑着问:"你女儿?她离家出走了?"

我的头重新埋回到枕头里:"不,不是我女儿。可是像女儿一样……"

她好心地说:"我很抱歉。真的很抱歉。"

我的眼睛亮了:"你叫什么名字?告诉我你的名字!"

她吓了一跳:"好的,我叫诺加。""诺加,"我轻声念道,叹了口气,"一个好名字,诺加。"

"她叫什么名字,那个逃走的女孩?"

泪水涌入眼睛,我羞愧地说:"阿耶莱特。她叫阿耶莱特。"

"一切都会好起来的,"她保证说,"你会看到的。"

我恳求她:"诺加,帮我个忙。我必须离开这里。今天就要。我一点都没病。这是误会。我必须找到她。如果我不找她,还有谁会找她?她一定出什么事了。帮帮我。去和医生谈谈。我求求你……"

她抚摸着我的头发和脸颊,我抓紧了她温暖的胳膊。"放轻松,"她说,"你一定要相信医生。如果你的确没问题,他们很快就会让你走的。不过他们可能还想把你留在这儿一两天。这里每个人都是想帮你的。相信我!"

我的喉咙哽咽了。"你也是!你和其他人都一样。我以为你……可是答应我你会帮我的,如果可以的话,一点点也行……"

"我答应。"说完,她很快转身走了出去。

我把早餐盘推在一边。静静地等待。我的视线在光秃秃的墙壁上四处游移,转到格子窗帘上,它们正躲在窗户外面的世界里,再到粉刷成白色的天花板上。静静地等待。我的手指从头到脚抚摸自己的身体。一股新的、微弱的热流开始在我体内涌动。我应该把这点告诉医生。他会给我做检查,然后确信一点,这不是一具需要他治疗的病体。不过,他会说,精神又是另外一回事了……

最后这一切终于暴露了:你们在意的是我备受折磨的精神!这才是你们觉得需要治疗的地方!

然后他会补充说:我们正在考虑把你转到更适合你的机构。这都是为了你好。阿尔特先生。

我的胃里翻江倒海,我的五脏六腑轰然爆炸。我从床上跳起来,鲜血模糊了眼睛,冷汗浸透了全身。我痛苦地喊叫道:不,不可以!我不相信你们说的任何一句话!我不是你们的玩物!你们不能把我送到精神病院去!疯的是你们,神经错乱的是你们,所有人!

我在房间里乱跑,捏紧拳头随时准备朝医生、护士、小诺加打去,任何拦在我面前的人……

房门口挤满了一张张面孔。有的紧张,有的微笑,有的兴奋。他们可能是这里的病人。我不知道。一个护士急忙跑过来驱散了人群。我站在医生跟前,挥舞着干瘦的拳头朝他脸上打去：我不想打你们，我不是故意的，可我已经受够了，再也忍受不了了。安娜在哪儿？我要安娜……

我大声哭喊着，在医生冰冷的注视下，我要安娜。我已经没有力气了，医生。我求你，做点什么，让所有人都离开这里，放我走。我需要休息，可不是在这儿。我要去找阿耶莱特……

我在医生跟前跪了下来，抱住他的膝盖，透过淋漓的泪水仰望着他。而他冷漠的双眼就像冰川里的鱼，向他的随从打了个手势，两个男护士把我拖到床上，一个护士——不是诺加，也不是那个龅牙护士，给我打了一针，尖利的针头把绿色的毒液射进我的体内。

我侧躺着，身体放松，神志清醒，我光着身子，只盖了一条白被单。甜蜜的感觉从我的脚指头流向脸颊。我对自己微笑。我已经太久没有感受过这样平和而绝对的愉悦了。

审问员坐在一张椅子上，就在这个房间里，坐在我的床边。我甚至不需要转过身来看他。我的脸枕在手上，眼睛专注地盯着他，带着微笑。他脱下帽子放在膝盖上，我可以平静而仔细地研究他的五官。他的头颅像一个苹果，宽大的前额泛着红光，光亮的脸颊浮肿得厉害，把眼睛挤成了两道又长又窄的缝，几乎要看不见。可能他有中国人或蒙古人的血统。我笑了，下一刻，我仿佛觉得自己的眼睛也狭长起来，我的脸颊变得高耸而肿胀。

审问员的嘴唇很肥厚，当他用轻柔润滑的声音对我说话，仿佛对我有种真心的亲近，我似乎可以闻到他嘴里的味道。

丹尼尔，我的朋友，现在你在这个地方。情况还没有完全明朗。我可以坦白告诉你，我真的不知道他们为什么带你来这里而不是到我们警局。不过，我想你知道，他们发现大中午有个男人倒在人行道上，所以就叫了一辆救护车，而不是警车。好人。不过真可惜，太善良的人会出于善心做一些愚蠢的事破坏正常的秩序。当然，我更希望现在正和你坐在我的办公室里，就和以前一样。到这里来恐吓一个病人对我来说毫无快感可言。事实上对于你，丹尼尔，我的朋友，你是不是真的病了还有些疑问。不过像这样的问题决定权在我们手里——我和医生的手里。不管怎么说，就目前而言，你最好还是需要被严密监视起来。我不是单单出于医疗方面的考虑，我想你一定明白。把你留在这里我的工作也会轻松一点，就你这个情况而言，我的工作和医生的工作之间有一种有趣的平行关系。即使是我，丹尼尔，我的朋友，有时候也因为情况所迫而要去探究精神的复杂性。是的，精神是一种非常复杂的东西，有时候有必要让医生和调查人员紧密合作，即使非常遗憾。这种合作必须在某个特定的精神病机构里进行。不要觉得受冒犯了,"精神病机构"不是一个耻辱的词,打个比方,它不等同于监狱。它只是表达了这个名称的字面意思而已。而你,丹尼尔,是个讨人喜欢的家伙,和我很有默契的家伙。从你的笑容里可以看出你也知道这一点。我想你自己也一定很奇怪怎么会突然倒下。为了解开这个谜题,我们需要仔仔细细、事无巨细地研究这件事发生前的情景。前一天,如果我没弄错的话,你待在你朋友艾立尔家里,就像一个没有自理能力的病人。就是这样。你在那里的时候,你们俩之间的关系出现了一个不同的维度,新的维度,让我们这么说。我们可以假设那天清晨你离开阁楼回到自己的家,你是带着一种危机感的,关于你和那位年轻人之间的关系。前一晚他甚至发现了你巨大的秘密,当你短暂地丧失自控能力的时候,从你嘴里溜出来的秘密。

我很尊重您,先生,我平静地说,但我觉得你扯得太远了。我累了。不管怎样,任凭你怎么说我也不会承认自己没有做过的事情,我没有犯过的罪。我是一个诚实而无辜的人。

他笑起来,肚子一起一伏……我朝他微笑。一个可爱的、好脾气的人,这个审问员。如果不是他眯成一条缝的小眼睛里藏着狡诈而邪恶的痕迹,我几乎觉得自己是在和一个伪装成便衣侦探的杂货店店主谈话。

你现在可以休息了,他说,我不会再打扰你,我们料想如果一切都没问题的话，你几天以后就可以离开这儿了。我只悄悄告诉你，你还是很有希望给自己洗脱罪名的。的确，如果深入分析你的潜意识思想，丹尼尔·阿尔特，我们会发现你有强烈的动机犯下惊世骇俗的罪行，不过如果我们从其他角度研究你的性格，我们则会找到与此相反的倾向。换句话说，在最后的分析结果里，你谋杀了这两个人的可能性是非常小的。晚安。不出意外的话你应该没有意见吧，我已经下令对你进行严密监视。

他的守卫日夜都站在我身边监视我。我想我可以和他们交个朋友，让他们离开，或者甚至贿赂他们，收买他们，戴着墨镜的两名秘密警察，冷着一张脸，面无表情地保持着让人气愤的距离。或许，我也没有想和他们交谈的强烈冲动，或许我只是想有人可以和我接触、亲近，他们是我身边唯一的可能。一开始，我仍然期待有人来探望我，就和其他病房里的病人一样，可我失望了。日子一天天过去，没有人来。没有安娜，没有阿耶莱特，没有艾立尔，也没有纳赫曼·伊莱修。没有罗恩，我的小男孩。我只有这两个人为伴——秘密警察，背对着我，深色的镜片反射出冰冷陌生的恶意。

慢慢地，即使是医生也不再来看我。他们会在固定的时间从我敞开的门口经过——一长串冷冰冰的白大褂——他们没有朝我看一眼，没有给我一个肯定的微笑。只有诺加。只有她时不时过来给我一点吃的东西，让我吞下药品，给我换床单。有时候问我："你觉得怎么样，阿尔特先生？"我说："叫我丹尼尔。"有时候她照做了，有时候坚持使用尊称。通常，她都会微微笑着，仿佛是在为他们残酷又伤人的冷漠而道歉，为自己的无能为力道歉。为什么只有她来看我，我觉得很奇怪。是因为上面的命令吗？或许这是她自己要求的，而她的上级同意了。说不定她是秘密过来照顾我的，他们都不知道。

这一定是他们真正的意图：让我一个人孤独地躺在这儿，在秘密警察冥想般的沉默里，吞下镇静剂，拒绝进食、拒绝喝水，慢慢地走向湮灭。

他们为什么要让我从这个世界上消灭？他们在害怕什么？我伤害谁了？我质问，眼泪涌出来。安娜应该在这儿。坐在床边，感受着我消瘦下去的干枯身体里那一点点温暖。靠过来抚摸着我露在外面的肩膀，说：丹尼尔，好起来。不要失去希望，不要放弃。你可以战胜他们，挫败他们邪恶的阴谋。你已经改变了很多。你几乎已经成了另外一个人。我爱你，我为你感到骄傲。

可是安娜没有来，日子一天天流逝。我会平躺在床上长时间盯着白色的天花板，等着她，每次有女人的身影经过门前,我都马上撑起身子。我知道安娜一定已经知道了,她的感觉一定已经告诉了她,我看到她夜里一直哭泣着无法入睡,用她温暖的身体紧紧抱着罗恩,谋划着如何在深夜逃走。当拉比躺在床上打着呼噜,她要在凌晨四点到达医院,快速穿过走廊溜到我的房间,躲过打瞌睡的守卫,站在我的枕边,俯身轻抚我愈加稀疏的头发。

可是安娜没有来。我问小诺加接下来会怎么样。为什么一直把我留在这儿,我还要再待多久——与此同时,我偷偷地策划如何逃脱。小诺加不知道该和我说什么。她只是按照指令做事,他们没有让她参与医生办公室里的秘密会议。从她听到的只字片语中她了解到我的情况让他们很困惑。他们因为某些原因很怕我。他们还没有诊断出我的病因,但他们确信我病得很重。如果他们让我出院,就要出具一份准确的诊断书,这是一份很重大的责任。如果没有重大理由,他们甚至不能把我转到某个"机构"去。

我听着笑了:"我会给他们一个理由,我马上就会这么做。"

她惊讶极了:"可你不需要这样的'机构',对吗,丹尼尔?"

她真诚的关切触动了我:"相信我,我自己已经失去判断了。你是怎么想的?"

接着一个念头闪过脑海：这个极像阿耶莱特的小女孩，她是一个两面派。难道我没看见过她站在走廊的一头，和一位医生长时间交谈吗？她很清楚他们所有的意图，她和我说的所有东西不完全是从她自己嘴里说出来的。把他弄糊涂，他们命令她，让他疲惫的大脑被浓雾所包围，让他保持一种充满焦虑的状态。像他这样的情况，这是唯一的治疗方法。

这个念头这样让人沮丧、让人痛苦。以前我觉得在这个世界上至少还有一个人是站在我这边的，现在有那么多迹象都表明我看错她了。她眼里闪过一抹诡异的神色——立刻被她藏了起来。

接着有一天晚上，她进来给我发夜里吃的药，我们都笼罩在阴沉的暮色里，她向我靠过来，我控制不住自己，手指伸向她臀部起伏的曲线，紧紧抓住，抓紧，将她柔弱的身体按向我，按到我床上。我被迫，真的被迫，向她展示我身体里还有力量，还有性能力。

她震惊极了，这个遥远的阿耶莱特的双生姐妹，一开始她连话也说不出来。她瞪着我，眼里充满了紧张和责备，但她没有喊出来。或许不管怎样，在她内心深处，她也希望我这样做，在短短几秒钟的时间里，让我垂青于她，痛苦而甜蜜的情感，在她悉心照顾我的日子里，她也一直梦想着这种情感，虽然这让她备受折磨，一边是对上级的忠诚，一边是与日俱增的、与我做爱的渴望。可是不，震惊所致的僵硬只维持了几秒钟，她立即在我修长刚硬的臂弯里挣扎起来，用她的小拳头捶打我，拳头落在我身上既有点疼，又让我忍不住想发笑，她嘴里发出干涩的尖叫，看守我的警察从惯常的瞌睡里惊醒，紧张而茫然地走过来；附近病房里的几个病人也跑了过来，接着是很多护士和两名值班医生。两个秘密警察手忙脚乱，羞愧万分，他们立即行动，想要通过显示自己的力量来做些弥补。他们钢铁一般的手指将我的身体和胳膊牢牢按在床上，将绑带捆在床架子上的金属杆上。护士涌向正在哭泣的诺加，她哭得很克制，很奇怪。她们替她整理护士服，梳理她凌乱的头发，抹去她脸上的泪痕。在这个过程中她没有朝我看一眼，她的同事们在耳边轻声安慰，她也一个字都没有听进去。最后两名护士用她们丰满的胳膊搂着她的肩膀把她带出了房间。其他人气愤地朝我的方向嘟囔了几句，然后马上转向一脸好奇的病人，命令他们回自己房间去，这里没有他们的事。

医生们阴冷着脸，没有表现出明显的恼怒情绪，他们俯下身来，检查了一下我不住喘息的身体，嘟哝了几句我听不懂的话，问了几个简短的问题，也不期望我的回答。

"你怎么了，阿尔特？"

"一个像你这样的男人做出这样的事情……"

"我们其实正在考虑过两天让你出院的,阿尔特先生。"

可我什么都没说。只是饶有兴味地看着他们。这一切都是这样有趣:他们所有人的眼里都闪着恐惧的光,玩忽职守的秘密警察因为自己的失职被暴露了,又可怜又尴尬的神情,小诺加装出来的痛苦,实际上她真正的渴望是躺在我病弱的身下,它虚弱,却因为欲望而僵硬。

我什么都没说。只是调皮地向不满的医生眨眨眼睛,暗示他们如果能够把这些疼死人的带子解开,我会非常感激,可他们冰冷的眼睛回答说这是不可能的:这些绑带不能解开!

我后来只见过诺加一次。她从我门口匆匆经过,克制不住地朝里面看了一眼,在她消失以前,向我投来短暂的一瞥。

取代她的是一个男护士。一个很黑的阿拉伯小伙子——他血管里似乎流着苏丹人的血,又或许是一个留着小胡子的巨人,只要没有人的时候,他就会冲我笑,露出象牙一般的牙齿。一开始,他简直是过分狂热地履行着自己的职责。他宽宽的脸上挂着严厉和不容置疑的权威,防止我误解他的意图。我不打算和他玩什么狡猾的游戏。我任何冒失的动作在他眼里都是宣战的表现,大卫与巨人歌利亚的战争,像大卫这样的年轻人也只有在神话故事中才能够取得胜利。我卑微而顺从地对他说，如果他处在我的位置，也会做和我一样的事情，我是一个无害的、胆小的男人，不会对任何人造成威胁，他一定要为我说话，让他们解开这些绑带，让这两个秘密警察走开。我应该获得准许出院回家。而他的回答就是拿出一支灌满粉红色液体的注射器，在我屁股上扎一针。

"不，"我抗议说，"你没有权利，我不是供你们实验的小白鼠。"

这个大块头萨米尔装作听不懂的样子，但我知道，再过一两天他们就要把我从这里转到一家"机构"中去——一个封闭的、安全的地点——在此之前，我都会被不断地注射各种药物，然后我会翻着双眼，意识混沌地被丢在某个诊所消过毒的地板上。一个遥远、闭塞的地方。一位男护士穿着污渍斑斑的工作服会把我捡起来，就像捡一块要扔到垃圾堆里的腐肉，然后用大得出奇的力气把我扔在一间牢房的木凳上。一座又暗又漏水的地牢，只为穷凶极恶的罪犯而准备，无可救药的罪犯……

可萨米尔突然笑起来，趁着看守没有注意我们，他带着一个了然的笑容对我说："先生，把裤子脱下来，我必须给你打一针。我不是医生。明天你就要离开这儿了。我很遗憾，真的。我挺喜欢你的。"

他又露出了笑容。

我激动得不能自制。小声说:"你在和我说话,你真是太好了。没有人和我说话。即使是医生也躲着我。他们为什么恨我?我从来没想过医生也会心怀憎恨。明天他们要把我送到哪儿去?你为什么给我打那么多针?你应该把这些都丢到马桶里冲掉。这些是毒药,对不对。可是你在和我说话,真好……"

笑容没有从他脸上消失。在他眼里我是个孩子,因为他的话而感动万分,不知所措。他深黑色的瞳孔在眼白中央闪闪发光,周围布满了一圈血丝,他说:"我不敢违抗医生的话。我不知道他们明天要把你送到哪里。我只听到了一点点,断断续续的,不是很多。现在我要求你让我用这个针头给你扎一针。"

我直视他的双眼,说:"请不要这么做。我恳求你。对我来说这就像死亡一样。我需要活着。他们想让我像行尸走肉一样。你不用成为他们的帮凶。你应该帮助我。你应该在夜里,在黑暗的掩护下溜过来,趁他们都睡着的时候,解开这些带子,让我偷偷溜走。没有人会知道。你会帮我的,对吗?"

带着同样的笑容,他说:"我觉得你是想让我进监狱……"

"不,不,"我叫道,"相信我。他们不会知道。你只是解开这些带子,然后消失。就这样。"

针头缓缓地抽了出来，神经也仿佛随着这缓慢的举动而抽动，在这具巨大而紧致的身体里，突然虚弱地颤抖起来。因为悔恨。我还看到了深沉的悲伤。或许他想要弯下身拥抱我，甚至用他强壮黝黑的胳膊抱住我，径直穿过窗户，走到外面的世界，把我放在街道某个转角，这些道路通向一座座沙丘，看着我走路的姿态，我的步子越来越稳健，越来越有力，穿着蓝条子睡裤和粉红色的塑胶拖鞋，走进金色的沙丘中心，在地平线上，转身看见他站在那里，挥动他的大黑手，直到我消失在天际，在落日余晖中变得透明，直到我的身影逐渐变小，融化在第一批星星出现的夜幕里。

我站在山丘顶上俯瞰伯特利，一阵风从西边吹来，鼓起了我的病号服和下面的条纹睡裤。一轮满月挂在山头，洒下皎洁的白色光辉。我站在中央。月光向我射来，让我的身影从阴影中勾勒出来，伯特利所有的居民都从房子里走出来，张大了嘴注视着我，心里充满了恐惧。这是上帝的信使站在那儿，沐浴着庄严的光辉，弥赛亚，大卫之子，他受伤的双足是多么可爱，又或者是灾难的预言家，另一个拿撒勒人？我听到敬畏的沉默转变成窃窃私语。那些戴着头巾和披肩的女人紧紧围在一起，彼此寻求温暖，她们眼里或是恐惧，或是惊讶，或是不耐烦。男人们，学生或拉比，紧张地交谈着，无法控制自己兴奋的情绪，陷入了一场激烈的争辩，他们引经据典，辩论这个站在山巅的人是什么身份，他们应该做出怎样的回应。

我静静地站着，低声的争吵变成喧闹热烈的叫喊。学生们组成了守卫队，拿着木棍和石头，向我逼近，随时准备承受任何伤害，保护跟在他们身后的尊贵的神职人员，他们包围了我，封死了所有逃跑的出口……

这一切我都看在眼里，可我疲惫的双眼只搜寻着安娜。如果她不在这儿，我会马上展开袍子形成的翅膀，乘风起飞，你们谁也别想抓住我。我专注地在女人堆里寻找，却没有发现她的身影。从我站的地方很难辨认她们的样子，她们看起来非常相似，就像一群高大的黑鸟。突然，一阵尘灰扬起，越来越厚，从耶路撒冷的方向吹来，向我们逼近，军队吉普车满载表情空洞的年轻士兵，荷枪实弹，呼啸而来，举着刺刀准备驱散一切攻击他们的人，或耶路撒冷或伯特利的人。我笑了：现在让这些穿着丝袍的学生试试自己的力量好了，不是对我，不是对着虚弱的丹尼尔·阿尔特，而是对着代表人民的军队。他们拿着石头，对手拿着刺刀。一幅有趣而又恐怖的景象马上要展开，而我会站在山顶，看着这一切。

我知道，在军队经过以前，安娜是不会出现在我面前的。当尘土最终消散以后，我会看见黑色军队因为胜利而欢呼雀跃。当然，这些人无所不能。上帝的灵魂栖息在他们体内。而我呢，我是谁？

突然，我看见了安娜。她就在那群妇女旁边，站在离她们不远的地方，臂弯里抱着金发的罗恩。是的，那就是安娜！就算置身于一百万个女人中，我都能认出她来。那一双厚实柔软的大腿，丰满的胸脯，身体的曲线，脸部的线条。我向她跑去，飞奔着跃过一个个陡坡，冲破黑压压的人群，在他们还没来得及从震惊中回过神来抓我之前，我已经来到了她身边，喘着气，心里高兴极了。她惊奇地看着我，一语不发就把罗恩放到我臂弯里，合起双手：上帝呀，是你，丹尼尔！

现在我坐在中央，罗恩放在我膝上，其他人围坐在我身边，男人在右边，女人在左边，看着我。他们想知道在我身上发生了什么，我是谁。我看见一双双温和关爱的眼睛，充满了同情，也看到了一双双怀疑的眼睛，焦虑地转动着，寻找拉比的身影，希望得到他的指示和命令。可是拉比，安娜的拉比，不在这儿。或许他逃走了，也可能把自己锁在了屋子里，又或者他去了教堂，去祈祷或设计阴谋——谁知道呢？

好心的妇女给我送来水果和蛋糕。一个学生给我戴上一顶小圆帽，我没有脱下，不想冒犯他们。安娜坐在那群妇女中间。隔着距离。她看着我，我也看着她。我不知道这会儿她脑海里正闪过怎样的念头。也不知道我是否还爱她。只知道自己必须赶紧离开这里,不然他们就会让我脱掉身上的衣服,换上流苏围裙,蓄起胡子,投身于《古兰经》的研究中,因为这样有益身心健康。

但我只是打了个手势,暗示自己希望一个人静静。我不会着急换上他们的衣服,为了证明这一点,我现在正穿着条纹睡裤,披着一条很多种颜色混合在一起的大衣,四处走动——至于下一步,我会慢慢研究,经过深思熟虑以后再决定。他们不能强迫我进入他们的世界。我不会在强迫下做任何事情。我的自由没有谁能抢走。

不过虽然如此,我还是留起了胡子——不是为了应付烦人的学生,而是因为一些解释不清楚的犹豫感在我心里扎了根。渐渐地,我的脸颊被粗短的黑色胡楂所覆盖,我用手指抚摸感受着它们,不知道这一切会持续多久。

他们让我住在村庄边缘的一座小房子里,允许我按照自己的意愿选择什么时候闭门谢客。我会精心挑选见哪些人,被我打发走的人则会失望离去。有时候,傍晚时分,我会出去散步,舒展双腿,慢慢地迈着步子,双手叠放在背后,眼睛看着天空,在一个既没有答案也没有逻辑的地方寻找答案与逻辑。

暗色的窗子背后,女人们透过窗框看着我,倚在窗台边,脸上的神情是好奇，或渴望，或爱。而我视而不见地走过。儿童在我身后蹦蹦跳跳，咯咯地笑着，给我起很多或无礼或做作的绰号，拉扯我外套的衣角，让我给他们唱首歌，讲个故事，给他们讲些甜言蜜语逗他们开心。我会摸摸他们的头，有时候朝他们中的一个弯下腰，在他耳边讲些悄悄话，而他会激动地向其他孩子转述这个奇怪的大叔和他说了什么。我会和他们一起大笑，假装没有看见从身边经过的大人投来愤怒的目光，他们匆匆转开了视线，跑回家重重地把门关上。

我努力想要弄明白，如果我的存在让他们感到不快，觉得受到了很大的冒犯，他们大可以直截了当地说出来，要求这位丹尼尔先生以最快的速度离开这个地方。可是他们什么都没说，让我留在了这里，给我食物和饮用水，还派了一个女孩帮我打扫房屋，努力确保我在他们慷慨细心的招待下过得舒服，仿佛我是这个地方的贵客一般。可同时，他们又向我投来仿佛能刺穿身体的仇恨目光，即使是在这间封闭的小房间里，或是我给自己规定要独处的黄昏时分，他们都会跟在我身边。

是的，这里的人都穿黑衣服，可这位客人披着彩色大衣行走在他们中间，他既让人感到敬畏，又让人感到不祥与不安。可是我，先生们，我并不打算为你们解开这明显的矛盾，好让你们释然。我把问题留给你们。

我躲在房子里还有一个原因是为了躲避要抓我的人。医院一定已经把我逃走的事通知了警方，这会儿警察已经到处搜捕我了。审问员的小眼睛能看得很远，他的嗅觉非常灵敏，一定会让他找到安娜住的地方。丹尼尔的妻子，住在一个被山丘环绕的遥远地方，他一定会找到她，询问、命令……

所以，某一天的傍晚时分，他们会来到这座孤零零的房子前，敲敲门，然后闯进来，发现我缩成一团躲在某个黑暗的角落里，牙齿打战，抖成一团。而审问员会非常直接而不耐烦地说：阿尔特，你滑稽的行为花了我们不少钱和宝贵的时间。据我们所见，你破坏了游戏规则。这个地方很偏远，给我们添了很多麻烦，让我们的工作困难重重，因为我们的手不可能这么长，让你在这里也处于监视之下。所以你必须跟我们回去，即使用强制性手段，也要确保你在我们看管的范围之内。你是个病人。我们给你开了一张住院指令单，会把你送到一个合适的机构去。医院已经尽了最大的努力，可是你拒不配合。但你必须配合我，阿尔特。你爱这个女人，可你把她当成了一个从犯，她也会因为给罪犯提供帮助而受到指控并接受严厉的惩罚。我认为你也不想看到她蹲监狱吧。现在要阻止这一切还不晚。你可以主动坦白罪行。你想找个地方避难，你找到了这里。你在自己的公寓里留下了两具尸体，然后逃到这儿来。所有的一切都发生在一个晚上——从医院逃脱、偷偷潜入公寓、完成谋杀、逃到这里——所有这些都隐藏在你病弱的外表下，仿佛这样就可以不用为自己的行为负责。可你是一个强壮健康的男人，你很清楚自己在做什么。没有任何法律漏洞能够帮助你，除了主动认罪。站起来，阿尔特，忏悔自己的罪行，也别奢望原谅。站起来，像个男人一样。别再颤抖和挣扎，你生命中所有的时间都是以这种姿态度过的。你知道我可以用蛮力把你带走，可我不希望你逼我这么做。你能不能勇敢一次，像个真正的男人，丹尼尔·阿尔特……

可什么都没发生，日子一天天安静而悠闲地过去。早上，我醒得很早，然后把窗户完全打开，长时间地凝视朱迪亚山丘的地貌。我看见非常清澈、几乎透明的天空，只有一些灰色的晨雾或阴暗的斑点在上面留下痕迹。我知道，这是夏天最后的日子，天空中的这些颜色预示着秋天的临近。我看见山丘起伏的曲线连成一条光秃秃的、毫无生气的地平线。我看见深谷和山坡，坡上黑色的山羊正在吃草，光脚丫的牧童看管着它们。

我非常喜爱这种鲜明而和谐的宁静。在这里，人类的手没有破坏上帝的杰作。可是现在，惧怕上帝的人群涌到这里，对它动手动脚——来建立伯特利。面对这般野性、桀骜而又雄奇的景象，难道他们没有被眼前铺展开的景象所震撼，感到内心充满了敬畏,他们为何没有恭敬地退却?

我曾拿出白纸,想创作新诗,歌咏这片古老的土地,已经入侵它的人群,可我的手指还没有来得及写下一两行,就会有男孩迫不及待地几乎破门而入,想要获得我的关注。

我会给他们饮料喝,可他们不要——孩子们并不是为了饮料而来,他们是想从我嘴里听到一些有魔力的话语。显然他们的这种行为得到了父母的准许,因为我在他们眼里并不是一个邪恶的异教徒,会腐蚀这些戴着小圆帽、留着卷发的年轻灵魂。的确,这个男人的衣着言行与他们不同,他顶着光秃秃的脑袋在他的房子附近走来走去,可是在这个男人体内栖息着上帝的精神,他的话值得一听。

而我也因为他们对我的信任而感激、感动,我告诉他们,看不见的上帝无处不在,他在每个人心里;要是他们能够把心指向上帝的方向,就会获得他的恩赐,拥有天堂一般的奇妙体验。"这的确是可能的,"我对他们说,"你花了一生的时间追寻,可直到生命最后一天都没有找到,但寻找这个动作本身就是自我净化和升华的动作,它和你追寻的结果一样崇高。"

孩子们还恳求他们的父亲也找机会自己到这位客人家里,竖起耳朵听他的教诲——那真诚的、纯洁的、深刻的教诲。可是父亲们很犹豫,没有马上就过来。可是随着秋天的到来,他们一个一个敲响了我的门,在门口停下来,笨拙地向我鞠躬,问是否能进来逗留一会儿,比如一起喝杯茶。我伸出手欢迎他们:当然,这是我的荣幸。

就这样,这个圈子越来越大。直到深夜,我家的灯还亮着。人们张大了嘴,眼里燃烧着光芒,专注地听我讲话。在黑夜的寂静中,我似乎可以听到在厚重的衣服下,他们心脏强而有力的跳动声。

而在白天,我时不时离开家走在大街小巷,我会感受到一种模模糊糊的觉醒在我身边悄悄发生。从两边房屋的窗户里,从门里,从教堂里透射出来。一直笼罩在人们脸上的忧郁和阴云消散开了,取而代之的是某种生动的光辉。人们会突然大笑起来,说话的方式也变得完全不同,仿佛有看不见的丝线让空气都颤动起来。我仿佛感觉再过不久,他们会接收到同一个信号,然后他们会跟随着我的脚步,走向那个终极的目标,可眼下,这个目标究竟是什么连我也无从知晓……

冬天的第一团云朵在空中飘过,白色的天空混进了越来越多的灰色,形成种种令人产生错觉的影像。临近傍晚的时候安娜经常到我这里来,有时候一个人,有时候带着我们的儿子罗恩。她坐在我对面的椅子里,我们安静地、心平气和地聊着天。而这个地方的人都知道了:现在,客人的家是不能进去的。这是属于那位女士的时间。

我从安娜的脸上、行为举止中看到了矛盾。她身上散发出一种安宁而洁净的美，美得精致、美得高贵，让她看起来仿佛是画中的圣人，她双手合拢放在丰满的小腹上，只有那双巧手才能描绘出这般景象。她看着我的时候是那样宽厚端庄，我从来没有见过她这样的神情。可是，她眼里又透着疲惫与哀伤，这些情绪在她眼角和唇边划下深刻而痛苦的褶皱。她的头发包在巨大的头巾里，高而优美的额头闪闪发光。有一天，我请她把头巾解开一小会儿，或许这样我就能看到她以前的样子，可是安娜激动地拒绝了，她甚至狠狠咬住了自己的手指。

我们之间的谈话流畅而愉快，比以前要好得多。安娜会滔滔不绝地描述她在伯特利的生活，讲罗恩的成长，讲自己每天的生活，她看待这个地方的角度，它的色彩、气味，这个她找到的新世界，她不想离开的世界，讲得非常仔细。她说一开始很难，她的灵魂渴望逃脱，可是现在，一切都好了，她很平和、很满足。

她是这么说的。可是有时候，她会在说完某句话以后突然陷入沉默。完全的沉默。她嘴唇颤抖，在她眼里，燃起一道陌生的光，转瞬即逝。我立即注意到了这一点，而她也知道我看到了，表达了很多她没有说出口的东西。她的唇没有完全说出她的心。她想要告诉我，可她也很害怕，如果我们谈论这个话题，她的灵魂会再次被撕裂，而她不敢想象那样的结果。

她也问在我们的公寓里，我的日子是怎么过的，于是我说了很多从来不打算告诉她的事情。比如阿耶莱特闯进了我家。比如暮色笼罩下，阿耶莱特和艾立尔躺在我家的沙发和地毯上我们一起度过的时光，我们在傍晚时分走在通往海边的旧巷子里，还有我们在公园里疯狂而孩子气的行为。在我的叙述中，那些极其快活的片段又降临在我们的小公寓里，在那段美妙的时刻，一幕幕鲜活的场景在她眼前飞闪而过。

她也想知道为什么我会被送到医院里，发生了什么事。我告诉她我被某种黑暗的力量攻击了，他们的身份和动机我不得而知。

安娜听得入迷。她让我继续讲，不放过任何一个细节，因为在她看来，那段日子里我是一个快乐的人，我的生活是有价值的、适合我的。而我很想知道在她心里，是否存在哪怕最为微弱的一丝嫉妒。如果没有，那说明她从未爱过我。而我也沉默了一小会儿，很可能，那时候我的眼里也燃起了一种陌生的火焰。这说明我们两个都在寻找，却没有找到，都在逃避、省略，虽然比起以前，这样的逃避和省略已经少得多了。现在我们可以滔滔不绝地谈话，过去我们往往都在沉默。显然这是我们能够生活在一起的唯一方式,安娜与我。我们亲近而疏远。彼此靠近,然后拉开距离。所有一切都流动起来,然后又突然停止。

我问她和那个拉比在一起生活怎么样,她的回答很含糊。他们没有住在一起。对他这样地位的男人来说,娶一个离过婚的女人是件麻烦事——或许别人都会这么想。不过事实上,他对她的感情是模糊不定的,而她也一样,既被他吸引,又觉得害怕。"或许有一天情况会发生改变,"她仿佛从某个冰冻的情景里回过神来,"或许他还是会向我求婚。他是个好人,但同时也是个残忍的人;他体贴但又霸道,善良但又粗野。他拥有一切奇怪的、不好的品质,有时候会吓着我,可突然之间,它们又都消失了,似乎这世上没人比他更善良、更宽厚。在这里所有人都会向他寻求指引,接受他的权威。"

接着,给我打扫屋子的女孩进来了,小罗恩蹦蹦跳跳地跟在她后面。他跳上我的膝盖,打开一本镶金边的书,手指划过光滑的字母,用稚嫩颤抖的声音大声朗读起来。安娜和我看着对方,单纯的快乐让我们脸上浮起了微笑。接着他催促我把他的小卷发编起来,因为他喜欢这样。而安娜说:"去找你的小伙伴玩吧,罗恩。"可我抗议道:"为什么?爸爸会给你编出最可爱的发卷。比其他人的都要漂亮。"所以他静静地坐在那儿,闭上眼睛,我们不知道后来我和安娜安静的交谈他听进去了多少,他显然想要在我们之间架起一道桥梁。

安娜说:"没有什么能够阻止你留在这里。完全看你的意思。我不觉得有人会反对。"我笑了:"就连那个拉比也是吗?""我觉得他不会反对。"

"可是也没有什么阻止你回家,安娜。"

她摇了摇头,一个悲伤而无望的动作。

罗恩在我膝上打起了瞌睡,小脸放着光芒。女孩给我们准备了一杯热饮和一顿简单的晚餐。夜幕缓缓降临了,在我和安娜之间,隔阂依然存在,那是距离和时间的隔阂,分配得如此精准。

上帝、欲望、死亡、蠕虫与腐蚀,黎明时分、太阳还没出来以前,我在荒凉的群山中漫步,思考着这些问题。这个地方的居民不会来打扰我——或许他们知道在我这么做的时候,某一个终结正在靠近,而我必须做好准备,以一种平静的姿态,调动起我全部的心智。

在一处悬崖边缘,我坐下来,低下头,放松肩膀,紧闭双眼。然后慢慢睁开眼睛,抬起头看着延绵起伏的地平线。我耐心地看着光线一点点变强,地平线附近是昏暗混沌的,到了天空中央已经几乎变成了透明。直到最后,那样的清澈让我开始无法忍受——有一些虚假的、迷惑性的东西在里面。

我就这样坐着，思考，不知道该怎么做。如果我能够像其他人那样信仰上帝，我可以留在这儿，和安娜、罗恩并肩生活，不是在一起生活，而是保持一种微妙的联系。可是如果我想在这里生活，那他们必须接受我和我的上帝，而我的上帝必须和他们的上帝是一样的。而即使在我看来，他们也希望这样，但他们不敢。他们在害怕谁？不是上帝。一定是那个拉比，他们的领导者。我知道最后我一定会被迫离开这个地方，我不知道还能去哪儿、去做什么。我在朱达·哈利维街的小公寓已经大门紧锁、空空荡荡，我害怕再回到那儿去。我找不到自己苦苦追寻的宁静，那儿找不到，伯特利也找不到。如果我能继续留在眼下这个地方，我会很乐意，坐在低矮的灌木丛和嶙峋的岩层中间，静静地盯着太阳，慢慢消失、瓦解，可是这里的人们不会让我这么做，而我不能与他们对抗。

我很怀疑是否有人能够找到真正的、绝对的平静。大多数人甚至不会去找。即使是伯特利的人们也没有找到。他们的上帝不是能够唤起心灵宁静的那一种神祇。相反，他让人不安，要求绝对的服从。或许如果他们选择跟从我，我可以带给他们这份平静，可是他们不会这么做。

我想即使在特拉维夫，我也可以安静地过下去，找一份工作，像其他人一样过着有规律的生活。事实上，这是我马上就应该做的。我焦躁不安的生活方式是这样荒谬和孩子气……或许这是母亲想要的——她希望我一直安定不下来。母亲坐在很远的地方,坐在地平线的一座山丘上,背后是晨曦的光芒,她坐在摇椅里。尤纳坦站在她身边,她在向我招手,让我过去。她不能说话,所以我试着理解她、走近她,可她一直在后退——不是消失、不是消融——她一直向我招手,挥动着一根手指,一种嘲讽的姿态。而尤纳坦的声音响起来,回荡在山谷里:这么长时间以来你一直就像个孩子一样。你什么时候才能长大,过一种和其他人一样的正常生活?

我不能,而你们,你们两个人,才是这一切的根源。我害怕极了,我现在甚至可以去找那些牧童,求他们扔石头将我砸死,就像古时候那样。如果他们拒绝,我就自己了结。或许不在这儿,或许是在特拉维夫的小公寓里。即使很多天过去了也没有人会知道。可我不会回去,这个念头让我发狂,我控制不了自己的思想。

我需要和国防部长讨论一下这个问题。他吹嘘自己不害怕死亡,可是我觉得他比其他任何人都要害怕。最大的恐惧就是没有恐惧。所以我闯入他的办公室,拿手枪射他,直接射他的脸,看着它在我眼皮底下炸裂。他没有时间多说一个字。他的头向后倒去,鲜血奔流。他的保镖抓住了我,我没有反抗，但我声称他也想要这样的结果，如果我不打死他，他自己就会把身边的一切都摧毁，同时也在这个过程中毁灭自己……

那天早晨，当我仍然沉浸在自己邪恶的幻想中，拉比过来了，他的情绪看起来躁动不安，他在我对面一块岩石上坐下来，混乱而激动地开口对我说：

"有很多事我应该向你解释一下。"他宣布道。他伸出双手举在空中，这一举动混合了两个截然不同的形象：古代先知站在伯特利山丘上预言灾祸的降临，以及胆小的地区拉比在小教堂里布道。"我有很多事情要告诉你，"他重复道，"不过现在不是时候，因为他们在找你，看起来你应该立即回到你来的地方。"

找我！哦，他一定非常高兴，跑到这儿来告诉我这个消息！现在我终于可以永远地离开这个地方了。我知道他忍受不了我的存在，即使他装得和其他人一样，希望我能够在他们中间扎根定居下来。

找我？或许他能够好心地告诉我是谁在找我。不需要和我绕圈子。我可以承受任何事情，可是这种回避让我无法忍受。

"来了一通电话，"他喘着粗气说，"是个女人，她听起来很担心、很惊慌。她说自己是你的邻居，花了很多功夫才知道你在这儿。有人来到你们家,把门砸得砰砰直响,一副没得商量的样子。她不知道这些人到底是谁,不过她觉得他们是军队里的人。一份突然的征兵令。如果你不出现,会有大麻烦。她不知道该说什么。她已经很长时间没见过你了,只是听说了一些流言蜚语。还有一些人说另一场战争正在逼近,或许这就是理由。不过也许她猜错了。那些男人拒绝透露自己的身份,不过从此她难以入睡,那些敲门声让她非常困扰,即使在梦里也摆脱不掉,她是这么说的。所以现在你毫无选择,必须尽快收拾东西离开。你一定要知道,在我们这里,牵涉到征兵问题的话……不过我希望解决这个问题只是几天的事情,如果上帝保佑一切顺利的话,我们很快就能再见到你。"

而这位令人尊敬的拉比两眼朝天上一翻。再一次举起了双手——对上帝、对太阳。他希望很快再见到我!这个讨人厌的伪君子。

这段时间,他说,没有什么是确定的。的确,他全部的时间都奉献给了宗教事业,但他还是对于发生在自己身边的事情有所了解的,所有的迹象都让他充满了恐惧和不安。只有上帝能够成为我们的防线。最近,黑云在我们头顶聚集,虽然我们的统治者遵从国防部长的领导,安抚我们说防线后面敌人的行动不过是掩人耳目的手段而已,而他,这位拉比,相信一场可怕的灾难正在逼近。这一次,人们说,我们会为自己的繁荣付出巨大的代价,可他相信以色列之基石,在他心里毫不怀疑以色列的荣光会再一次护佑我们。

我站起身离开。我走得很慢,思考着离开安娜和罗恩这件事。很快我就会亲吻他们,告诉安娜我必须永远地离开了,我真的不会再回来,可是我要求她斩断和拉比之间的联系。这是我最后的愿望,我希望她会替我实现。

首先我回到他们分给我的小房子,收拾了几件仅有的衣物。我想或许安娜会来找我,她现在肯定已经听到有人在追捕我的消息了,可是安娜没有来,我也没有去找她,虽然我的心非常渴望这么做,然后我上路了。人们站在道路两旁,朝我挥手告别,有些妇女眼里甚至含着泪水。我的喉咙里也觉得一阵阵发堵。我不知道自己要去哪儿,可是拉比的话在我听来有几分道理,他预言说敌人就要冲破防线,甚至攻打到特拉维夫。所以特拉维夫就是我的目的地,不过现在我不急着赶到那儿,我没有立刻登上公共汽车,而是走到群山之中,跳过岩石,向牧羊人挥手,不断拖延自己的离去,执意享受这最后快乐而自由的时光。我把背包甩到空中,发出的尖叫声在山谷回响,突然感受到一阵短暂而又无法言说的快乐。

之后,在公交车里,我的情绪低落下来:或许那些找我的男人不是军队派来的而是医院的人,要把我送到精神病院去。这是我给自己下的圈套,如果我没有从医院逃走,我现在已经可以出院了,几天之后就能回家了。或许那群人也不是从医院来的,而是那个警局审问员的手下,因为他们手里现在已经有了决定性的证据,不再需要我自己认罪了。所以微笑与故作亲密的时候已经到头了,现在,他们会粗鲁地把我塞进一辆警车里,捆绑住手脚,遭受警察的踢打和咒骂,然后被带到审问员的办公室里。这一次屋子里冷冰冰的什么都没有。窗子打开着,一阵冷风吹进来让我干瘦残破的身体颤抖起来。而审问员换了另一身装扮,正在来回踱步。一身浆洗过的新制服,一双长筒军靴和一根鞭子。他会大吼一声,告诉我在他看来,表演结束了。

在我非常讨厌的中央车站,我下了车,身体一阵阵恶心发热,我环顾四周,看到一群群男人背着背包急匆匆地向公交车走去,他们匆匆忙忙地亲了亲正在抹眼泪的女人,消失在车子的阴影里。可是我必须先回一趟家。我一定要,即使战争已经开始了。不,我不打算逃避,我必须履行自己的义务,不过我还是要遵守相应的程序。不能让我自己在战争的光环里迷失了方向,不论这种诱惑是多么巨大,不管这狂野的节日般的气氛,混合着战友情谊是多么迷人,多么令人身心轻快。不，我绝不会让自己再投身于此。我从中央车站朝家里走去，途中我的视线被伊本·加比罗尔街两旁的咖啡馆吸引，不自觉地放慢了脚步。我走得很慢，肩上背着背包，看到富足的人们坐在里面，一种沉重而熟悉万分的沮丧爬上了我的心头。直到突然之间，在"树顶咖啡馆"，我不经意间瞥见他们两人坐在一张桌子前，手臂靠在桌面上。我差一点就错过他们了，阿耶莱特和艾立尔，支着手臂靠在一张桌子上，从高脚玻璃杯里小口地啜饮某种饮料，带着克制的、快活的神情。两人深深地看着对方的眼睛，低声而亲密地交谈着。艾立尔穿着后备役军人的制服，阿耶莱特身着粉色长裙，坐在一起，他们没有注意到我，我几乎已经走到了桌子边缘，站在他们背后。我俯下身子，更仔细地看着他们，努力挤出笑容，虽然我的心在哭泣，他们转向我，吃了一惊，又惊又喜地喊出声，站起来冲向我，和我拥抱亲吻，他们喊道："丹尼尔，你去哪儿了，发生了什么事！我们到处找你，看见你太好了。"泪水模糊了双眼，我含糊地应了一声，看着他们两个，想要拥抱亲吻他们，可是克制住了。不，我不能再对他们这么痴迷了，不管是身体还是灵魂，就像现在他们对彼此的感觉一样，我用生命热爱他们，可同时我也满怀恨意地嫉妒厌恶他们。然后我说："跟我回家，我告诉你们所有的事情。"艾立尔说上面要求他先要去他的分队报到，所以时间很紧急，不过我很坚持，最后他说："好吧，我还有几个小时的时间。"于是他们和我手挽手走在我身边，神情欢快，而我哭泣的心仿佛变成了石头。我拿出钥匙插进锁孔，艾尔贝兹太太立即打开门，叽叽喳喳地说："您回来了，我太高兴了。阿尔特先生，他们一直在找您，一直敲您家的门。军队来的，我猜。"虽然嘴里又苦又涩，我还是微笑着向她道谢，然后打开门。艾立尔说："是的，过去这几天他们一直在调动召集人员，不过国防部长一直说不会发生战争的。我今晚就要去运河，我只知道这些。"我保证我只耽搁他们一小会儿，接着打开窗让新鲜空气进来，我建议他们坐在以前常坐的地方，沙发和地板，我去弄点吃的、喝的，顺便找找我的军服——或许阿耶莱特不介意替我熨烫一下。她想象着宽大的卡其色军装穿在我身上的样子，笑出声来。他们温柔地看着彼此，我脑袋里突突直跳，简直要炸裂开来，我在衣柜的黑暗角落里摸索了一阵，终于找到了一个塑料袋，里面包裹着我的军装——是安娜替我叠好的——我把它拿出来，还有一个我很早以前就放在那里的小瓶子，我拿着瓶子走到厨房，在阿耶莱特面前展开了皱巴巴的军装，我们三个人都大笑起来。他们催我赶紧坐下来讲讲自己的经历，我听从了他们的话，口齿伶俐、兴致勃勃地把一切都告诉他们，我在越来越高涨的情绪中，把自己很多从未想过告诉别人的事都讲给他们听，而他们张大了嘴，被这个他们从没有见到过的丹尼尔迷住了，甚至没有注意暮色的降临，我给他们准备了一顿简单的晚餐，这给了我机会——从瓶子里倒出几滴紫色的液体到茶杯里，等会儿他们会顺从地喝下这杯茶，在我们最后和谐而平静的时光里。

等夜晚来临的时候，他们也没有从自己的位子上起来，我可以让他们躺下来，好好休息，脱去他们的衣物，按照自己的心意尽情欣赏他们的美，他们的裸体，以及降临在他们身上永恒的安宁。

阿耶莱特第一个死去，而那时候艾立尔也已经昏迷，看不到她最后的样子。我看着他们。看着他们扭曲的笑容，我也笑了。我知道他们心里已经原谅我了，是我给他们带来的解脱。他们去往的世界一定比这个世界要好。两人的裸体这样美丽，深深刺痛了我，我就仿佛觉得自己的胸膛上也裂开了一道真实的伤口，而鲜血从里面涌出来。我以前也看见过他俩的裸体，可是那时候他们没有经过我的双手，没有展开在我眼前，光是我的眼睛看着已经无法让我满足。我从衣柜里取出白床单，可是没有急着将他们盖起来。阿耶莱特苍白的身体双腿叉开躺在床上，一条腿支起来，另一条微微分开，她所有的生殖器官暴露在眼前，粉红色的阴唇清晰可见，接着我把她两条腿合拢,抬起身体形成一个侧躺的姿势,一只手放在身体一侧,另一只放在她的小腹上。有一瞬间,我似乎看到她脸上浮起了微笑,我立即紧张地退开一步。接着,我拿床单慢慢地把她盖好,从脚趾到肩膀,她的脸和头发露在外面。

接着我转身去给艾立尔盖上床单。首先我盯着他的脸看了很长时间。这是我第一次见到他最让我印象深刻的地方,如同古希腊最伟大的雕刻家创造出来的脸庞。接着我又看着他的身体,这副躯体显然已经变得冰冷而僵硬,却似乎散发着一种纯洁的光芒,仿佛一个无助的孩子,融化人心的纯洁。

这一对男女已经不在这儿了。他们的灵魂已升上了天堂寻求慰藉。不能很确定地说他们死了,他们的身体仍然带着余温,脸上表情安详。而我看着他们躺在这里,没有感觉到悲伤,只有无法衡量的爱。

我在摇椅上坐下来。一开始,我还在考虑是否要将艾立尔放在床上,让他和阿耶莱特躺在一起,这样我就能看见他们俩拥抱了,这两人生前从未有过这样的举动。可是我已经很累很虚弱了。如果我能够恢复一点力气,而审问员又不会很快就找来,我也会给自己倒几滴紫色的液体,加入他们,与他们合为一体,身体与灵魂,然后找到我渴望已久的、永远的安息。